HEYNE <

Zum Buch

Bernd Wollmann, 46 Jahre, übergewichtig, Blumenliebhaber und glücklicher Hausmann, hat es satt, für seine Karrierefrau Jutta immer nur das liebe »Berndchen« zu sein. Vor allem, seit deren Macho-Kollege Gunnar sich mehr und mehr in ihr schon angeschlagenes Eheleben drängt. Wollmann lernt die freche kleine Zoe kennen und fasst einen Entschluss: Er widersetzt sich! Ob beim Squashmatch, dem Small Talk-Terror auf dem heimischen Gartenfest, männlichen Ritualen wie dem Trinkgelage oder als kerniger Führer eines Heißluftballons: Wollmann will beweisen, dass er der Mann im Hause ist. Doch warum eigentlich unbedingt *im* Haus?

Nach einem kapitalen Krach mit Jutta dreht er den Spieß um. Wollmann beschließt, von nun an im Vorgarten zu leben …

Zum Autor

Paul Beldt, aufgewachsen in Japan und im Iran. Er hasst Zelten, verreist ungern und steckt sein Geld lieber in Wein und Essen. Als bekennender Stubenhocker wohnt er mit Frau, Tochter und zwei Hunden unerkannt im Zentrum Berlins. Hinter Paul Beldt verbirgt sich ein bekannter deutscher Autor.

Besuchen Sie Paul Beldt im Internet unter www.paulbeldt.de

Paul Beldt

Wollmann widersetzt sich

Roman

WILHELM HEYNE VERLAG
MÜNCHEN

MIX
Papier aus verantwortungsvollen Quellen
FSC® C014496

Verlagsgruppe Random House FSC-DEU-0100
Das für dieses Buch verwendete FSC®-zertifizierte Papier
Holmen Book Cream liefert Holmen Paper, Hallstavik, Schweden.

Originalausgabe 08/2012

Printed in Germany 2012
Redaktion: Heiko Arntz
Umschlaggestaltung: Eisele Grafik Design unter Verwendung von Motiven
von © Life on White / Photodisc / Getty Images; iStockphoto
Satz: Greiner & Reichel, Köln
Druck und Bindung: GGP Media GmbH, Pößneck
ISBN 978-3-453-40977-4

www.heyne.de

Vorrede im Vorgarten

Seit sieben Wochen zelte ich jetzt im Vorgarten unseres Hauses. Ich werde so lange hierbleiben, bis mir meine Frau unmissverständlich mitgeteilt hat, was sie von dem Mann an ihrer Seite erwartet. Bislang lehnt sie jede Festlegung zwar kategorisch ab, doch ich weiß, dass meine Zeit kommen wird.

Inzwischen bin ich eine Art Sehenswürdigkeit in der Gegend. Die Leute fotografieren mich. Sie fotografieren praktisch alles: das Zelt, den Campingtisch, an dem ich esse und meine Zeitung lese, sofern es nicht regnet. Das Gemüsebeet, das Windrad, die Hängematte, in der ich mittags gerne ausruhe, obwohl es eigentlich nichts gibt, wovon ich mich erholen müsste. Das kleine Gehege mit dem Kaninchen, das ich beim Mümmeln und Hoppeln beobachte, was mir seltsamerweise nie langweilig wird, obwohl es im Grunde tagein, tagaus nichts anderes tut, als zu mümmeln und hoppeln. Sogar den Komposthaufen fotografieren sie, als würden die organischen Reste meiner Nahrung irgendetwas beweisen. Seitdem eine Boulevardzeitung über mich berichtet hat – »Bernd W. (46), verheiratet mit einer hohen Beamtin im Bundesjustizministerium, lebt seit mehreren Wochen im Zelt vor seiner Villa im Grunewald. Ist die Emanzipation jetzt auch bei den Männern angekommen?«, darunter ein Foto: Ich sitze mit kurzer Hose im Campingstuhl und rauche eine Zigarre –, fahren regelmäßig ganze Busladungen mit Neugierigen vorbei, die es anscheinend nicht abwarten können zu sehen, wie der emanzipierte Mann von heute so lebt. Manchmal, wenn mir danach ist, gebe ich Autogramme und beantworte Fragen. Insbesondere Männer fragen mich, gegen was ich denn protestiere und ob ich ihnen Tipps geben könne. Dabei protestiere ich gegen nichts und kann auch keine besonderen Tipps geben. Ich will einfach nur meine Ruhe haben. Ich will dasitzen, Zeitung lesen und dem Kaninchen beim Mümmeln zuschauen. »Aber Sie können hier doch nicht einfach nur so rumsitzen mit Ihrem Kaninchen!«, ruft mir mitunter eine erboste Ehefrau zu, während der neben ihr stehende Mann hoffnungsvoll lächelt. »Doch«, sage ich dann entspannt von meinem bequemen Campingstuhl aus, »ich kann!«

Einige Frauen sind so wütend, dass sie Obst oder kleine Stöcke nach mir werfen, was dazu geführt hat, dass ich ein zehn Meter langes Netz aufspannen musste, um mich vor derartigen Attacken zu schützen. Als bekannt wurde, dass ich Opfer weiblicher Gewalt geworden bin, zogen prompt Mahnwachen vors Haus. Männer in meinem Alter mit selbst gebastelten Pappschildern, auf denen sie forderten: »Es reicht, Frauen!« oder: »Freiheit für Bernd«. Eine Zeit lang war meine Ruhe im Vorgarten empfindlich gestört, denn die Mahnwachen zogen bald auch diverse Fernsehteams an. Nationale wie internationale. Selbst ein japanischer Sender schickte Reporter, um mich nach den Hintergründen meiner Aktion zu befragen. Weil mein Englisch bedauerlicherweise sehr schlecht ist und die Japaner überhaupt kein Englisch sprachen, konnte ich auf ihre in Japanisch gestellten Fragen nur mit *yes* und *no* antworten, was die Japaner dennoch so beeindruckte, dass ich dem gesamten Team hinterher Autogramme geben musste. Einer deutete mit einer Handbewegung sogar an, bei mir im Zelt nächtigen zu wollen, was ich allerdings sofort ablehnte. Als die Mahnwachen anfingen, sich vor dem Gartenzaun häuslich niederzulassen, und über Nacht blieben, rief ich die Polizei, die dem unsinnigen Treiben schließlich ein Ende bereitete. Seitdem ist es zum Glück wieder ruhig.

Wenn Jutta, meine Frau, morgens um acht das Haus verlässt, wünscht sie mir einen guten Morgen, während ich im Zelt liege und kurz grunze. Damit weiß sie, dass ich noch lebe. In meinem Alter sind Herzinfarkte nicht selten, und da ich leichtes – meine Frau meint »erhebliches« – Übergewicht habe, erbat sich Jutta ein Lebenszeichen »meiner Wahl«, sodass sie sich keine Sorgen zu machen braucht. Meine Frau kann derart nachsichtig sein, dass es nicht zum Aushalten ist. Allerdings hege ich inzwischen den leisen Verdacht, dass ihr Wunsch nicht ganz uneigennützig ist. Denn wenn herauskäme, dass ihr Ehemann tagelang tot im gemeinsamen Vorgarten liegt, wäre das für ihre weitere Karriere im Bundesjustizministerium sicherlich nicht von Vorteil. Mein Fanclub, der im Internet eine Website betreibt (www.LasstBerndinRuhe.de), würde die Nachricht umgehend im Netz verbreiten. Und da ich weiß, dass sich auch einige Mitarbeiter ihres Ministeriums als Fans registriert haben, wäre mein Ableben in Windeseile dem gesamten Regierungsapparat bekannt.

Alle drei Tage kommt der Initiator des Fanclubs, Herr Wündisch, ein frühpensionierter Lehrer aus Wilmersdorf, an den Zaun, um die neuesten Entwicklungen im Vorgarten zu dokumentieren und ins Netz zu stellen. Herr Wündisch ist dem Druck in seiner Schule nicht mehr gewachsen gewesen und hat sich, nervlich zerrüttet, mit gerade mal dreiundvierzig Jahren vom Schuldienst befreien lassen. Offenbar sieht er in mir das Symbol einer neuen Generation von Männern, die sich dem Leistungsdruck der Gesellschaft verweigert, um ohne jeglichen Ehrgeiz einfach nur noch zu existieren. Obwohl ich mich nicht als Symbol betrachte, fühle ich mich dem stillen Protest durchaus nahe, weshalb ich Herrn Wündisch gewähren lasse und ihm gestatte, mir Fragen über mein Leben im Vorgarten zu stellen. Längst ist die ursprünglich als Hobby gedachte Beschäftigung mit www.LasstBerndinRuhe.de zu einer tagesfüllenden Aufgabe geworden. Er soll sogar schon etwas Geld damit verdient haben, indem er Campingausrüster als Sponsoren gewinnen konnte. Zu meinem Erstaunen steigen die Besucherzahlen auf der Seite täglich weiter an, als gäbe es ein riesiges, bislang ins Leere laufendes Bedürfnis nach Verweigerung. Dabei sage ich eigentlich nichts Besonderes. Ich rede über meinen Alltag im Vorgarten, was ich zum Frühstück esse, welche Artikel mich in der Zeitung am meisten interessieren, wie ich Unkraut jäte, in der Hängematte schaukle und dem Kaninchen zuschaue, kurz, was ich den ganzen Tag über so treibe, ohne dass mir im Geringsten langweilig wird.

In unregelmäßigen Abständen stellt Herr Wündisch aktuelle Fotos ins Netz. Auch hier nichts Spektakuläres, sondern lediglich Schnappschüsse. Gestellte Bilder lehne ich prinzipiell ab. Einmal bat mich Herr Wündisch, mit Zigarre im Mundwinkel und triumphierendem Blick vor der Hängematte zu posieren. »Nicht mit mir«, sagte ich und blieb im Gemüsebeet sitzen. Wenn er Pech hat, liege ich bei seinem Eintreffen gerade halb im Zelt, nur meine Beine schauen heraus, sodass es an diesem Tag eben nur Fotos von meinen Beinen gibt. Auch kann es vorkommen, dass ich auf seine Fragen nicht antworte oder Antworten gebe, die mit den gestellten Fragen überhaupt nichts zu tun haben. Ich lasse mich nun mal nicht verbiegen. Entweder habe ich Lust oder ich habe keine. Seltsamerweise hatte der Tagesbericht mit dem Foto der halb aus dem Zelt ragenden Beine und den falschen Antworten, die mir Herr Wündisch vor der Zeltöffnung kniend entlockte, die bislang höchste Klickzahl. Authentizität zahlt sich nun einmal aus. Ich will nicht ausschließen, dass mir mein Eigensinn in Zukunft neue Massen Bedürftiger zutreibt.

Einmal am Tag gehe ich ins Haus, um mich zu waschen und mir Essen zu holen. Es reicht vollkommen aus, sich einmal täglich ordentlich zu waschen. Alle darüber hinausgehenden Maßnahmen zur Abwehr des Eigengeruchs erachte ich inzwischen als Zwangsverhalten. Seit Jahrzehnten wird einem von der Industrie suggeriert, dass es kaum etwas Schlimmeres gibt, als nach sich selbst zu riechen, nur damit sie ihre Duftwässerchen, Deosprays oder Flüssigseifen an die Menschheit verkaufen kann. Dabei erlebe ich die Umwelt durch den Dunstschleier meines Körpergeruchs plötzlich ganz neu. Ich habe das Gefühl, auf einmal viel näher am Leben dran zu sein, ja, manchmal ergreift mich die rührende Gewissheit einer tiefen Verbundenheit mit den Pflanzen und Tieren. Ich stelle mir vor, wie das Kaninchen, das ich eng an mich drücke, ganz ähnlich empfindet und mich nicht mehr als Herr, sondern als Mitgeschöpf betrachtet. Nachmittags liege ich oft im Gras, stecke meinen Kopf durch eine extra angefertigte kopfgroße Öffnung des Drahtgeheges und nage an einer Möhre.

Wenn ich im Haus bin, spaziere ich gerne durch die Räume und betrachte die elegante Einrichtung. Die vielen kostbaren Möbel und Dekorationsgegenstände, mit denen mich nichts mehr verbindet. Mich begeistert die zunehmende Verwahrlosung. Denn seit ich nicht mehr für all das zuständig bin, häuft sich der Staub auf den Kommoden und Fayencen, haben die Wollmäuse leichtes Spiel und stapelt sich das schmutzige Geschirr in der Küche. Im Garten wächst das Unkraut und auf der Terrasse liegen vergilbte Blätter vom Bambus, dessen Stangen kahl im Sommerwind klappern. Ich lache kurz auf und rufe: »Mit Recht!«, obwohl es mich andererseits auch ein wenig schmerzt, mit ansehen zu müssen, wie mein Gesamtwerk so vor die Hunde geht. »Aber besser ein Ende mit Schrecken, als ein Schrecken ohne Ende«, sage ich mir hinterher zur Beruhigung und tröste mich mit dem Zauber des Anfangs, der meinem Leben seit sieben Wochen eine ganz neue Qualität verleiht.

Zum Abschluss meines Rundgangs besuche ich jedes Mal unser Schlafzimmer. Über den ganzen Raum verteilt liegen und hängen die Kleider meiner Frau. Neben der Tür zum Bad türmt sich die Unterwäsche auf dem Boden. Heimlich freue ich mich, dass sie ihr Privatleben offensichtlich nicht mehr im Griff hat, während sie äußerlich weiter entschlossen den Eindruck vermittelt, auch ohne meine Hilfe gut zurechtzukommen. Doch es ist nur eine Frage der Zeit, frohlocke ich siegessicher, bis ihr das alles hier um die Ohren fliegt. Und dann wird sie zu mir kommen und glasklar mitteilen, was sie von unserer Beziehung erwartet.

Mein Bett ist immer noch ungemacht. Auf dem Kissen erkenne ich den Abdruck meines Kopfes. Die Bettdecke ist zur Seite geschlagen, genauso wie ich es vor sieben Wochen verlassen habe. Es kommt mir vor wie meine alte Haut, die ich abgestreift habe, um im Vorgarten ein neues Leben zu beginnen. Und wenn ich ans Fenster trete und den hässlichen Wohnkasten aus den Sechzigerjahren auf der gegenüberliegenden Straßenseite sehe, muss ich an die kleine Zoe denken, ohne die ich nicht der wäre, der ich heute bin.

1

Alles begann damit, dass die alte Efeutute in unserem Büro eines Morgens verschwunden war, genau drei Wochen nachdem die Freie Universität den Exzellenzwettbewerb gewonnen hatte. Bis dahin hatte ich fünfzehn Jahre zufrieden in der Pressestelle gearbeitet und mich um die hausinternen Publikationen gekümmert, hatte Pressemitteilungen geschrieben, kurze Berichte über »Mitarbeiter des Monats« verfasst und die unlesbaren Aufsätze von unseren Professoren in verständliches Deutsch übertragen.

Nach meinem Studium war ich mehr zufällig in die Sache hineingerutscht. Ratlos, welchen Beruf ich ergreifen sollte – ich wollte Geld verdienen, aber ohne die übliche Schinderei –, absolvierte ich ein dreimonatiges Praktikum in der Pressestelle und wurde hinterher zu meinem Erschrecken gleich übernommen. Damals lebte ich in einer Schöneberger Einzimmerwohnung an der Grenze zu Kreuzberg. Bis auf eine alleinstehende, achtzigjährige Frau und mich wohnten nur Ausländer in dem Haus. Türken, Libanesen und Araber. Ich hatte im Prinzip nichts gegen Orientalen, aber mein zurückgezogener Lebensstil vertrug sich nun mal nicht mit dem überschäumenden morgenländischen Temperament, welches das Haus beinahe täglich und oft bis spät in die Nacht in einen Karneval der Kulturen verwandelte. Mal war es die arabische Großfamilie über mir, die eines ihrer offenbar zahllosen religiösen Feste feierte, dann wieder ließ ohrenbetäubende Musik von unten die Gläser in meinem Schrank erzittern. Regelmäßig ab acht Uhr abends fing das türkische Paar neben mir lautstark an zu streiten, was schon deshalb unerträglich war, weil ich nie wusste, worum es ging. Erst nachdem Geschirr zu Bruch gegangen war, herrschte für eine halbe Stunde Ruhe, die jedoch ebenso regelmäßig von heftigem Stöhnen wieder unterbrochen wurde. In dieser halben Stunde hatte ich Zeit, mich auf den Fernsehfilm zu konzentrieren, sofern die wummernden Bässe von unten ein Verständnis nicht unmöglich machten. Da ich zu faul war umzuziehen, schaffte ich mir Ohrenschützer an, die ich aufsetzte, sobald ich meine Wohnung betrat. An der Wohnungstür hing der islamische Festkalender, sodass ich immer auf dem Laufenden war, wenn über mir wieder einmal gefeiert wurde. Weil ich das Fernsehen mit Ohrenschützer allerdings kaum noch verstand, wechselte ich in den Schwerhörigenmodus, um wenigstens andeutungsweise zu begreifen, worum es im Film überhaupt ging.

So empfand ich die morgendliche U-Bahn-Fahrt zu meinem Arbeitsplatz im beschaulichen Dahlem jahrelang wie einen Ausflug in die Sommerfrische.

Da ich immer der Erste war, musste ich auf allgemeinen Wunsch der Kollegen zunächst die Kaffeemaschine in Betrieb setzen. Denn ehe die Arbeit rief beziehungsweise sich durch ein dezentes Flüstern bemerkbar machte, wurde erst einmal ausgiebig Kaffee getrunken und mit den weiblichen Kollegen der neueste Klatsch ausgetauscht. Mein pockennarbiger Tischnachbar Uwe, der mir gegenübersaß und zuverlässig seine stets gleichbleibend schlechte Laune verströmte, beteiligte sich nur selten am morgendlichen Plausch neben der friedlich glucksenden Kaffeemaschine. Anscheinend hinderte ihn sein von jugendlichen Hormonstürmen versehrtes Gesicht daran, aus sich herauszugehen und unbefangen aus seinem Privatleben zu berichten, von dem wir nur wussten, dass er unverheiratet war und seit zwanzig Jahren unter dem Dach eines Mehrfamilienhauses in Frohnau wohnte. Nach fünfzehn gemeinsamen Arbeitsjahren wäre eine plötzliche Offenheit unter Umständen sogar peinlich geworden. Vielleicht wäre herausgekommen, dass er in seiner Freizeit Modell-Guillotinen bastelte und am Wochenende gerne Swingerclubs aufsuchte. So ließen wir Uwe mit seiner schlechten Laune vorsichtshalber allein.

Wir, das waren Lydia, Marianne und ich. Lydia, die Jüngste von uns – sie trug Augengläser so dick wie mein Zeigefinger –, war die Sekretärin der Pressesprecherin Frau von Arnim und versorgte uns täglich mit aktuellen Informationen über ihr Liebesleben. Das heißt: über ihr zu erwartendes Liebesleben, denn ihre Angebeteten, deren Namen im Monatstakt wechselten, konnten sich zu einer finalen Zusage leider nie durchringen. Mit der Zeit entwickelte sich daraus eine Fortsetzungsgeschichte, die wir jeden Morgen mit allergrößter Neugierde erwarteten. Marianne hingegen, gezeichnet von heftigen Fressschüben – Busen und Bauch waren längst untrennbar ineinander übergegangen, ihr Keksvorrat hätte uns für Wochen ein autarkes Leben in der Pressestelle ermöglicht –, war seit fast dreißig Jahren glücklich verheiratet und gehörte neben der unverwüstlichen Efeutute, die krautartig gegen die Decke wuchs, zum festen Büroinventar. Gleichgültig welcher Tag, Marianne strahlte eine Zuversicht aus, als hätte sie noch mindestens zweihundert Jahre zu leben. Ob es an ihrem Körperumfang lag, in dem die Zuversicht einfach mehr Platz hatte, kann ich bis heute nicht abschließend beurteilen. Denn während ich »zulegte«, ohne dabei im gleichen Maße an Zuversicht zu gewinnen, musste ich einsehen, dass Kekse allein für ein ausgefülltes Leben eben nicht genügten. Allerdings reichte mir meine persönliche kleine Zuversicht vollkommen aus. Ich hatte keinen Ehrgeiz, irgendetwas zu erreichen. Ich wusste nicht einmal, was ich hätte erreichen wollen. Das Leben lief durch mich hindurch, als wollte es mich möglichst schnell hinter sich lassen. Kaum war ich geboren, musste ich auch schon in die Schule. Ich war praktisch erwachsen, seit ich keine Windeln mehr trug. Solange ich denken konnte, hatte ich nie meine Grenzen ausgetestet und über die Stränge geschlagen. Ich gehörte ohnehin nicht zu den Menschen, die gerne Grenzen überschritten. Ich überschritt eigentlich fast nichts, nicht mal eine Straße bei Rot. Ich hielt mich lieber an die Warnungen der Erwachsenen, weil ich viel zu faul war, eigene Erfahrungen zu machen. Vielleicht war das der Grund für mein andauerndes Gefühl, etwas verpasst zu haben, obwohl ich nicht sagen kann, was ich genau verpasst hatte.

Nach dem morgendlichen Kaffeeklatsch ging jeder an seinen Arbeitsplatz. In meiner Ecke am Fenster hatte ich es mir gemütlich gemacht. Sitzkissen, einige persönliche Gegenstände wie den Holzelefanten, den mir meine Tante zum Abitur geschenkt hatte, ein Foto meiner Eltern an ihrem dreißigsten Hochzeitstag und eine Vase, in die ich alle drei Tage frische Blumen steckte. Die Angewohnheit, es mir hübsch zu machen, wo immer ich mich länger als eine halbe Stunde aufhielt, löste bereits während meiner Schulzeit hämische Reaktionen aus. Von »Bernadette« bis »Schwuchtel« reichten die Kommentare, und bis heute habe ich nicht verstanden, wieso nur dem weiblichen Geschlecht eine Verschönerung seines Lebensumfeldes zugestanden wurde. Selbst Uwe hob regelmäßig seine Augenbrauen, wenn ich mit einem Strauß frischer Blumen erschien. Ich ignorierte ihn und dekorierte die Blumen in die Vase.

Auch deshalb fühlte ich mich zu Frauen mehr hingezogen als zu Männern. Ich habe mich mit Frauen immer sofort verstanden. Während die Männer zusammenstanden und über Geschäfte redeten oder die neuesten Entwicklungen auf dem Elektronikmarkt, saß ich bei den Frauen und erfreute mich am Austausch von Kochrezepten. Missverständnisse gab es nur dann, wenn ich fest mit einer Frau liiert war. Meine erste Freundin zeigte sich stark beunruhigt, als sie merkte, dass ich morgens mehr Zeit im Bad verbrachte als sie. »Mit Rasieren ist es eben nicht getan«, antwortete ich beleidigt auf ihre Frage, was ich denn so lange im Badezimmer treibe. Die Beziehung endete in dem Augenblick, als sie erfuhr, wie viel ich für Körperpflegeprodukte ausgab, während ich für gemeinsame Unternehmungen wie Kino oder Restaurantbesuche kaum noch Geld übrig hatte. Meiner zweiten Freundin langte es schon, als sie mitbekam, dass ich einmal im Monat zur Körperenthaarung ein Kosmetikstudio aufsuchte. Offenbar besagte ein ungeschriebenes Gesetz, welches entgegen anderslautenden Meinungen auch in Zeiten der Emanzipation seine volle Gültigkeit hatte, dass ein Mann seinen Fuß nicht ungestraft auf Felder setzen durfte, die traditionell von Frauen bewirtschaftet wurden.

Danach hielt ich mich bei Frauenbekanntschaften zurück und führte das ausgeglichene Leben eines Mannes, der am Abend gerne Gurkenmasken trug und in Arztpraxen am liebsten in Frauenzeitschriften blätterte.

Bis zu dem Tag, als ich Jutta Wollmann kennenlernte.

Jutta war sieben Jahre älter als ich, einmal geschieden und arbeitete im Bundesjustizministerium, Abteilung Europäisches Recht. Schon damals hatte sie eine steile Karriere hinter sich, die sie bis kurz unter die Position eines Staatssekretärs geführt hatte. An diesem Vormittag hielt sie im Audimax der Freien Universität vor Jurastudenten eine Rede über die Vereinheitlichung europäischer Rechtsprechung. Ich saß in der ersten Reihe und sollte einen Bericht für das Nachrichtenblatt der Universität schreiben. Und obwohl ich nicht die geringste Ahnung von europäischer Rechtsprechung hatte, war ich von ihrem Vortrag derart gefesselt, dass ich völlig vergaß mitzuschreiben, was zur Folge hatte, dass ich nicht in der Lage war, auch nur einen Absatz lang darüber zu berichten. Nach der Rede trat ich deshalb kurz entschlossen auf sie zu und erbat mir ihr Redemanuskript. Zunächst reagierte sie zögernd, da sie mich wohl für einen Studenten hielt. Als ich ihr jedoch den Grund meines

Anliegens erklärte, wurde sie zutraulich und bat mich für ein kurzes Gespräch in einen Nebenraum. Ob ich irgendwelche Frage hätte, fragte sie geschäftsmäßig. Ich verneinte, obwohl ich sie gerne gefragt hätte, woher sie den schicken, dunkelgrauen Hosenanzug hatte. Sie sah ein bisschen so aus wie jene Frauen aus den zwanziger Jahren, mit Bubikopf und weiten Hosen. Eigentlich fehlte nur noch die Zigarette in ihrem Mundwinkel. »Rauchen Sie?«, fragte ich plötzlich, nur um irgendetwas zu sagen. Sie blickte mich fassungslos an, sodass ich schon Sorge hatte, sie könnte wortlos aufspringen und den Raum verlassen. Doch stattdessen lachte sie und warf ihren Kopf in den Nacken, wie ich es später noch sehr oft erlebt habe. »Endlich mal jemand, der mich was Persönliches fragt!«, rief sie beinahe erleichtert. Und dann beantwortete sie zwar nicht meine Frage, sondern erzählte eine Stunde lang von ihrem Alltag, dem Paragrafendschungel, den politischen Kungeleien und den endlosen Debatten. Ich hörte ihr aufmerksam zu. Ich konnte stundenlang ohne mit der Wimper zu zucken nur zuhören. Mich interessierte es, was andere Menschen zu sagen hatten, zumal ich selbst eher ungern redete und meist auch gar nicht wusste, was ich sagen sollte. Wahrscheinlich gab es einfach zu viel zu sagen, und das überforderte mich so, dass ich lieber schwieg und mir meine paar Gedanken machte. Oder eben uneingeschränkt zuhörte. Und das qualifizierte mich offenbar für eine Frau wie Jutta. Sie habe noch nie einen Mann getroffen, der sich so wenig in den Vordergrund dränge, sagte mir Jutta später einmal anerkennend, da waren wir bereits mehrere Monate ein Paar.

Für den Vordergrund wäre ich allerdings auch die denkbar schlechteste Besetzung gewesen. Ich bin mittelgroß, füllig, trage eine Brille, und wenn ich gehe, wirke ich laut Marianne immer etwas orientierungslos. Ich bin der Mann in der Menge. Ich bin der, der in Filmen den »Passanten« spielt, um der Szene eine realistische Atmosphäre zu geben.

Zu meiner Überraschung fand Jutta Gefallen an so einem Mann. Vielleicht war es auch nur der Kontrast zu ihrem Exgatten, der als Staatssekretär im Bundesinnenministerium immer die Hauptrolle spielen wollte. Denn eines Tages – wir saßen im Esszimmer ihres Grunewalder Hauses, das sie seit der Scheidung allein bewohnte – fragte sie mich beim Abendbrot ganz sachlich, ob ich sie heiraten wolle, als wäre das gar nichts Besonderes. Ich hatte nie ans Heiraten gedacht. Zwar wollte ich nicht einsam sterben, schon deshalb, um nicht dem daueralkoholisierten Hausmeister in die Hände zu fallen, aber ich betrachtete die notarielle Beglaubigung einer Beziehung auch nicht als unbedingt notwendig. Mit über vierzig hatte man zudem gewisse Eigenheiten, die man nicht einfach in den Schrank sperren konnte. Zum sonntäglichen *Tatort* pflegte ich beispielsweise ein heißes Fußbad zu nehmen, um mir hinterher leichter die Hornhaut von den Fußsohlen schaben zu können. Auf diese Tradition konnte und wollte ich nicht verzichten. Auch die Angewohnheit, mich jede halbe Stunde laut und nachhaltig zu räuspern, selbst wenn es gar nichts zu räuspern gab, gehörte zu mir wie meine sich stetig lichtende Kopfplatte. Es war nun mal mein Bedürfnis, der Welt durch lautes Räuspern meine Anwesenheit kundzutun. Und dennoch glaubte ich nach kurzem Nachdenken, dass es möglich wäre, sowohl Fußbad wie Räuspern in eine Ehe zu integrieren, und erklärte mich einverstanden, ihr Mann zu werden.

Fortan hieß ich Bernd Wollmann. Ich hatte den Namen ihres früheren Mannes angenommen. »Das kann ja wohl nicht dein Ernst sein«, sagte mein Vater sichtlich erregt – so hatte ich ihn selten erlebt –, »du bist ein Stämpel in der achten Generation, das willst du so einfach aufgeben?« Bis dahin hatte ich nicht gewusst, dass es die Stämpels wirklich schon so lange gab. Andererseits fühlte ich mich keineswegs verpflichtet, den Namen Stämpel auch in die nächste Generation zu führen. Irgendwann musste man ja auch mal Platz schaffen für neue Namen, sonst würde es uns ergehen wie den Müllers, die vermutlich bald ein eigenes Telefonbuch erhalten. Ich wollte immer nur durch meine Persönlichkeit wirken. Am Ende sollten die Leute sagen: »Was für ein interessanter Charakter«, und nicht: »Beeindruckend, ein Stämpel in der achten Generation.« Für die meisten war ich ohnehin nur Bernd. Die mich besser kannten, nannten mich »Berndchen«, was ich allerdings nicht so mochte. Selbst meine Frau sagte bald nur noch »Berndchen« zu mir, obwohl ich ihr gar nichts davon erzählt hatte. Anscheinend wirkte ich auf die anderen wie ein harmloses, kleines Tier, dem man gerne einmal durchs Fell kraulte. Wie gesagt, ich fand es nicht in Ordnung, konnte mich aber lange nicht dagegen wehren.

Von Anfang an funktionierte unsere Ehe mit der furchteinflößenden Präzision eines Uhrwerks. Es gibt Ehen, da pfeift der Wind schon gleich zu Beginn durch die Ritzen einer mehr als fragwürdigen und sehr bald zum Einsturz verurteilten Konstruktion. Und es gibt Ehen, da spürt man beim Andocken beider Leben nicht mal einen leichten Ruck in der eigenen Existenz. In den ersten Wochen wartete ich beinahe täglich auf einen kräftigen Ruck, der wesentliche Teile meines Innenlebens komplett zum Einsturz brachte. Doch zu meiner Verblüffung lief alles so weiter, wie ich es aus meinem Einzelleben gewohnt war. Heute weiß ich, dass es womöglich der fehlende Ruck war, der mich schließlich in den Vorgarten führte.

Unter der Woche sahen wir uns so selten, dass man von einer Wochenendehe sprechen konnte. Während ich spätestens um achtzehn Uhr zu Hause war, kehrte Jutta meist nicht vor neun von der Arbeit zurück. Es blieb also kaum Zeit. Nur an den Wochenenden gelang es uns, das zu tun, was ein Paar normalerweise tat, um sich seiner Zugehörigkeit zu vergewissern. Wir frühstückten lange, machten Pläne, realistische und ab und an auch tröstlich unrealistische, als könnten wir unsere Ehe in eine endlose Zukunft hinein verlängern. Wir besuchten Ausstellungen, gingen essen und luden Freunde ein. Wir unternahmen Kurzreisen nach Paris, Barcelona und Rom und legten so die Fährten für gemeinsame Erinnerungen, in denen nur wir uns wiedererkannten. Jutta und ich lebten wie Menschen, die dankbar dafür waren, dass sie nachts nicht allein waren und einander berühren konnten wie zwei ängstliche Kinder.

Der schicke dunkelgraue Hosenanzug, den sie bei unserem ersten Treffen anhatte, stammte übrigens von C & A.

2

Bald nach der Ernennung zur Eliteuniversität wurde es ungemütlich in der Pressestelle. Der morgendliche Kaffeeklatsch war plötzlich nicht mehr gerne gesehen. Frau von Arnim drängte uns zu effizienterem Arbeiten, meine »Übersetzungen« aus dem Professorendeutsch, die mir immer viel Spaß gemacht hatten, wurden auf einen Zweimonatsrhythmus umgestellt. Stattdessen »durfte« ich die einzelnen Fachbereiche vorstellen und deren Qualitäten herausarbeiten, was bedeutete, dass ich oft halbe Tage nicht mehr an meinem Platz verbrachte, sondern Studenten, Professoren und wissenschaftliche Mitarbeiter befragte, um einen »mitreißenden« Artikel schreiben zu können, der mich selbst überhaupt nicht berührte. Die Arbeit fing an, in Stress auszuarten. Irgendwann vergaß ich sogar, frische Blumen mitzubringen, und als eines Morgens die Efeutute verschwunden war, die alle trotz oder vielleicht auch wegen ihrer fantastischen Hässlichkeit ins Herz geschlossen hatten, wurde es empfindlich kalt im Büro.

Nachts schlief ich schlecht. Ich träumte, dass ich mich langsam in eine Efeutute verwandelte. Aus dem Hals wuchsen mir lange Stängel mit Blättern, die ich im Büro rasch abschnitt, ehe Frau von Arnim etwas bemerkte. Doch die Pflanze wuchs so schnell, dass ich mit dem Abschneiden nicht mehr nachkam. Eines Tages wies Frau von Arnim irritiert auf meinen Rücken. Es stellte sich heraus, dass die Efeutute bereits meinen ganzen Rücken bedeckte. »Pflanzen haben an Ihnen nichts zu suchen«, sagte sie streng, »wenn Sie das Kraut nicht sofort entfernen, müssen wir uns leider von Ihnen trennen.«

Manchmal lief ich mitten in der Nacht durchs Haus. Inzwischen lebte ich zwar schon einige Zeit bei Jutta, doch die neue Umgebung war mir immer noch ein wenig fremd. Andauernd stieß ich gegen Möbel, die ich dort noch nie bemerkt zu haben glaubte. Seit ihrer Scheidung hatte sie an der Einrichtung nichts verändert. Es war ein Fehler gewesen, alles so zu belassen. Es war vielleicht auch ein Fehler gewesen, dass ich den Namen ihres früheren Mannes angenommen hatte. Wenn ich mich am Telefon mit Wollmann meldete, hatte ich ständig das Gefühl zu lügen. »Ihre Stimme klingt irgendwie anders«, meinte einmal ein Herr Lütgemüller von der Bank, der über die neuesten Entwicklungen im Privatleben der Wollmanns offenbar nicht ausreichend informiert war. »Ich bin nicht der, den Sie meinen, ich heiße nur so«, gab ich fast entschuldigend zur Antwort.

Einmal musste ich nachts dringend auf die Toilette. Da ich das Klo nicht gleich fand, rannte ich in meiner schläfrigen Benommenheit schließlich aus der Haustür und erleichterte mich im Vorgarten. Als ich aus dem Gebüsch trat, leuchtete mir die Polizei mit Taschenlampen ins Gesicht. Ich hatte vergessen, dass die Tür alarmgesichert war.

Eines Tages fragte mich Jutta besorgt, ob es nicht besser wäre, wenn ich meine Stelle kündigte, um mich zu Hause erstmal ein bisschen zu erholen. Sie spüre doch, wie mich die neue Situation an der Universität belaste, und sie verdiene schließlich genug.

Ihr Angebot überraschte mich in dem Moment, als ich mich ohnehin gerade gefragt hatte, ob Arbeit noch eine Zukunft hatte. Warum sollte ich vierzig Jahre bezahlte Sklaverei erdulden, wenn ich es zu Hause viel schöner haben konnte? Immerhin war es mein einziges Leben, und weil es für ein Leben nach dem Tod keine überzeugenden Beweise gab, wollte ich das Leben lieber jetzt in vollen Zügen genießen. Alles, was nicht aus innerer Freude geschah, spielte nur den Arbeitgebern in ihre raffgierigen Hände. Jeder Mensch sollte nur das tun, was ihn unmittelbar begeisterte.

Ich nahm Juttas Angebot an.

Zunächst begann ich, das Haus neu einzurichten. Ich kaufte neue Möbel, Porzellan und jede Menge Vasen, die ich im ganzen Haus an prominenter Stelle verteilte, dazu Bilder und dekorative Figuren.

Sobald Jutta das Haus am Morgen verlassen hatte, ging ich ins Wohnzimmer und räumte auf. Eigentlich gab es immer etwas zu räumen. So konnte ich mich tagelang ausschließlich mit der Küche beschäftigen. Hier galt es, einen Zustand herzustellen, der es mir ermöglichte, in Sekundenschnelle alle zum Kochen notwendigen Utensilien griffbereit zu haben. Zwar kochte ich erst seit kurzer Zeit regelmäßig, aber es musste so aussehen, als hätte ich mein halbes Leben in der Küche verbracht: *My home is my Herd.* Um meine neue Aufgabe zu untermauern, kaufte ich einen Regalmeter Kochbücher – von *Kochen leicht gemacht* bis zur *Feinen asiatischen Küche* – sowie mehrere weiße Schürzen. Zum Einkaufen ging ich nicht mehr in den Supermarkt, sondern nur noch in Feinkostläden oder Fachgeschäfte mit Bio-Zertifikat. Für eine ökologisch einwandfreie Hühnerbrust konnte ich quer durch die Stadt fahren. Allerdings kam unter der Woche kaum noch Fleisch auf den Tisch, seit ich erfahren hatte, dass Kuh- und Schafsfürze für den zunehmenden Treibhauseffekt mitverantwortlich waren. Ja, es ging so weit, dass ich mir eigene Blähungen lediglich am Wochenende genehmigte. Hier musste man einfach mit gutem Beispiel vorangehen. Wer auf Fleisch verzichtete, dabei selber aber ungehemmt weiterfurzte, durfte sich über den Klimawandel nicht beschweren.

Anfangs hatte ich noch die Befürchtung, dass mir die häusliche Arbeit nicht liegen könnte, merkte jedoch schnell, dass ich kaum etwas lieber tat, als zu dekorieren und umzuräumen. Was sich in der Pressestelle bereits angedeutet hatte, setzte ich zu Hause im großen Stil fort: Ich machte es mir gemütlich. Einen Sessel konnte ich den ganzen Tag durchs Wohnzimmer rücken, ehe er dort stand, wo er nach meinen Vorstellungen hingehörte. Es musste eben alles stimmen, damit in mir das Gefühl wohliger Wärme entstand.

Nur Jutta schien von meinen Bemühungen um ein schönes Heim nicht viel mitzubekommen. Das heißt sie bekam eigentlich überhaupt nichts mit. Wenn sie sich auf einen Stuhl setzte, ohne zu bemerken, dass er neu war oder zuvor an ganz anderer Stelle gestanden hatte, musste ich sie erst dezent darauf hinweisen. An Vasen mit üppigen Blumensträußen ging sie achtlos vorbei, und selbst mein Essen schlang sie wortlos herunter.

Natürlich machte ich das alles nicht nur wegen meiner Frau, aber hin und wieder wollte ich meine Arbeit doch angemessen gewürdigt sehen. Gleichzeitig verschwanden die Zweifel über meine Beschäftigung nie ganz. Ich hatte immer ein bisschen das Gefühl, mich dafür entschuldigen zu müssen, dass ich zu Hause war und gerne den Haushalt führte.

Wenn ich vormittags zum Einkaufen in den Feinkostladen am Roseneck ging, war ich der einzige Mann. Um diese Uhrzeit kauften nur verheiratete Frauen zwischen vierzig und fünfzig ein, deren Geländewagen verkehrswidrig in zweiter Reihe vor dem Geschäft parkten. Nicht nur der Umstand, dass ich mit dem Fahrrad kam und eine rote Signalweste plus Kopfschutz trug, machte mich bei ihnen verdächtig, sondern ebenso die Tatsache, dass ich mich von den Verkäufern erst ausgiebig beraten ließ, bevor ich ein kleines Stück Käse erwarb. Ich mochte es, wenn der Verkäufer die unterschiedlichen Käsesorten beschrieb und von »nussiger Ziege« oder »grasigem Schaf« sprach. Ich fühlte mich einfach wichtig genommen, obwohl ich lange Zeit kaum zwischen Ziegen- und Schafskäse unterscheiden konnte. Gerne ließ ich mir auch eine Scheibe zur Verkostung über die Theke reichen und bewegte kennerisch meine Kiefer. In den Augen der Frauen schien dies jedoch an einen Skandal zu grenzen. Ein Mann lutschte nicht kennerisch auf ihm dargebotenen Käseschnitzen. Irgendwann beschloss ich, den Laden nur noch mittags und mit einem Jackett bekleidet zu betreten. Mitunter wurde ich jetzt sogar vorgelassen. »Sie haben es doch bestimmt eilig!«

Einmal die Woche ging ich in ein Blumengeschäft. Schon beim Aufstehen wurde ich von einer Unruhe gepackt, dass Jutta mich jedes Mal besorgt fragte, ob etwas passiert sei. »Es ist Mittwoch«, sagte ich und hob vielsagend meine Augenbrauen, »und am Mittwoch gehe ich immer Blumen einkaufen.« »Ach so«, meinte sie anscheinend überrascht, aber ich sah sofort, dass sie mit ihren Gedanken längst woanders war. In der Welt der Sitzungen und Ausschüsse, bei denen Entscheidungen getroffen wurden, die unser Land beeinflussten, während ich lediglich unser Zuhause verschönerte.

Im Blumengeschäft tauchte ich derweil in meine eigene Welt ein, in die Welt der Farben und Gerüche. Sie war vollkommen nutzlos, weil sie nichts anderes vermittelte als angenehme Empfindungen. Aber deshalb liebte ich sie umso mehr. Jeder Mittwoch war ein Festtag für meine Sinne, und sie belohnten mich mit einer Extraportion Glücksgefühlen. Obwohl mich die Verkäuferin kannte, stellte sie zum Abschluss immer dieselbe Frage: »Soll ich es als Geschenk verpacken?« Offenbar lag es außerhalb ihrer Vorstellung, dass ich beabsichtigte, mich selbst damit zu erfreuen. »Ja, ja«, murmelte ich, um mir umständliche Erklärungen zu ersparen.

Kurz nach meinem Einzug bei Jutta lernte ich Helga kennen. Helga wohnte im Haus nebenan und stellte sich gleich in der ersten Woche mit einer selbstgebackenen Sahne-Kirsch-Torte bei mir vor. Anscheinend hatte sie es kaum erwarten können, endlich auch tagsüber wieder mit jemandem aus der direkten Nachbarschaft reden zu können, quasi von Hausfrau zu Hausfrau. Dass ich ein Mann war, störte sie dabei irritierenderweise überhaupt nicht. Ich hatte nie besonderen Wert auf Nachbarschaftspflege gelegt. Als ich noch bei meinen Eltern im Hochparterre eines Mietshauses gewohnt hatte, konnte ich mir nicht mal die Nachnamen unserer Nachbarn merken. Das führte häufig zu Missverständnissen, denn durch die Lage der Wohnung waren wir das dankbare Ziel von Postboten, die ihre Pakete wegen abwesender Empfänger bei uns abgeben wollten. Meist lehnte ich mit der Begründung ab, von diesen Leuten noch nie etwas gehört zu haben. Namen vergaß ich im selben Moment, in dem man sie mir mitgeteilt hatte. Nur dank langjähriger Wiederholungen war mir zumindest der engere Verwandtenkreis namentlich bekannt.

»Helga« merkte ich mir jedoch in dem Augenblick, als sie mit ihrer Sahne-Kirsch-Torte trotz meiner zurückhaltenden Begrüßung ins Haus stürmte und es sich sofort auf der Terrasse gemütlich machte. Ich hatte nicht mal Zeit, Einwände wie: »Ich fühle mich heute unwohl« oder: »Torte esse ich prinzipiell nur sonntags« geltend zu machen, als sie ohne Übergang anfing, aus ihrem Leben zu berichten.

Oft hatte ich mich gefragt, wieso ich auf andere Menschen einen so vertrauenswürdigen Eindruck machte. Lag es an meiner rundlichen Erscheinung oder daran, dass ich immer höflich blieb und die Form wahrte, selbst wenn alles dafür sprach, einmal kräftig auf den Tisch zu hauen? Dabei wünschte ich mir manchmal, richtig böse zu sein, Leute wüst zu beleidigen und die Seitenspiegel der verkehrswidrig parkenden Geländewagen wortlos abzubrechen. Ich wollte nicht nur der Gute sein, der zuhörte und für alles großzügig Verständnis zeigte. Damals war es einfach noch zu früh für die Frechheiten, die ich mir heute in Abständen gerne einmal gönne.

Seit jenem Tag kam Helga dreimal die Woche mit wechselnden Torten und schüttete mir ihr Herz aus. Ich musste hören, wie ihre Ehe zu kriseln begann, weil ihr Mann immer öfter auf Dienstreisen ging und abends gesellschaftliche Verpflichtungen hatte. Ich musste hören, wie ihr Sex zur Routinearbeit wurde und sie sich kaum noch etwas zu sagen hatten. Ich aß Kuchen und brummte mitfühlend, während ich mich fragte, ob ihr bewusst war, dass ich ein Mann war.

Wenn Helga nicht kam, die Einkäufe erledigt waren und sonst nichts weiter anstand, das unbedingt hätte getan werden müssen, sah ich nachmittags gerne fern. Mit einer Schachtel Pralinen, die ich hinter dem Mülleimer in der Küche versteckt hatte, da ich offiziell auf Diät war, zu Juttas Erstaunen und meiner gespielten Verblüffung allerdings ohne den geringsten Erfolg, machte ich es mir auf dem Sofa gemütlich. Weich zwischen Kissen gebettet, die Pralinen griffbereit, sah ich am liebsten Katastrophenfilme. Bei Sturmfluten und verheerenden Erdbeben konnte ich derart mitfiebern, dass ich hinterher regelmäßig schweißgebadet war. Aber auch Abenteuer- und Kriegsfilme zählten zum Kreis meiner Favoriten. Ich war Harrison Ford im *Jäger des verlorenen Schatzes*, und in Vietnam kämpfte ich zu den Klängen von Wagner.

Abends erzählte ich Jutta von meinen Fernseherlebnissen. »Wir können froh sein, in einem friedlichen Land ohne Erdbeben und Sturmfluten zu leben«, schloss ich meinen Bericht.

Jutta senkte den Kopf und sah mich streng über ihre Lesebrille hinweg an.

»Etwas mehr Aufregung könnte dir allerdings nicht schaden.«

Ich hatte keine Ahnung, was sie mir damit sagen wollte.

3

Manchmal wurde es jedoch wirklich aufregend. In diesen Momenten fühlte ich eine männliche Verwegenheit, die mir normalerweise nicht zur Verfügung stand.

Hin und wieder blieb es nicht aus, dass ich trotz meiner Abneigung doch in den Supermarkt gehen musste. Wenn ich beispielsweise etwas Wichtiges vergessen hatte. An diesem Tag fehlte mir eine Chilischote, die für die geschmackliche Abrundung des toskanischen Brotsalats unabdingbar war. Ich eilte also an diesem frühen Abend in den Supermarkt am Roseneck. Die Chilischote war schnell gefunden. Doch anstatt gleich zur Kasse zu gehen, schlenderte ich durch die Regalreihen und blieb vor dem Tiefkühlschrank mit den Pizzas stehen. Plötzlich überfiel mich der Heißhunger auf eine fettige Pizza mit falschem Schinken und gummiartigem Käse. Es war mir ein Rätsel, woher diese seltsamen Wünsche kamen. Einmal verspürte ich den heftigen Drang zu tanzen, obwohl ich mein Leben lang jede übertriebene körperliche Bewegung abgelehnt hatte. Nach solchen Erlebnissen brauchte ich Tage, um mit mir wieder ins Reine zu kommen.

Ich beschloss, rasch zurückzugehen, ehe noch mehr passierte, als ich zwei junge Männer in Trainingshosen bemerkte, die anscheinend wahllos Bierdosen in ihren Einkaufswagen warfen. Dabei sahen sie sich immer wieder nervös um. Ich erkannte sofort, dass hier etwas nicht in Ordnung war. Offenbar hatten die beiden vor, die Bierdosen ohne Bezahlung aus dem Supermarkt zu schaffen. Zwar war ich nie ein Mann der Tat gewesen, doch hier fühlte ich mich auf eine beunruhigend zielstrebige Art herausgefordert. Noch war mir allerdings nicht klar, wie ich die Männer an ihrem Vorhaben hindern sollte. Einem Faustschlag wäre ich hilflos ausgeliefert gewesen. Dennoch sagte mir eine innere Bassstimme: Bernd, du kannst nicht immer nur wegschauen.

Ich ging zum Ausgang, stellte mich gut sichtbar neben die Schiebetür und ließ die Männer nicht mehr aus den Augen. Bald hatte mich einer der beiden entdeckt. Während ich unbeweglich, aber entschlossen dastand, wurden die Männer zunehmend nervöser. Dass meine pure Existenz schon ausreichte, um zwei harte Kerle in ihrem Tun zu verunsichern, war eine ganz neue Erfahrung für mich. In meinem Bekanntenkreis hatte sich nämlich schon lange der Eindruck verfestigt, ich könnte keiner Fliege etwas zuleide tun. Bedauerlicherweise konnten mich meine Bekannten nicht sehen, denn ich kam nur selten in die Lage, ihnen zu zeigen, was so alles in mir steckte. In diesem Moment trat einer der Männer breitbeinig auf mich zu. »Wen du beobachten?«, fragte er in einem osteuropäischen Akzent und zog seine Trainingshose über die Hüften. Ich sagte zunächst gar nichts. Ich fühlte mich zu Auskünften dieser Art nicht verpflichtet. Weil der Mann aber nicht von mir wich, sah ich mich schließlich zu einer klaren Antwort gezwungen. »Ich warte auf jemanden«, sagte ich so entspannt, wie es unter diesen Umständen eben möglich war. Er blickte mich an, als sei er sich nicht hundertprozentig sicher, ob ich ihn auf den Arm nehmen wollte. Dabei hatte ich meine Antwort so offen formuliert, dass er mit allem rechnen musste. Schließlich zog er die Hose unnötigerweise ein weiteres Mal hoch und drehte um. Kurz danach verließen sie ohne Einkaufswagen den Supermarkt.

Abends erzählte ich Jutta von meiner Tat, nicht ohne die Geschichte an einigen Stellen etwas zu dramatisieren. Sie lag auf dem Sofa und blätterte in einer juristischen Fachzeitschrift.

»Hörst du mir eigentlich zu?«, fragte ich zwischenzeitlich nach, ich war gerade bei der entscheidenden Szene, als der Mann das erste Mal seine Hose über die Hüften zog.

»Er steht vor dir und fragt dich: Wen du beobachten«, sagte meine Frau, weiterhin in ihrer Zeitschrift blätternd. Das war inhaltlich zwar korrekt wiedergegeben, befriedigte mich allerdings überhaupt nicht. Ein bisschen mehr innere Anteilnahme mit einem Schuss Besorgnis hatte ich schon erwartet. Ich schwieg verärgert und fing nun meinerseits an, in der Fernsehzeitschrift zu blättern. Daraufhin legte Jutta ihre Zeitschrift prompt beiseite. »Nun erzähl schon weiter«, sagte sie in einem leidenden Tonfall, der mir jegliche Erzähllust augenblicklich verdarb. Da ich so schnell nicht wieder in Stimmung kam, studierte ich das morgige Abendprogramm und entdeckte bei dieser Gelegenheit eine Dokumentation über Auswanderer, die mich aus irgendeinem Grund stark interessierte.

»So, jetzt aber«, meinte Jutta. Inzwischen saß sie aufrecht und blickte mich übertrieben neugierig an.

Ich erzählte den Ausgang der Geschichte, ließ die Männer dabei jedoch nicht einfach so aus dem Supermarkt verschwinden, sondern kurz neben mir stoppen, worauf ich sie mit einer herrischen Geste des Hauses verwies.

»Ich hoffe, die Geschäftsleitung hat sich bei dir erkenntlich gezeigt«, sagte sie für mein Empfinden ein wenig zu sachlich. Ihre Reaktion enttäuschte mich so, dass ich erneut zur Fernsehzeitschrift griff und beleidigt schwieg.

Daraufhin verschwand Jutta kurz in der Küche und kehrte zu meinem Erschrecken mit der Pralinenschachtel wieder zurück.

»Ich hätte mich das sicher nicht getraut«, versuchte sie mich zu besänftigen und drückte mir die Schachtel in die Hand, als wäre sie über meine privaten Genüsse zur Nachmittagszeit längst im Bilde. Beunruhigt fragte ich mich, was sie noch alles von mir wusste.

»Findest du eigentlich, dass ich ein richtiger Mann bin?«, fragte ich aus einer plötzlichen Laune heraus. Schon länger befürchtete ich nämlich, dass sie mich nur deshalb geheiratet hatte, weil von mir keinerlei Bedrohung auszugehen schien. Ich tat, als interessierte mich ihre Antwort nicht sonderlich, und hielt ostentativ die Zeitschrift vor mein Gesicht.

»Ach, Berndchen«, seufzte sie nach einer kurzen Pause, ich wollte gerade den Fernseher einschalten, um ihr zu zeigen, dass mich ihre Antwort wirklich nicht im Geringsten interessierte.

»Ich finde einfach«, erklärte sie, mühsam nach den richtigen Worten suchend, »du bräuchtest mal eine richtige Herausforderung, irgendetwas, das dich ausfüllt.«

Sie blickte mich an wie eine liebevolle, allerdings zunehmend verzweifelte Mutter, die sich über die Entwicklung ihres Kindes erhebliche Sorgen machte.

»Ach so«, rief ich, die Fernbedienung aufs Knie schlagend, ohne mir den Schmerz dabei anmerken zu lassen, »du findest also, meine Arbeit hier im Haus reicht nicht für einen anständigen Mann?«

»Das habe ich doch gar nicht gesagt!«, erwiderte Jutta mit gespielter Empörung.

»Aber du glaubst, es füllt mich nicht aus?«

Sie schwieg und sah an die Wand. Ich sah ebenfalls an die Wand, als erhoffte ich mir von dort einen konkreten Hinweis auf eine adäquate Betätigung, die einen Mann von sechsundvierzig Jahren zuverlässig herausforderte.

»Vielleicht solltest du dir ein Hobby zulegen«, fuhr sie zögernd fort.

Ich hatte nie den Wunsch verspürt, meiner Langeweile durch Briefmarkensammeln eine Bedeutung zu geben. Wenn ich mich langweilte, langweilte ich mich so bewusst, dass mich meine Ratlosigkeit vollständig ausfüllte.

»Wenn du Vorschläge hast, kannst du sie gerne schriftlich einreichen.«

Ich machte den Fernseher an. Es lief eine Dokumentation über den Einmarsch der deutschen Wehrmacht in die Tschechoslowakei.

Eine Weile verfolgten wir stumm die Truppenbewegungen.

»Gunnar zum Beispiel«, sagte sie bei der kampflosen

Einnahme Prags. Sie sah mich an, als würde allein die Nennung des Namens sie in Begeisterung versetzen. Gunnar war ein Arbeitskollege, der seine Freizeitgestaltung mit dergleichen Hingabe betrieb wie seine Arbeit. Statt still zu Hause zu sitzen und ein Buch zu lesen, musste er jede Minute irgendetwas unternehmen.

Ich mochte Gunnar nicht.

»Gunnar?«, tat ich ahnungslos, als hätte ich den Namen noch nie gehört.

»Gunnar Fahrenkamp«, sagte Jutta mit einem leicht drohenden Unterton, »aus meiner Abteilung!«

Ich nickte, ließ aber weiterhin offen, ob ich ihn kannte.

»Er fängt dauernd was Neues an. Gerade gestern hat er mir erzählt, dass er jetzt seinen Drachenfliegerschein machen will. Ich finde es einfach toll, wenn man sich immer weiterentwickeln will.«

Mir war nicht klar, wie man sich beim Drachenfliegen weiterentwickeln konnte.

»Ja, und?«, fragte ich.

»Er ist so alt wie du!«

Ich war eigentlich froh, dass ich mich in meinem Alter nicht mehr beweisen musste. Spätestens seit dem Abschluss meines Studiums bemühte ich mich, meine Zufriedenheit nicht durch neue Ideen zu gefährden.

»Ich bin so aber auch ganz glücklich«, gab ich vorsichtig zu Bedenken. War es verboten, mit seinem Leben glücklich zu sein?

»Es muss doch noch irgendetwas geben, das du erreichen willst?«

Ich dachte nach. In meinem ganzen Leben hatte ich nie

etwas erreichen wollen und trotzdem wie durch ein Wunder alles erreicht, was man sich vorstellen konnte: Glück und Zufriedenheit. Gab es noch eine weitere Stufe?

»Ich bin dir also zu langweilig«, sagte ich geradeheraus.

»Das habe ich nicht gesagt«, widersprach Jutta mit einer Entschiedenheit, die mir sofort unglaubwürdig vorkam.

»Ein Mann wie Gunnar wäre dir aber lieber«, beharrte ich.

»Gunnar ist einfach ein klasse Typ. Okay, manchmal ist er unausstehlich, ich habe mich schon oft richtig mit ihm gestritten, aber das gehört nun mal dazu.«

»Dann bin ich dir wohl nicht streitbar genug«. »Streitbar« gehörte bislang nicht zu meinem üblichen Wortschatz.

Jutta sah mich lange an. In diesem Moment wusste ich, dass ich recht hatte. Dabei hatte ich immer angenommen, dass die Basis jeder guten Beziehung das gegenseitige Verständnis war. Einerseits mochte sie, dass ich mich nicht in den Vordergrund drängte, andererseits verlangte sie ein starkes Gegenüber, das ihr Kontra gab. Langsam ahnte ich, dass sie selber nicht so genau wusste, was sie wollte.

»Nein«, erwiderte Jutta, »das ist es nicht.«

»Was erwartest du dann von mir? Soll ich mich in Luft auflösen und dabei noch schnell einen Streit anfangen?«

Sie schüttelte lächelnd den Kopf.

»Das meine ich, du bist dir einfach zu unsicher.«

»Weil ich mich nicht dauernd mit dir streiten will?« Die Diskussion bekam zunehmend absurdere Züge.

»Vielleicht liegt es auch daran, dass du nichts Eigenes hast«, dachte sie laut nach.

»Aber ich habe doch dich!« Es war mein voller Ernst.

»Das ist süß«, sagte sie.

»*Du* hast mir doch vorgeschlagen, zu Hause zu bleiben.«

»Ja, aber doch nicht auf Dauer.«

»Ich soll also wieder arbeiten gehen, damit ich ausreichend unzufrieden bin, um abends dann einen Streit mit dir anfangen zu können?«

Sie fuhr sich mit der Hand übers Gesicht.

»Ich will doch überhaupt nicht mit dir streiten!«

»Aber ich bin dir zu verständnisvoll.«

»Vielleicht erwarte ich nur, dass du an Herausforderungen wächst und Probleme nicht wegschiebst, sondern bewältigst.«

»Ich habe aber gar keine Probleme«, sagte ich ehrlich entrüstet.

Während sie erneut schwieg, überlegte ich, wann ich das letzte Mal ein schwerwiegendes Problem hatte. Als Kind hatte ich mir zu Weihnachten immer Indianerfiguren gewünscht. Leider wurde mein Wunsch nie erfüllt, obwohl ich mich bis zu meinem fünfzehnten Lebensjahr eigentlich für kaum etwas anderes interessierte als den Wilden Westen. Erst als mein Interesse erlahmte, getraute ich mich, meine Mutter zu fragen, wieso ich zu Weihnachten nie die ersehnten Indianerfiguren geschenkt bekommen hatte. Sie habe das Wort auf dem Wunschzettel wegen meiner schlechten Schrift nicht entziffern können, gab meine Mutter zur Antwort. Sie ahnte nicht, was ich in all den Jahren durchleiden musste.

»Wir sollten mal wieder ein paar Freunde einladen«, wechselte Jutta abrupt das Thema. »Was hältst du von einer Gartenparty?«

Offenbar glaubte sie, mir eine Freude zu bereiten, wenn ich meine Kochkünste vor Gästen präsentieren durfte. Dabei handelte es sich bei den »Freunden« ausschließlich um ihre Arbeitskollegen, mit denen mich nicht das Geringste verband. Wahrscheinlich würde sie auch Gunnar einladen, was mir sofort schlechte Laune machte.

»Also eine richtige Party mit allem Pipapo«, versuchte sie mich aus der Reserve zu locken.

Pipapo war die Abkürzung für ein »üppiges Büffet mit diversen Köstlichkeiten«, und dafür würde niemand anderes zuständig sein als ich.

»Du sagst mir dann noch rechtzeitig, was ich servieren darf«, sagte ich kühl und verschränkte die Arme.

»Ach, Berndchen«, seufzte Jutta, und da war mir klar, dass ich wieder einmal einlenken würde. Natürlich wusste sie das, und obwohl ich wusste, dass sie es wusste, hatte ich das Spiel jahrelang klaglos mitgespielt.

Sie lächelte zufrieden.

»Wir können ja heute mal früher ins Bett gehen«, schlug sie vor und strubbelte sich durchs kurze Haar, was sie immer dann tat, wenn sie mit mir schlafen wollte. Ich mochte diese eindeutige Art nicht. Ich mochte nicht, wenn von vornherein feststand, dass ich keine Wahl hatte. Für ein Vorspiel, flankiert von einem nahrhaften Abendessen mit Kerzenschein und klassischer Musik, fehlte ihr leider die romantische Ader. Dabei wäre ich gerne einmal erobert worden – halb zog sie ihn, halb sank er hin.

Ich dachte an die Herausforderungen, an denen ich wachsen sollte, und schleppte mich hoch ins Schlafzimmer.

Während Jutta im Bett auf mich wartete, verbrachte ich

meine übliche Zeit im Bad. Ich war noch nie zu Bett gegangen, bevor ich mich nicht gewaschen und eingecremt hatte.

»Na, endlich«, sagte Jutta, als ich nach einer Dreiviertelstunde im Schlafzimmer erschien.

Sie lag bereits vollständig entkleidet da. Ihr Körper hatte eigentlich etwas Knabenhaftes, wie ich erst jetzt bemerkte, schmale Taille, flache Brüste und kein Gramm Fett zu viel. Ein wenig fürchtete ich mich vor ihrem durchtrainierten Körper. Ich dachte dabei mehr an Leistungssport denn an Beischlaf.

»Wie lange kennen wir uns nun schon?«, fragte ich rhetorisch.

»Ja, ja«, machte sie, »aber ein bisschen mehr Spontanität könnte dir auch nicht schaden.«

»Als ich mit dir letzten Sonntag spontan ins Kino gehen wollte, war es dir wieder zu spontan.«

»Ich war müde«, sagte sie.

»Du hattest keine Lust auf Bruce Willis«, entgegnete ich.

»Ich kann den Kerl einfach nicht leiden.«

»Aha!«, sagte ich.

Ich löschte das Licht und legte mich zu ihr.

Einen Moment lagen wir still nebeneinander.

»Was meinst du mit ›aha‹?«, fragte sie.

»Aha«, sagte ich, »eröffnet als Ausruf eine Einleitung zu einer neuen Ansicht über ein höheres Ansinnen des Seins.«

»Wie bitte?«

»Aha ist ein überlegendes Geräusch ohne jegliche Wertung.«

»Soso.«

»Korrekt.«

Sobald das Licht aus war, überkam mich schon nach kurzer Zeit eine bleierne Müdigkeit.

Sie begann an meinem Geschlecht zu knubbeln. Es rührte sich nichts. Vielleicht, weil mir diese Knubbelei schon zu vertraut war, um mich noch sexuell zu erregen.

Merkwürdigerweise war es mir äußerst unangenehm, dass ich meiner Frau nur ein einziges sexuell erregbares Organ anbieten konnte. Bei Frauen gab es da einfach mehr Ausweichmöglichkeiten.

»Ich verstehe«, sagte Jutta denkbar kurz angebunden und ließ im selben Moment von mir ab.

»Tut mir wirklich leid«, sagte ich, »aber ich kann ja auch nichts dafür.«

»Das scheint dein Problem zu sein«, sagte sie, »dass du für nichts verantwortlich sein willst.«

»Ich bin nur zu müde«, wies ich ihre Anschuldigung zurück.

»Aha!«, meinte sie.

Am nächsten Morgen suchte ich im Internet nach einer Schule fürs Drachenfliegen. Ich hatte die verrückte Idee, Jutta noch vor der Gartenparty mit einem Drachenfliegerschein zu überraschen, eventuell sogar auf die Party zu schweben. Ich wollte möglichst schnell an Herausforderungen wachsen, um Gunnar auf die Ränge verweisen zu können.

Nahe Berlin glaubte ich eine für mich passende Schule gefunden zu haben. Ich las: »Grundkurs Tandem. Beim ersten Mal fliegen Sie in der oberen Position und bekommen vom Fluglehrer den Start, den Schlepp auf Ausklinkhöhe, den freien Flug und die Landung demonstriert. Danach werden die Positionen gewechselt. Nach dem Ausklinken in ca. 700 Metern Höhe können Sie nach Herzenslust den Drachen steuern. Geben Sie richtig Gas, ziehen Sie enge Kurven, gleiten Sie wie ein Vogel.«

Ich hörte auf zu lesen. Es war lächerlich. Ich wog über hundert Kilo und würde nie fliegen wie ein Vogel. In meinem ganzen Leben nicht!

Danach ging ich zur Erholung ins Blumengeschäft und kaufte einen riesigen Strauß Gladiolen. Als mich die Verkäuferin fragte, ob sie es als Geschenk verpacken solle, lehnte ich unwirsch ab, die Gladiolen seien ausschließlich für mich bestimmt.

In diesem Augenblick wurde mir klar, dass ich nicht zu müde war, sondern einfach nur zu zufrieden, um in meinem Leben irgendetwas zu ändern.

4

Bald war ich nicht mehr so richtig glücklich mit meiner Zufriedenheit. Das heißt, ich war zwar immer noch zufrieden, konnte diesen Zustand aber nicht mehr wirklich genießen.

Was war passiert?

Eines Morgens ging ich im Bademantel runter ins Wohnzimmer und erschrak. Beim Anblick der Blumensträuße, Möbel und edlen Fayencen fühlte ich plötzlich eine unerwartete Leere. Ich war regelrecht abgestoßen von all der kunstvollen Dekoration, als hätte ich nie irgendeinen Bezug dazu gehabt. Die Bilder, die ich in langwierigen Prozeduren an die Wände genagelt hatte, ließen mich kalt. Und selbst im Kühlschrank, sonst ein steter Quell der Freude, fand ich nichts, was mich auch nur annähernd begeistert hätte. Ich hatte keine Lust mehr zu kochen. Schon beim Durchblättern der Kochbücher bemerkte ich eine heftige Abneigung gegen die ausgeklügelten Gerichte. »Dreierlei vom Huhn« und »geeister Himbeerschaum« erzeugten einen kaum zu beschreibenden Ekel. Auf einmal war mir alles egal. Kein Mensch, dachte ich, kann ja nur zufrieden sein, ohne dabei den Verstand zu verlieren. Begann ich etwa langsam meinen Verstand zu verlieren?

Schweißgebadet trat ich hinaus auf die Terrasse. Der Rasen war gemäht, die Hecken gestutzt und die Blumen blühten in Reih und Glied. Eigentlich war alles wie immer, und doch war in diesem Moment alles anders als sonst.

Je länger ich den Rasen betrachtete, desto öder und langweiliger kam er mir vor. Ein bisschen wirkte er wie ein Kunstrasen, perfekt geschnitten und gleichmäßig grün. Nicht mal Maulwürfe hatten sich hierher verirrt.

Und mit einem Mal glaubte ich es zu wissen: Mir fehlte ein Problem. Ich hatte einfach keine anständigen Sorgen. Seit Jahren schlief ich fest wie ein Murmeltier, ich litt weder an Kälte noch an Hunger, ich brauchte vor nichts Angst zu haben, selbst meine Frau liebte mich mit einer kaum nachvollziehbaren Dankbarkeit. Ich lebte in einem zwei Meter dicken Schutzanzug, der mich vor allen Verletzungen bewahrte.

Ich musste irgendetwas unternehmen. Ich brauchte ein schwerwiegendes Problem!

Da ein richtiges Problem aber nicht so schnell zu finden war, wie ich in meiner ersten Euphorie gehofft hatte, ging ich hoch in mein Zimmer, um mich ein wenig mit Dirigieren abzulenken. Ich dirigierte mitunter ganz gerne. Es gab mir das Gefühl, wenigstens in meiner Fantasie eine gewisse Macht über andere auszuüben. Gleich neben unserem Schlafzimmer hatte ich mir ein eigenes Zimmer eingerichtet, das als Ausweichquartier gedacht war, falls es in unserer Ehe einmal zu einer Krise kommen sollte. Bis dahin hatte es jedoch nicht mal gekriselt, was mir jetzt wie ein böses Omen erschien. Hatten sich meine Eltern nicht immer wieder gestritten, ohne dass ihre Ehe dabei ernstlich in Gefahr geraten wäre? War es denkbar, dass meine Ehe mit Jutta abrupt endete, nur weil wir uns nie in die Haare geraten waren?

Da ich mein Zimmer ausschließlich zum Dirigieren aufsuchte, hatte ich mir mit der Einrichtung keine große Mühe gegeben. Es ähnelte mehr einer Studentenbude. Für kurze Zeit diente es auch als Hobbyraum. Das heißt, ich hatte die *Idee*, den Bau von Buddelschiffen zu meinem Hobby zu machen, war aber über den Kauf von Bastelanleitungen und einem Buddelschiff namens *Alexander von Humboldt* nie hinausgekommen. Es fehlte mir schlicht die Geduld für diese kleinteilige Arbeit. Stattdessen entdeckte ich das Dirigieren für mich. Seit frühester Jugend zog ich klassische Musik jeder Art von Popmusik vor, was mir in der Schule schnell den Ruf eines Sonderlings eintrug. Nur weil ich lieber Brahms hörte und Motörhead für eine gängige Kleidermarke für Motorradfahrer hielt, wurde ich von meinen Klassenkameraden gemieden und durfte an ihren außerschulischen Aktivitäten nicht teilnehmen.

Das gesamte klassische Repertoire hatte ich bereits runterdirigiert. Beethoven, Mozart, Brahms. Zuletzt entdeckte ich die ausschweifenden Mahler-Sinfonien für mich. Die Zweite unter Abbado konnte ich praktisch im Schlaf dirigieren. Ich legte die CD ein, stellte mich mit erhobenen Armen ans Fenster und wartete auf meinen Einsatz.

An diesem Tag war ich jedoch etwas unkonzentriert. Erst verpasste ich meinen Einsatz, verdirigierte mich an entscheidenden Stellen, blickte auffordernd zu den Bläsern, während ein leises Geigensolo anstand, und blickte immer wieder aus dem Fenster. Das Zimmer lag zur Straßenseite. Gegenüber befand sich der bereits erwähnte Wohnblock aus den sechziger Jahren, den ich wegen seiner Hässlichkeit stets ignoriert hatte. Und dort, auf einem der Balkone im ersten Stock, entdeckte ich ein kleines Mädchen, das in einer Hängematte lag und mit einem Fernrohr die Umgebung absuchte.

Ich erschrak so heftig, dass ich mein Dirigat sofort abbrach und Deckung neben dem Fenster suchte.

Bei näherem Hinsehen erkannte ich eine Art Holzverschlag, aus dem eine Fahnenstange bis weit über die Balkonbrüstung ragte. Die Fahne mit Totenkopfmotiv flatterte fröhlich im Wind.

Ich war empört. War so eine Piratenbehausung auf dem Balkon überhaupt rechtens? Hatte das Mädchen denn gar keine Eltern?

Alles, was auf der anderen Straßenseite lag, war mir so fern wie die Milchstraße. Deshalb war ich umso schockierter, was für Verhältnisse dort offensichtlich herrschten.

Womöglich hatte mich das Mädchen schon über einen längeren Zeitraum beim Dirigieren beobachtet und sich dabei über meine Grimassen amüsiert. Dabei hatte ich keine Ahnung, über was sich Mädchen im Alter von acht oder neun Jahren amüsierten. Ich selbst war früher häufig Opfer von Demütigungen meiner Mitschüler geworden. Schon damals konnte ich Unordnung nur schwer ertragen und räumte in den Pausen regelmäßig nicht nur meinen Platz, sondern gleich das ganze Klassenzimmer auf, rückte Stühle an die Tische und entfernte Papierschnipsel vom Boden. Doch irgendwer musste mich dabei beobachtet haben, denn als ich eines Tages in die Klasse kam, war der gesamte Raum mit Papierschnipseln übersät. Obwohl ich versuchte, mir nichts anmerken zu lassen, kamen mir schließlich die Tränen, worauf alle in lautes Gelächter ausbrachen.

Ich fühlte mich von dem Mädchen ertappt, und das ärgerte mich, denn schließlich gab es kein Gesetz, das einem erwachsenen Mann verbot, in seinem eigenen Haus Sinfonien zu dirigieren.

Einen Augenblick überlegte ich, ob hier möglicherweise ein erstes Problem auftauchte, das durch strenges Nachdenken zu einem schwerwiegenden, vielleicht sogar unlösbaren Problem ausgebaut werden konnte. Leider fiel mir nicht mehr dazu ein, außer dass ich nicht vorhatte, mich weiter vor diesem Kind lächerlich zu machen.

Was sollte ich tun? Im Dunkeln dirigieren? Oder nur noch unten im Wohnzimmer? Zur Probe dirigierte ich einmal vor der Sofaecke, merkte aber schnell, dass ich in Gegenwart der vielen gemeinsamen Erinnerungsstücke nicht richtig in Fahrt kam. Ja, ich schämte mich regelrecht, als würden die Gegenstände meine heimliche Leidenschaft verhöhnen.

Deshalb dirigierte ich nur noch, wenn das Mädchen nicht in der Hängematte lag. Allerdings war es dazu erforderlich, meinen Zeitplan mit den Balkonaufenthalten des Mädchens zu koordinieren. Nach einigen Tagen stellte ich fest, dass ich mehr Zeit in meinem Zimmer verbrachte als sonst. Aus irgendeinem Grund interessierte es mich, was das Mädchen dort drüben den ganzen Tag über trieb, obwohl es mir ja egal sein konnte, ob das Kind den ganzen Vormittag auf dem Balkon verbrachte und die Schule schwänzte oder spätnachmittags mit vollgepackten Tüten zurückkehrte und bis zur Dämmerung Pfeife rauchend in der Hängematte schaukelte. Die Pfeife war zwar nur ein Spielzeug, aber sie benutzte sie mit der Ernsthaftigkeit eines leidenschaftlichen Pfeifenrauchers. Manchmal trug sie auch eine Augenklappe und ein schwarzes Kopftuch, während sie an der Balkonbrüstung stand und mit dem Fernrohr die Gegend absuchte, als wäre das Haus ein großes Piratenschiff, das über die Weltmeere segelte. Da ich ihre Eltern nie zu Gesicht bekam, fragte ich mich besorgt, ob sie ganz allein dort wohnte. Hörte man nicht dauernd von verwahrlosten Kindern, die hilflos in vermüllten Wohnungen lebten und sich von Schaumstoff ernährten? Verwahrlost und abgemagert sah das Mädchen jedoch keineswegs aus. Im Gegenteil. Ich hatte noch nie ein selbstständigeres Kind in diesem Alter erlebt. Ich musste mir allerdings bei näherem Nachdenken selbst gestehen, dass ich Kinder in ihrem Alter überhaupt nicht kannte.

Was war nur in mich gefahren? Kaum hatte Jutta am Morgen das Haus verlassen, rannte ich hoch in mein Zimmer und sah nach, ob das Mädchen bereits auf dem Balkon war. Inzwischen hatte ich meinen Beobachtungsposten so eingerichtet, dass ich gemütlich mehrere Stunden neben dem Fenster verbringen konnte. Eine Leiter mit Sitzkissen und eine gut gefüllte Packung Pralinen sorgten für angemessenen Komfort. Schließlich ging ich nur noch zu den Mahlzeiten nach unten. Die übrige Zeit verbrachte ich neben dem Fenster.

Den Frust über mein problemloses Leben bekam bald auch Jutta zu spüren.

Eines Abends – wir saßen bei Kerzenschein und klassischer Musik im Esszimmer und aßen vegetarische Gemüsepfanne – wollte ich es endlich genau wissen.

»Du hast nie gesagt, ob es dir schmeckt?«, fragte ich, ohne es wie einen Vorwurf klingen zu lassen.

Jutta blickte mich an, als hätte ich sie gerade aufs Schwerste beleidigt.

»Wie kommst du denn darauf?«

Sie übertrieb bei diesen Gelegenheiten gern, weil sie wusste, dass ich Streit hasste und schnell wieder zurückruderte, um unser harmonisches Beisammensein nicht zu gefährden. Selbst leise Kritik an meiner Auswahl des Fernsehprogramms konnte mir den ganzen Abend verderben.

Aber dieses Mal nahm ich mir fest vor, die Sache durchzuziehen.

»Weil du dich nie dazu geäußert hast.«

»Habe ich nicht?«

Ich sah sie ernst an, so ernst es für meine Verhältnisse eben ging.

»Kann ich mir gar nicht vorstellen«, sagte sie abwiegelnd.

Einen Moment sah es so aus, als würde ich knapp vorne liegen. Doch Jutta wäre nicht in die Politik gegangen, wenn sie nicht sofort ein überzeugendes Gegenargument parat gehabt hätte.

»Wenn ich nichts sage, heißt das, dass es mir schmeckt. Eigentlich solltest du das inzwischen wissen.« Sie lächelte. Ich spürte, dass es nicht gut für mich stand. Aber worum ging es in der Sache überhaupt? Ich wusste nur, dass ich lange genug stillgehalten hatte. Meine Geduld war am Ende. Was danach geschah, war mir allerdings schleierhaft.

Ich sah mich wütend im Esszimmer um. Wo bis vor kurzem noch üppige Blumensträuße ihren Duft verströmten, standen jetzt nicht einmal mehr Vasen. Ich hatte keine Lust mehr gehabt, eine Wohnung zu dekorieren, für die ich nichts mehr empfand.

»Ist dir eigentlich nichts aufgefallen?«, fragte ich jetzt schon etwas nachdrücklicher.

Jutta war mein leicht drohender Unterton nicht entgangen.

»Was ist heute bloß mit dir los?«

Ich zuckte die Schultern. Ich wusste es ja selbst nicht genau.

»Du bist so« – sie stockte –, »du bist irgendwie so anders.«

Sie schien besorgt, aber nicht wie früher, wenn sie annahm, einige tröstende Worte reichten aus, um mich wieder zu besänftigen. Sie schien nervös, fast erschrocken über meine unterschwellige Aggression.

»Ich möchte nur gerne von dir wissen, ob dir hier im Raum irgendetwas aufgefallen ist.«

Jutta blickte sich kurz um. »Mir fällt nichts auf.«

»Aber du hast ja noch gar nicht richtig gekuckt!« Es ärgerte mich, dass sich meine Frau selbst in einer für mich so wichtigen Frage keine größere Mühe gab.

Sie sah sich noch einmal um. Ihr Blick schweifte gedankenverloren über die Möbel, und als sie mich schließlich mit demselben gedankenverlorenen Blick ansah, wurde mir zum ersten Mal klar, dass sie sich für meine Arbeit im Grunde nie interessiert hatte. Ich war nur eine Art Hausmeister, dem es erlaubt wurde, ihr Leben zu teilen. Dafür wurde ich großzügig entlohnt und durfte meinen Tag frei gestalten. Wenn ich darüber nachdachte, war der Ruck nach der Eheschließung vielleicht nur deshalb ausgeblieben, weil sich unsere Leben nie wirklich berührt hatten.

»Verrätst du mir jetzt bitte, was es ist?«, drängte sie mich. Sie wollte den Fall offensichtlich rasch zu den Akten legen.

Ich sah zur Gemüsepfanne und schüttelte trotzig den Kopf. Mir gefiel meine unerwartete Trotzköpfigkeit. In Zukunft würde ich öfter einmal nichts sagen und einfach nur trotzig den Kopf schütteln.

»Dann eben nicht«, sagte sie genervt und aß stumm ihren Teller leer.

Ich lächelte, und dabei fühlte ich eine tiefe Genugtuung.

An einem Vormittag war das Mädchen plötzlich verschwunden. Ich war erst spät zu meinem Beobachtungsposten gekommen, weil Jutta für einige Tage nach Brüssel musste und ihr Flug gegen Mittag ging. Ursprünglich hatte ich sogar mitreisen sollen. Ein eigens zur Konferenz organisiertes Damenprogramm für mitgereiste Ehepartner hätte eine Stadtrundfahrt und die Besichtigung einer Pralinenmanufaktur beinhaltet. Obwohl ich schwankte – die Manufaktur hätte ich natürlich gerne besichtigt –, sagte ich schließlich aus »Zeitgründen« ab. Ich könne aber doch frei über meine Zeit verfügen, hatte mich Jutta noch zu einer Mitfahrt ermuntert, und ich hatte dagegengehalten, dies sei ein Missverständnis, dem große Teile der Bevölkerung unterlagen, die nicht unter dem Zwang zur freien Gestaltung ihres Tagesablaufs standen, was Jutta für einen Moment tatsächlich zu denken gab.

Aber das Mädchen ließ mir keine Ruhe.

Den ganzen Tag wartete ich auf ihre Rückkehr. Als sie auch am frühen Abend nicht wieder aufgetaucht war, beschloss ich, nach ihr zu suchen. Ich befürchtete das Schlimmste. Gab es nicht genügend Fälle verschwundener Kinder, die Opfer von Gewalttaten geworden waren?

Zunächst ging ich hinüber zu dem Wohnblock. Auf dem Klingelschild standen zwölf Namen. Ich war erstaunt, wie viele Menschen hier wohnten. Natürlich war es sinnlos, nur auf Verdacht irgendwo zu klingeln. Außerdem wollte ich keinen falschen Eindruck erwecken. Ein übergewichtiger, mittelalter Mann auf der Suche nach einem kleinen Mädchen. Ich musste aufpassen, nicht in die falsche Ecke geschoben zu werden.

Ich lief durch die Straßen. Block für Block suchte ich nach ihr ab. Überall standen herrschaftliche Villen mit gepflegten Vorgärten. Es waren kaum Menschen zu sehen. Niemand, der es sich auf den vornehmen Anwesen gemütlich machte. Kalt und abweisend wie Mausoleen erschienen mir diese Häuser. Häufig standen nicht mal Namen an den Klingelschildern, als wohnte hier nur der Reichtum. Ich war überrascht, welche Gedanken mir kamen. Was war das? Alterssozialismus?

Ich fragte mich, ob auch hier irgendwo frustrierte Männer in ihren Zimmern dirigierten.

Es dämmerte bereits, als ich erschöpft den Supermarkt am Roseneck erreichte. Da nichts zu essen im Haus war, ging ich prompt hinein. Juttas Abwesenheit beflügelte meine Fantasie. Die Vorstellung, heimlich eine Fertigpizza zu essen, ja zu verschlingen, begeisterte mich. Ich wollte endlich mal über die Stränge schlagen und den Abend mit Pizza und ausreichend Bier verbringen, ohne mir etwas vorwerfen lassen zu müssen. Allerdings wusste ich nicht, ob mir Jutta überhaupt etwas vorgeworfen hätte. Das stimmte mich nachdenklich.

Während ich durch die Gänge streifte, geschah das, womit ich an diesem Tag nicht mehr gerechnet hatte: Wenige Meter vor mir entdeckte ich das Piratenmädchen! Es stand am Regal mit den Süßigkeiten und ließ gerade mehrere Tafeln Schokolade in ihrem Umhängebeutel verschwinden.

Ich war entsetzt. Offensichtlich hatte es vor, die Ware zu klauen.

Sollte ich das Mädchen zu Rede stellen? Sollte ich es bitten oder vielmehr auffordern, die Schokolade wieder ordnungsgemäß zurückzulegen?

Ich stand da und rührte mich nicht. Irgendetwas hielt mich davon ab, gegen es vorzugehen.

In diesem Augenblick drehte sie sich zu mir um. Doch anstatt sich zu schämen, dass sie beim Klauen erwischt worden war, musterte sie mich feindselig, als hätte ich sie bei einer wichtigen Sache gestört. Sie hatte klobige Turnschuhe an, um ihren Hals trug sie ein schwarzes Tuch. Auf die Jeans waren handtellergroße, bunte Flicken genäht. Sie wirkte viel jünger, als ihre selbstbewusste Haltung vermuten ließ.

Nachdem sie mich lange genug angesehen hatte, ging sie ungerührt Richtung Ausgang. Ich folgte ihr. An der Kasse drehte sie sich kurz nach mir um. Als sie sah, dass ich nichts unternehmen würde, verließ sie lächelnd den Supermarkt.

Verärgert über meine Tatenlosigkeit ging ich nach draußen. Ich konnte mir mein Verhalten nicht erklären.

Ich wollte gerade nach Hause gehen, als ich das Mädchen im Schneidersitz auf einer Bank sitzen und seelenruhig eine Tafel Schokolade verspeisen sah.

»Auch was?«, fragte sie und hielt mir seine angebissene Tafel entgegen.

»Ich hätte dich anzeigen können«, sagte ich.

»Hast du aber nicht«, meinte sie knapp und warf mir grinsend das Schokoladenpapier vor die Füße.

»Du weißt aber, dass es verboten ist zu klauen, oder?« Fast hätte ich das Papier aufgehoben und in den Mülleimer geworfen.

»Für Piraten gibt es keine blöden Verbote!« Der Mund war völlig verschmiert, was sie jedoch nicht im Geringsten zu stören schien.

Ich war unsicher, wie ich darauf reagieren sollte. Schließlich lag das Mädchen mit seiner Ansicht über das Piratenwesen nicht völlig falsch.

»Hast du denn gar keine Eltern?«, fragte ich ausweichend.

Sie stopfte sich den Rest Schokolade in den Mund. »Jeder hat doch Eltern, was für eine blöde Frage!« Sie rollte mit den Augen und schlug sich mit der flachen Hand gegen die Stirn.

Tatsächlich *war* es eine blöde Frage, wie ich unumwunden zugeben musste.

»Aber du bist meistens allein, stimmt's?«, versuchte ich es anders herum.

Sie schmatzte laut und wackelte lustig mit dem Kopf, als spielten derlei Fragen in ihrem Piratenleben keine Rolle.

Wieso interessierte mich das überhaupt? Ich sah mich nervös um.

»Du bist doch auch alleine«, entgegnete sie bestimmt. »Am Fenster machst du immer so komische Bewegungen.« Sie äffte meine mühsam erworbenen Dirigierbewegungen nach, indem sie mit ihren Armen wild um sich schlug. So hatte ich mich noch nie gesehen. Ich wurde rot. Offenbar hatte sie mich also doch seit längerem beobachtet. Plötzlich empfand ich die ganze Lächerlichkeit meiner Existenz. Ein alternder Mann, der am Fenster Geisterorchester dirigierte und in der übrigen Zeit die Wohnung hübsch dekorierte.

»Ich muss jetzt gehen«, sagte sie, ohne meine Reaktion abzuwarten. »Ich muss zurück in mein Piratenhauptquartier.« Sie stand auf und wischte sich mit dem Ärmel über den Mund.

Ich wollte ihr noch etwas sagen, wusste aber so schnell nicht, was.

»Du kannst ja mein Freund werden«, bot sie mir an. »Aber vorher musst du den Piratentest bestehen, klar!«

»Klar«, sagte ich. Ich hatte keine Ahnung, ob es ernst gemeint war. Aber hatte ich wirklich vor, mit diesem Mädchen befreundet zu sein? Und was hatte es mit diesem »Piratentest« auf sich? Es war absurd.

Ich blickte ihr nach, während sie die Straße überquerte. Kurz bevor sie die andere Seite erreicht hatte, riss ich meinen Arm hoch. »Wie heißt du überhaupt?«, rief ich halb betäubt von dem Irrsinn, in den ich geraten war.

Das Mädchen drehte kurz ihren Kopf herum. »Zoe!« Und dann war sie schon hinter der nächsten Ecke verschwunden.

5

»Würstchen und Kartoffelsalat? Nur Würstchen und Kartoffelsalat? Bist du jetzt völlig verrückt geworden?«

Die Hände auf ihre Hüften gestützt, stand Jutta auf der Terrasse und blickte mich an, als hätte ich komplett den Verstand verloren.

Ich saß auf der Hollywoodschaukel im Garten und sah zufrieden auf das Büfett. In einer knappen Stunde sollten die Gäste in festlichen Anzügen und Abendkleidern erscheinen und würden sich darüber wundern, dass die angekündigte Gartenparty mit allem Pipapo auf das Niveau eines evangelischen Sommerfestes gesunken war.

»Ich wollte schon immer mal etwas Verrücktes tun«, sagte ich gefasst.

»Aber doch nicht gerade heute, wenn alle meine Kollegen kommen!«, rief sie weiterhin empört über das nicht nur dürftige, sondern außerordentlich fantasielose Speisenangebot. Immerhin hatte ich drei Sorten Bier und zwei verschiedene Weißweine zur Auswahl gestellt, was Jutta in ihrem Furor jedoch nicht zu bemerken schien.

»Für Verrücktes ist nie die richtige Zeit«, gab ich zu Bedenken, »aber irgendwann muss man mal damit anfangen. Außerdem«, ich verschränkte meine Arme, während ich schneller schaukelte und dabei die Beine nach vorne streckte, »sind Würstchen und Kartoffelsalat nicht verrückt, sondern Teil des deutschen kulinarischen Kanons.«

Die Schaukel hatte inzwischen einen beachtlichen Schwung erreicht. Ich hoffte, das Thema erledigt zu haben, bevor ich herausgeschleudert wurde.

»Des deutschen kulinarischen Kanons? Zu Weihnachten meinetwegen, aber nicht bei einer Gartenparty im Hochsommer!«

Ich war beeindruckt, wie selbstverständlich Jutta meine Wortschöpfung weiterverwendete.

»Es steht aber nirgends geschrieben, dass man zu sommerlichen Partys nicht Würstchen und Kartoffelsalat reichen darf.«

Mir wurde langsam schlecht von der Schaukelei. Zum Glück hatte ich noch nichts gegessen.

»Wir hatten doch aber besprochen«, versuchte es Jutta nun auf die vernünftige Art – anscheinend rechnete sie insgeheim noch mit einer dramatischen Neuausrichtung beim Speisenangebot, ehe die ersten Gäste eintrafen–, »dass du dir was Hübsches einfallen lässt. So habe ich mir das jedenfalls nicht vorgestellt.« Sie wirkte stark bekümmert beim Anblick der lieblos präsentierten Töpfe und Schüsseln, dass es mir fast schon wieder leidtat.

Ich stoppte die Schaukel und legte mich flach auf den Bauch. Es war einfach zu viel Bewegung.

»Das Gespräch fand statt«, erklärte ich sachlich, »ich kann mich aber nicht erinnern, dass ich irgendetwas zugesagt habe.« Es gefiel mir, so dazuliegen und meine Frau zu brüskieren. Es war eine völlig neue Erfahrung für mich.

»Kannst du mir vielleicht verraten«, sagte Jutta wieder etwas wütender, »wie ich das meinen Gästen erklären soll?«

Mein Gleichmut angesichts des zu erwartenden Partygaus machte sie offensichtlich rasend. Mir war bis dahin gar nicht bewusst gewesen, welche Fähigkeiten jederzeit abrufbereit in meinem Innern schlummerten.

»Sag einfach, dass dein Mann unglücklich ist«, erklärte ich ruhig.

»Unglücklich?« Sie sah mich fassungslos an. Mit allem schien sie gerechnet zu haben, nur nicht, dass ihr Ehemann unglücklich war. »Aber du hast doch alles, was du willst!«

»Genau«, sagte ich, »aber das reicht mir nicht mehr.«

»Es reicht dir nicht? Was willst du denn noch?«

Das war eine gute Frage. Und wie alle guten Fragen war sie im Grunde nicht zu beantworten. Jedenfalls nicht zu diesem Zeitpunkt.

Ich merkte, wie mich solche Diskussionen erschöpften. Ich war in einem Alter, wo alles Wesentliche längst besprochen war. Seit Jahren ging es nur noch um Kleinigkeiten, die inzwischen jedoch so viel Platz einnahmen, dass sie vom Wesentlichen kaum zu unterscheiden waren.

Ich drehte mich auf den Rücken und faltete die Hände.

»Ich weiß nicht«, sagte ich, »irgendeinen Urknall.«

Jutta schüttelte den Kopf. »Ich wäre dir sehr verbunden, wenn dein Urknall nicht heute stattfindet.« Sie wandte sich zum Gehen.

»Das liegt nicht in meiner Hand«, wehrte ich jegliche Verantwortung ab.

Auf der Schwelle zum Wohnzimmer drehte sie sich noch einmal um. »Ziehst du dir wenigstens was anderes an, oder liegt das auch nicht in deiner Hand?«

Ich trug ein dottergelbes T-Shirt und natogrüne Shorts. Nie hatte ich mich passender angezogen gefühlt als in diesem Moment.

»Ich werde die Angelegenheit prüfen«, sagte ich.

»Dann prüfe bitte sofort«, sagte sie und verschwand im Haus.

Ich prüfte natürlich nicht!

Bis zum Eintreffen der Gäste lag ich still auf der Schaukel und fragte mich, ob mein Hauptproblem wirklich darin lag, dass ich keine Probleme hatte. Mir war es tatsächlich immer gut gegangen. Ich hatte keine schlimme Kindheit gehabt, die ich mein Leben lang bewältigen musste, ich hatte die meiste Zeit meines Erwerbslebens keine Probleme mit der Arbeit gehabt, und als Probleme auftauchten, war ich in der glückliche Lage, auf die Arbeit nicht angewiesen zu sein. Alle Schwierigkeiten machten seit jeher einen großen Bogen um mich, als würden sie ahnen, dass ich ihnen nicht gewachsen war. Aber irgendwie fühlte ich mich dadurch auch ein wenig gedemütigt. Alle hatten mit diversen Problemen zu kämpfen, nur bei mir lief alles wie am Schnürchen. Selbst mit meiner Frau hatte ich nie ernsthafte Probleme gehabt. Es war kurios: In dem Augenblick, wo ich am zufriedensten war, wurde ich unglücklich. War meine Zufriedenheit etwa weniger wert als das hart erkämpfte Glück anderer Menschen? Ich wusste nicht, woher die Auffassung rührte, dass man erst das Tal der Tränen durchschreiten musste, ehe man ein Anrecht auf Glück hatte. Ich wusste nur, dass irgendetwas in meinem Leben gerade gewaltig schieflief.

Punkt sechs trafen die ersten Gäste ein. Ich bewegte mich keinen Zentimeter vom Fleck. Meine gelb-grüne Sommerbekleidung harmonierte so gut mit dem geblümten Stoffmuster der Schaukel, dass mich die Gäste zunächst gar nicht wahrnahmen. Selbst Jutta schien mich nicht zu bemerken, was ich jedoch mehr auf mein ungebührliches Verhalten zurückführte. Heimlich hoffte ich schon, den ganzen Abend unbemerkt auf meiner Schaukel verbringen zu können. Ich wäre zwar anwesend, müsste aber mit niemandem reden. Gespräche strengten mich bereits nach zehn Minuten so an, dass ich hinterher eine Stunde ruhen musste. Je älter ich wurde, desto größer wurde mein Wunsch nach Stille. Mit vierzig hatte ich den Eindruck, alles schon einmal gesagt zu haben. Anscheinend gehörte es jedoch zu den sozialen Pflichten, bereits Gesagtes in stets überraschenden Variationen dauernd zu wiederholen. Das belastete mich zunehmend, denn ich musste mir ständig neue Variationen einfallen lassen, um nicht als Langweiler dazustehen. Besonders gegenüber meiner Frau fühlte ich mich verpflichtet, alte Themen in neuem Licht erscheinen zu lassen. Mitunter dachte ich den ganzen Tag darüber nach, wie ich meine Frau durch eine originelle Darstellung alter Hüte aufs Neue verblüffen konnte. Dabei wäre ich gerne ein bekennender Langweiler gewesen. Ich hatte meinen Großvater immer dafür bewundert, dass er sich nach seiner Pensionierung nur noch zu streng sachbezogenen Fragen meiner Großmutter äußerte. Eigenständige Verlautbarungen seines Gefühlslebens fanden nicht mehr statt.

Am Ende sagte er sogar überhaupt nichts mehr, sondern tat seine Meinung lediglich in unterschiedlichen Brummtönen kund, die einzig meine Großmutter zu deuten in der Lage war. Als Mann sollte man das Recht haben, ab einem bestimmten Alter nur noch in unterschiedlichen Tonhöhen zu brummen.

Die stetig eintrudelnde Gästeschar begann sich langsam über das Grundstück zu verteilen. Auch das Ehepaar Sartorius – ich kannte die beiden von einem früheren Besuch, er war Geschäftsführer der Friedrich-Ebert-Stiftung, was ich mir seltsamerweise gemerkt hatte – näherte sich mit Weingläsern »lustwandelnd« meinem Ruhedomizil am Tannenhain. Ich hörte, wie sie sich über den gepflegten Garten unterhielten. »Meinst du, dass sie einen Gärtner haben?«, fragte Frau Sartorius. »Das kann ich mir kaum vorstellen«, sagte Herr Sartorius. »Aber Geld genug haben sie doch«, warf Frau Sartorius ein. Herr Sartorius zuckte die Schultern. »So viel wird sie nun auch nicht verdienen.« »Ihr Mann arbeitet doch bei der Universität«, sagte Frau Sartorius nun schon leicht zornig über die Ahnungslosigkeit ihres Mannes. »Als Doppelverdiener hat man ja nicht automatisch Personal«, entgegnete Herr Sartorius ein wenig pikiert. »Schade, dass wir nicht auch so einen Garten haben«, sagte Frau Sartorius wehmütig, »für unsere Jungs wäre das ein toller Platz zum Fußballspielen.«

Sie waren jetzt nur noch zwei Meter entfernt und hatten mich noch immer nicht entdeckt. Ich ärgerte mich, dass Frau Sartorius meinen Garten lediglich als potentiellen Bolzplatz wahrnahm. Ehepaare mit Kindern betrachteten die Welt offenbar nur unter dem Gesichtspunkt der Nützlichkeit. Dass es auch zweckfreie Orte reiner Anschauung gab, kam ihnen nicht in den Sinn.

Erschrocken bemerkte ich, dass sie vorhatten, sich auf der Hollywoodschaukel niederzulassen. Bei allzu großer Anpassung an die Umgebung musste man immer damit rechnen, zerquetscht zu werden. Sie standen bereits mit dem Rücken zu mir. »Wir sollten auch mal wieder eine Party feiern«, meinte Frau Sartorius, während sie ihre Hand unters Gesäß schob, damit das Kleid beim Hinsetzen nicht zerknitterte. »Hast du das Büfett gesehen?«, fragte Herr Sartorius und suchte in meiner unmittelbaren Kopfnähe mit seiner Hand nach irgendetwas zum Festhalten.

In diesem Augenblick blieb mir nichts anderes übrig, als laut und deutlich zu brummen.

»Huah«, machte Frau Sartorius und drehte sich erschrocken um. Nicht »Huch« oder »Ha«, sondern »Huah«! Ich konnte Frau Sartorius ohnehin nicht leiden.

»Ich habe Sie ja gar nicht bemerkt«, rief sie und hielt entsetzt die Hand vor den Mund, als wäre gerade noch eine schreckliche Tragödie verhindert worden. »Mann von Frauenhintern zerquetscht. – Es hätte ein schönes Fest werden sollen.«

»Das passiert mir öfters«, sagte ich, um sie ein wenig zu entlasten.

»Hier liegen Sie also«, bemühte sich Herr Sartorius um eine witzige Auflösung der Situation.

Ich versuchte mich aufzurichten, was gar nicht so leicht war, wenn sich die Schaukel einmal in Bewegung gesetzt hatte. Ich fühlte mich wie ein gestrandeter Wal. Als es mir endlich gelang, mein rechtes Bein herauszuwuchten, schwang die Schaukel so weit zurück, dass ich jede Sekunde auf dem Boden zu landen drohte.

»Kann man das Dings denn nicht irgendwo feststellen?«, fragte Herr Sartorius, dem die Lage nun ebenfalls langsam brenzlig erschien.

»Vielleicht sollten wir Hilfe holen«, schlug Frau Sartorius vor.

Bevor ich noch mehr Aufmerksamkeit erregte, ließ ich mich elegant nach vorne rutschen und erreichte kniend wieder festen Boden.

»Haben Sie sich wehgetan?«, fragte Frau Sartorius mitfühlend.

Ich hatte keine Ahnung, weshalb sich die Leute ausgerechnet um mich immer so große Sorgen machten.

»Ich rutsche schon seit Jahren unfallfrei von der Schaukel«, sagte ich.

»Die meisten Unfälle passieren bekanntlich zu Hause«, klärte mich Herr Sartorius vorsichtshalber auf.

»Streng genommen«, sagte ich, während ich aufstand, »passieren die meisten Unfälle *im* Haus.«

»Hauptsache, es geht ihm gut«, wandte sich Frau Sartorius zu ihrem Mann.

»Alles in Ordnung«, erwiderte ich, obwohl ich nicht direkt angesprochen war.

Beide sahen überrascht an mir herunter, als hätten sie erst jetzt meine Kleidung bemerkt.

»Ich mache übrigens alles selbst«, sagte ich mit Blick auf den Garten. »Und das ist ein Zierrasen und kein Sportrasen«, fügte ich noch hinzu, falls Frau Sartorius plante, demnächst mit ihrem Nachwuchs hier aufzutauchen.

Ich ließ sie mit ihren verdutzten Blicken neben der Schaukel stehen und ging hoch zur Terrasse. Dort hatten sich die illustren Gäste bereits um das Büfett versammelt und sprachen bei Würstchen und Kartoffelsalat über die Krise des Koalitionspartners. »In die Wüste schicken sollte man den Kerl«, »Als Parteichef völlig ungeeignet«, »Mehr gewollt, als gekonnt«, »Am besten sofort absägen«.

Ich schenkte mir Wein ein und überlegte, wie ich mich in die Runde einbringen konnte. Ich hatte mich nie sonderlich für Politik interessiert. Es reichte mir zu wissen, welche Partei gerade den Bundeskanzler stellte. Die Nachrichten im Fernsehen betrachtete ich mit der distanzierten Herablassung eines Menschen, der insgeheim wusste, dass er nie wirklichen Zugang zu dieser Welt aus Intrigen und Machtspielen zu bekommen würde. Inmitten der aufgeplusterten Alphamännchen, die so entschlossen von ihren Würstchen abbissen, als müssten sie auch hierbei Stärke demonstrieren, fühlte ich mich plötzlich seltsam verloren. Niemand beachtete mich. Niemand sah den Mann in den kurzen Hosen, der lediglich für das Nachfüllen der Töpfe zuständig war. Diese Männer schienen der Beweis dafür zu sein, dass ich mein Leben als Mann verfehlt hatte. Ich schämte mich, dass ich nicht mitreden konnte. Ich schämte mich, dass ich nicht entschlossen in Würstchen beißen konnte. Ich schämte mich, dass ich die Welt nicht erobern wollte. Ich war schon froh, dass ich der Blumenverkäuferin klarmachen konnte, dass die Blumen nur für meinen privaten Gebrauch bestimmt waren.

In diesem Augenblick kam Jutta auf mich zu.

»Weißt du, wer auch da ist?« Sie übersah die Tatsache,

dass ich mich nicht umgezogen hatte, was ich nun doch etwas beleidigend fand. Hatte sie mich schon aufgegeben?

»Die Würstchen kommen gut an«, sagte ich, ohne auf ihre Frage einzugehen.

»Es bleibt den Leuten ja nichts anderes übrig!«

»Der Parteichef soll in die Wüste geschickt werden«, flüsterte ich aufgeregt, als hätte ich eben ein brisantes politisches Geheimnis erfahren.

»Unser Parteichef?«, begann nun auch Jutta zu flüstern.

Ich dachte kurz nach. »Nein, der vom Koalitionspartner.«

»Und wer will ihn in die Wüste schicken?«

»Der Lange da«, sagte ich mit einer kurzen Kopfbewegung.

»Lutz?«

»Lutz?« Ich hatte den Namen nie gehört.

»Lutz Reichenbach, du kennst ihn doch, er ist Staatssekretär in unserem Ministerium. Er kann überhaupt niemanden in die Wüste schicken.«

»Und der dort«, fuhr ich auf seinen Nachbar deutend fort, »will ihn sofort absägen.«

Jutta grinste mich an. »Das ist Dr. Hendricks, mein Zahnarzt.«

Hendrix? Der Name sagte mir was.

»Deine Kollegen sind jedenfalls aufgeblasene Affen.« Ich staunte über meine Offenheit.

»Du kennst sie doch gar nicht richtig«, meinte Jutta beschwichtigend.

Es ärgerte mich, dass sie selbst meine Beleidigungen nicht ernst nahm.

»Herr und Frau Sartorius wollen ihre Jungs hier auf dem Rasen aufspielen lassen«, wandte ich mich einem weiteren Ärgernis zu.

»Und?« Jutta sah mich gleichgültig an.

»Ich habe es ihnen verboten!«

Am Büfett entdeckte ich auf einmal Helga. »Da ist ja unsere Nachbarin!«, sagte ich eine Spur zu begeistert. Meine Frau wusste, dass wir mehrmals in der Woche zusammen Kaffee tranken. Sie hatte nie etwas dagegen gesagt, jetzt merkte ich aber, dass es ihr eigentlich nicht recht war.

»Hast du Frau Drux etwa eingeladen?«

»Helga«, entgegnete ich, genüsslich ihren Vornamen betonend, »ist eine gute Bekannte, warum sollte ich sie nicht einladen?«

»Du hättest mir wenigstens etwas sagen können.« Und damit verschwand sie zwischen ihren Gästen.

Ich war froh, Helga zu sehen. Obwohl uns nicht viel verband, fühlte ich mich in ihrer Gegenwart wesentlich wohler als zwischen dieser geballten Demonstration von Männlichkeit. Sie trug ebenfalls Shorts und eine leichte Bluse. Jeder konnte sofort erkennen, wer von den Anwesenden hier nicht hergehörte.

Ich stürzte den Wein runter und griff mir eine Flasche Bier.

»Helga!«, rief ich so laut, dass es auch meine Frau hören musste.

»Du hast den Salat doch nicht etwa selber gemacht?«, fragte sie mit vollem Mund.

»Wo denkst du hin«, erwiderte ich in derselben Lautstärke, »alles billig im Supermarkt eingekauft!«

Ich spürte die Blicke der Gäste auf mir. Langsam begann ich mich wohler zu fühlen.

»Ich wusste gar nicht, dass du Drux heißt«, sagte ich erstaunt. Da wir uns schnell geduzt hatten, hatte ich ihren Nachnamen gar nicht erst verinnerlicht.

»Mein Mann konnte leider nicht mitkommen«, meinte sie bedauernd.

»Umso besser«, sagte ich, ohne recht zu wissen, was daran nun besser sein sollte. Ich drückte ihr einen Kuss auf die Wange, was ich selbst bei meiner Mutter nur ungern tat.

»Was ist denn los mit dir?«, fragte Helga weniger empört, denn überrascht. In ihrem Blick glaubte ich sogar eine gewisse Zustimmung für mein draufgängerisches Verhalten zu entdecken. Es war verblüffend, welche Wirkung männliches Draufgängertum bei Frauen hatte. Bis dahin kannte ich so etwas nur aus Filmen.

Plötzlich kam mir eine verwegene Idee. Warum nicht mal einen Seitensprung mit Helga wagen?

Der Gedanke elektrisierte mich. Ich stand kurz davor, etwas Verbotenes zu tun, das mir hinterher zusätzlich erhebliche Probleme mit Jutta bescheren würde. Ich konnte demnach also zwei Fliegen mit einer Klappe schlagen.

Dabei war Helga gar nicht mein Typ. Blond, einen halben Kopf größer als ich und mit leichtem Doppelkinn. Wenn sie lachte, lachte sie dermaßen laut, dass ich ständig eine Anzeige wegen Ruhestörung erwartete. Ja, sie lachte selbst dann, wenn es eigentlich nichts zu lachen gab.

»Ich wollte dir einen Vorschlag machen«, sagte ich.

»Einen Vorschlag?« Sie sah mich ungläubig an.

»Am besten, wir gehen runter zur Schaukel«, schlug

ich vor und zog sie sanft vom Büfett Richtung Garten. Sie nahm sich noch rasch zwei Würstchen, als befürchtete sie, unterwegs zu verhungern.

Zu meinem Ärger war die Hollywoodschaukel besetzt. Herr und Frau Sartorius ließen es sich bei Würstchen und Kartoffelsalat offensichtlich gut gehen.

»Schmeckt hervorragend«, lobte mich Herr Sartorius, ehe ich irgendetwas sagen konnte.

Ich überlegte, wie ich sie dazu bringen konnte, die Schaukel umgehend zu verlassen. Leider wollte mir ein vernünftiger Grund so schnell nicht einfallen. Als legaler Besitzer der Schaukel und Herr im Haus, zu dem zweifellos auch der Garten gehörte, hatte ich jedoch das Recht, die Schaukel zu jeder Tages- und Nachtzeit ohne Nennung von Gründen zu benutzen.

»Würden Sie Ihren Salat bitte woanders essen«, sagte ich höflich, aber bestimmt, »wir möchten uns jetzt gerne setzen.«

Noch nie war gute Laune schneller aus Gesichtern gewichen als bei Herrn und Frau Sartorius.

»Wie bitte?«, fragte Herr Sartorius sicherheitshalber noch einmal nach.

»Eigenbedarf«, sagte ich knapp und trat zur Bekräftigung meiner Forderung dicht an sie heran.

Die beiden sahen sich fassungslos an. Dann stellten sie wortlos ihre Pappteller auf den Boden und standen auf.

»Donnerwetter«, meinte Helga, als wir uns gesetzt hatten, »so kenne ich dich ja gar nicht, Bernd.«

Ich nickte zufrieden.

»Und was schlägst du mir jetzt vor?«, fragte sie fast ein

wenig ängstlich, was für die Durchführung meines Plans allerdings eher hinderlich war. Schließlich sollte sie sich nicht bedroht fühlen.

»Könntest du dir vorstellen«, sagte ich möglichst locker, »mit mir ein Verhältnis anzufangen?«

Eine Weile reagierte sie überhaupt nicht. Ich hatte schon Angst, sie beleidigt zu haben. Doch dann lachte sie plötzlich laut los, dass es bis zu den Nachbargrundstücken zu hören war.

Ich wurde rot und versuchte mir meine Erschütterung nicht anmerken zu lassen.

»Ich kann mir einiges vorstellen«, antwortete sie weiterhin von kurzen Lachsalven attackiert, »aber ein Verhältnis mit dir?« Sie blickte mich prustend an, die zerfließende Augentusche hatte ihr Gesicht derweil in eine Clownsmaske verwandelt. Ich fragte mich, was falsch gelaufen war. Hätte ich erst meine Hand auf ihr Knie legen sollen?

»Also nicht?«, fragte ich enttäuscht.

»Ich dachte immer, dass du dich mit deiner Frau gut verstehst.«

»Ich lese ihr jeden Wunsch von den Augen ab«, erwiderte ich tonlos.

»Wenn ich das von meinem Mann sagen könnte!«

»Sag doch einfach«, sagte ich kühl, »dass du mich als Mann nicht attraktiv findest.«

Sie wischte sich die Tränen aus den Augen und räusperte sich. »Ich möchte einfach unsere Freundschaft nicht aufs Spiel setzen. So einen sensiblen Mann findet man nicht alle Tage. Wir sollten es so lassen, wie es ist, finde ich.« Damit schien für sie das Thema erledigt.

Ich beobachtete eine Wespe, die sich auf dem Kartoffelsalat von Herrn Sartorius niedergelassen hatte. Ich nahm vorsichtig die Gabel, wartete einen Moment, bis sie sich sicher fühlte, und dann drückte ich die Wespe mit einer abrupten Bewegung in den Salat.

»Vielleicht möchte ich ja gar nicht sensibel sein«, sagte ich, mehr zu mir selbst, und blickte mich im Garten um. Neben dem Aufgang zur Terrasse entdeckte ich Jutta, die mit Gunnar in ein Gespräch vertieft war. Das heißt, Gunnar redete und Jutta hörte ihm aufmerksam zu. So hatte ich meine Frau noch nie erlebt. Normalerweise war es Jutta, die redete, während die anderen ehrfurchtsvoll lauschten. Gunnar trug ein weißes Hemd, das ihm bis zur Brust offen stand. Er wirkte gleichzeitig leger und elegant. Ich fragte mich, wie es manche Männer hinbekamen, in jeder Kleidung den Eindruck lässiger Souveränität auszustrahlen. Selbst mit einem offenen, weißen Hemd hätte ich nie souverän gewirkt.

Während Gunnar sprach, fasste er sich reflexartig immer wieder an die schwarze Hornbrille, als wollte er dadurch die Wichtigkeit seiner Aussagen betonen. Die rechte Hand steckte in seiner Hosentasche, mit der anderen fuchtelte er gestenreich in der Luft. Gunnar fühlte sich anscheinend so wohl in seiner Haut, dass ich es kaum mit ansehen konnte.

Da ein Verhältnis mit Helga gegenwärtig nicht mehr zur Debatte stand, beschloss ich rüberzugehen, um zu hören, was Gunnar so Wichtiges zu erzählen hatte.

Gut sichtbar näherte ich mich von der Seite, damit sie nicht glaubten, ich wollte sie ausspionieren. Doch die beiden bemerkten mich erst, als ich schon fast zwischen ihnen stand.

»Bernd!«, rief Gunnar und schlug mir hart auf die Schulter, dass ich nach vorne wankte. »Sie habe ich die ganze Zeit vermisst.«

»Gunnar«, sagte ich deutlich weniger enthusiastisch, ich zwängte meine Hand in die Hosentasche und versuchte lässig zu wirken, »von Ihnen hört man ja gar nichts mehr.« Ich sah zu meiner Frau, die meinen Blick aber geflissentlich ignorierte.

»Und ich dachte immer, ich sei das Top-Thema bei euch.« Er bog sich vor Lachen. Ich überlegte, was lustig daran war. Vielleicht wusste er es selber nicht.

»Ich bin übrigens der Gunnar«, erklärte Gunnar leutselig und streckte mir seine Hand entgegen.

»Gunnar«, sagte ich prompt nach der Hand greifend. Noch Stunden später spürte ich seinen dominanten Daumen auf meinem Handrücken.

»Jutta hat mir erzählt, dass du ein Sabbatical machst, finde ich echt super!«

Ich blickte wieder zu meiner Frau. Diesmal lächelte sie verlegen, als wäre es ihr unangenehm, dass das Thema ausgerechnet jetzt zur Sprache kam. Weshalb erzählte sie so etwas? War es ihr peinlich, dass ihr Mann den ganzen Tag zu Hause verbrachte und sich mit Kochen und Dekorieren beschäftigte?

»Ich würde auch gerne mal ein Sabbatical einlegen«, fuhr Gunnar fort, »aber unsere Chefin lässt uns ja nicht in Ruhe.«

Eine gefühlte halbe Stunde sprach er von all den Sachen, die er während seiner Auszeit unternehmen würde. Unterm Strich schien kaum Zeit zu bleiben, um auf die Toilette zu gehen.

»Das wäre wirklich der Hammer«, schloss er seine Ausführungen ab, um sich im nächsten Moment verschwörerisch mir zuzuwenden. »Du machst es genau richtig«, sagte er, »den ganzen Zirkus einfach mal hinter sich zu lassen.« Er rückte seine Brille zurecht und atmete so tief durch, als stünde der Sauerstoff in erster Linie ihm zur Verfügung. Ich traute mich kaum noch Luft zu holen.

»Dann kannst du ja endlich mal tun, wozu du schon immer Lust hattest.«

»Er kommt viel rum«, schlug sich Jutta einen Moment auf meine Seite. Offenbar ahnte sie, dass sie mir Unrecht getan hatte.

»Hast du dir denn irgendwas vorgenommen?«, fragte Gunnar neugierig. Ich war überrascht, dass er sich so für mich interessierte.

Ich dachte kurz nach.

»Demnächst mache ich einen Piratentest«, erklärte ich vollkommen ernst.

Gunnar sah mich ungläubig an. Er schien zu überlegen, wie er möglichst souverän darauf reagieren konnte.

»So, ja, das ist doch super!«, rief er schließlich begeistert. »Davon habe ich auch schon gehört. Soll ja ziemlich schwierig sein. Du musst mir unbedingt erzählen, wie es gelaufen ist.«

Eine Sekunde glaubte ich wirklich, dass so ein Piratentest existierte.

Jutta trank einen großen Schluck Wein und blickte in eine andere Richtung.

»Spielst du eigentlich auch Squash?«, wandte sich Gunnar schnell einem neuen Thema zu.

»Klar, super«, entgegnete ich sofort, nur um das Wort auch einmal zu verwenden. Es machte einen irgendwie dynamischer.

»Klasse«, sagte Gunnar, »dann können wir ja mal zusammen Squash spielen, okay?«

»Super«, sagte ich. Ich war mir ziemlich sicher, dass er sein Angebot schon in der nächsten Sekunde wieder vergessen hatte.

»Jutta kann natürlich auch mitkommen«. Er sah gönnerhaft zu meiner Frau, die nur hilflos lächelte.

»Der Kartoffelsalat ist übrigens einsame Spitze«, meinte er noch, während er sich abwandte, um zur Terrasse zu gehen. »Endlich mal nicht dieser ganze Scampi-Mist!«

Eine Weile standen Jutta und ich stumm nebeneinander.

»Du spielst Squash?«, fasste sich meine Frau als Erste.

»Natürlich«, erwiderte ich. Dabei wusste ich nicht mal, wie man einen Schläger hielt.

»Aha«, machte Jutta.

Wir schwiegen erneut.

»Und was soll das mit dem Piratentest?«, fragte sie weiter.

»Ich nutze mein Sabbatical eben für neue Herausforderungen«, antwortete ich gelassen. Und dann folgte ich Gunnar auf die Terrasse und aß eine riesige Portion Würstchen mit Kartoffelsalat.

6

Von Tag zu Tag behagte es mir weniger, dass ich mich so deutlich vor Gunnar und meiner Frau festgelegt hatte. Aber zurückrudern konnte ich jetzt auch nicht, schließlich wollte ich ein Mann der Tat werden. Ein Mann, dem ein Drachenfliegerschein längst nicht genügte.

Mit der Ruhe war es seit der Gartenparty jedenfalls erst mal vorbei.

Doch was bedeutete so ein Piratentest eigentlich konkret?

Ich hatte nie die üblichen Jungsspiele gespielt. Mutproben und Weitpinkeln gehörten nicht zu meiner Freizeitbeschäftigung. Stattdessen saß ich zu Hause und spielte mit einem Mädchen namens Henriette Kaufmannsladen. Ich war immer der Kunde. Während Henriette hinter der Verkaufstheke hockte, ließ ich mich von ihr beraten. Einmal sollte ich auch den Verkäufer spielen. Ich saß dermaßen lustlos hinter der Theke, dass ich ihr jegliche Freude am Kaufen verdarb.

Ich hatte also keine Ahnung, ob der Piratentest zu jenen Spielen gehörte, die man in einem bestimmten Alter normalerweise spielte.

Doch Zoe war seit Tagen verschwunden. Und ohne Zoe würde dieser Test niemals stattfinden können.

Ich lief wieder durch die Straßen. Ging in alle Supermärkte im Umkreis von zwei Kilometern. Suchte in Parks und nahen Waldstücken. Aber sie blieb unauffindbar. Nach vier Tagen gab ich auf.

»Hast du deinen Piratentest eigentlich schon bestanden?«, fragte mich Jutta eines Abends wie aus heiterem Himmel. Ich war leicht verunsichert.

»Noch nicht«, erwiderte ich, »aber die Vorbereitungen laufen auf Hochtouren.«

»Ich finde es jedenfalls schön, dass du mal rauskommst.« Sie neigte sich über ein Konvolut Akten und notierte sich Stichworte auf einem Notizblock.

»Ja, ja«, sagte ich, »und dann gleich ein Piratentest!« Es durfte nicht der Eindruck entstehen, dass ich es mir zu leicht machte.

»Du schaffst das schon«, meinte Jutta zuversichtlich und blickte kurz zu mir auf.

Ich war überrascht, dass sie mir zutraute, einen Test zu bestehen, den sie wahrscheinlich genauso wenig kannte wie ich.

Am fünften Tag hatte ich eine Idee. Seit längerer Zeit hatte ich schon nicht mehr dirigiert. Vielleicht würde sie in dem Moment auftauchen, wo ich wieder anfing zu dirigieren.

Ich legte Mahlers siebte Sinfonie in den CD-Spieler, fast anderthalb Stunden Musik, stellte mich gut sichtbar ans Fenster und warf mich in den ersten Satz. Nach fünf Minuten blickte ich rüber zum Balkon. Außer der Piratenflagge rührte sich nichts. Ich dirigierte weiter. Ich hatte die irre Vorstellung, dass meine Dirigate am Fenster und Zoes Aufenthalte auf dem Balkon ursächlich zusammengehörten. Ja, das Dirigieren an sich kam mir auf einmal sinnlos vor, wenn ich dabei nicht von Zoe beobachtet wurde.

Gab es Grund zur Annahme, dass ich verrückt wurde?

Als ich mit Mahler durch war, widmete ich mich Beethovens *Pastorale*.

Plötzlich verstand ich die Rituale sogenannter primitiver Völker. Wenn es lange nicht geregnet hatte und die Ernte zu verdorren drohte, fingen sie einfach an zu tanzen, um den Regengott wieder gnädig zu stimmen.

Nach Beethoven gönnte ich mir eine kleine Verschnaufpause. Ich machte mir einen Kaffee und setzte mich in meinen Lieblingsledersessel im Wohnzimmer. Das Sitzpolster hatte sich im Lauf der Jahre so an meinen Körper angepasst, dass der Eindruck entstand, ich wäre ein Teil des Sessels. Auch die Armlehnen zeigten deutlich die Abdrücke meiner Arme, selbst einzelne Finger waren zu erkennen.

Ich hatte immer eine Schwäche für Sitzmöbel gehabt. Was für andere Schuhe, Autos oder Computer, waren bei mir Sessel, Stühle und Hocker. Ich saß nun mal einfach gerne. Wo immer ich hinkam, probierte ich als Erstes die angebotenen Sitzmöglichkeiten aus. Wenn mir ein Stuhl gut gefiel, konnte ich endlos darauf sitzen bleiben. Eine Picasso-Ausstellung in der Neuen Nationalgalerie hatte ich versäumt, weil mir die Stühle der Barcelona-Serie von Mies van der Rohe im Obergeschoss so gut gefielen, dass ich nicht mehr aufstehen wollte. In einer Bankfiliale saß ich einmal so lange auf einem perfekt geformten Schalenstuhl, bis mich eine Mitarbeiterin aufforderte, das Institut zu verlassen.

Leider gehörte das Sitzen nicht zu einer gesellschaftlich anerkannten Tätigkeit wie zum Beispiel das Fechten. Im Grunde war es sogar vollkommen nutzlos. Ich bewirkte nichts, wenn ich drei Stunden zufrieden auf einem Schalenstuhl in einer Bankfiliale saß. Ich konnte dadurch weder interessierte Zuschauer gewinnen noch irgendeine Medaille. Meine Leidenschaft hatte für die Gesellschaft nicht den geringsten Wert.

Oft fragte ich mich, weshalb ich ausgerechnet für Tätigkeiten entflammte, die keinen anderen Zweck hatten, als mich zu erfreuen. Warum brannte ich nicht darauf, eine neue Computersoftware zu entwickeln oder wenigstens die Steuern säumiger Bürger einzutreiben? Warum saß ich am liebsten bequem und ließ meine Gedanken schweifen?

Dieses zwecklose Herumsitzen und Nachdenken schien mich auf einmal jedoch nicht mehr zufriedenzustellen. Ich stellte mir vor, wie ich später in einer langen Schlange vor der Himmelspforte stand und Gott meine Lebensleistung vortragen musste. Während die anderen Akten voller Urkunden, Gehaltsabrechnungen und Fotos ihrer Enkel dabeihatten, stand ich mit leeren Händen da und konnte lediglich auf mein angenehmes Leben verweisen. »Sonst haben Sie nichts getan?«, würde mich Gott fragen und dabei mit einer Mischung aus Staunen und Entsetzen an mir herabblicken. »Nein«, würde ich erbleichend antworten, »ich habe es mir eben nur nett gemacht.« »Nett gemacht?«, würde Gott ausrufen, merkwürdigerweise hatte er gewisse Ähnlichkeiten mit Johannes Brahms, klein, rundlich, ungepflegter Vollbart, »damit kommen Sie bei mir aber nicht durch. Sie hätten an Herausforderungen wachsen und Probleme bewältigen müssen!« Dass Gott nicht nur aussah wie Johannes Brahms, sondern auch noch redete wie meine Frau, machte die Sache nicht leichter. »Ich könnte doch bei Ihnen, also in Ihrem Reich, noch ein paar Probleme nachträglich bewältigen. Ich meine, im Himmel gibt's ja sicher auch das eine oder andere zu tun.«

Gott sah mich streng an. »Im Himmel haben wir keine Probleme!« Und damit bedeutete er mir, den Weg für die Nachfolgenden frei zu machen.

Jedenfalls fühlte ich mich auf meinem Lieblingssessel nicht mehr richtig wohl und nahm mir vor, ihn in der nächsten Zeit zu meiden, auch auf die Gefahr hin, dass er sich unwiderruflich von mir entfremdete.

Als ich nach dem Essen nach oben in mein Zimmer zurückkehrte und aus dem Fenster sah, entdeckte ich Zoe. Sie lag in der Hängematte und »rauchte« ihre Pfeife.

Sofort riss ich das Fenster auf, verharrte dann aber, weil ich nicht wusste, ob ich ihr mein prinzipielles Einverständnis, am Piratentest teilzunehmen, über die Straße zurufen sollte. Ich hatte Sorge, dass irgendjemand aus der Nachbarschaft mitbekam, dass ich vorhatte, Pirat zu werden. »Wissen Sie schon das Neueste? Herr Wollmann möchte Pirat werden.« Einmal hatte ich gegenüber dem Postboten erwähnt, dass ich mir vorstellen könne, auch mal wieder in eine Wohnung zu ziehen. Am nächsten Tag standen wildfremde Menschen vor der Tür und fragten, ob sie das Haus besichtigen könnten, ihnen sei zu Ohren gekommen, dass der Eigentümer wegen Überschuldung bereits ausgezogen sei. Selbst nach Vorlage meines Personalausweises und Abgleich mit den am Gartentor angebrachten Initialen B. + J. W. blieben die Hausinteressenten uneinsichtig. Ich musste sie schließlich des Vorgartens verweisen.

Stattdessen winkte ich jetzt grob zur andere Straßenseite, sodass nicht klar zu erkennen war, wem meine Zuwendung galt. Leider reagierte Zoe nicht auf mein Winken.

Ich zog mich um. Seriöse, nicht allzu legere Alltagskleidung. Eigentlich also wie immer. Dann nahm ich den Bastkorb, als wollte ich einkaufen gehen. In der Straße kannte man mich als den Mann mit dem Bastkorb. Vermutlich war ich im gesamten Bezirk der einzige Mann, der mit einem Bastkorb am Arm einkaufen ging. Vermutlich war ich überhaupt der einzige Mann, der in dieser Gegend einkaufen ging. Der Bastkorb suggerierte ökologisches Bewusstsein gepaart mit einer feministischen Überzeugung. Dabei war so ein Bastkorb einfach nur praktisch.

Leise summend verließ ich das Haus. Als leise vor sich hin summender Bastkorbträger war ich vor jeglichen Verdächtigungen gefeit. Zunächst schlenderte ich nach links, überquerte dann abrupt die Straße und schlenderte auf der anderen Seite wieder zurück, bis ich wie zufällig vor Zoes Wohnblock stehen blieb. Da sie von unten nicht zu sehen war, überlegte ich mir eine harmlose Frage, um sie auf mich aufmerksam zu machen.

»Soll ich dir Schokolade mitbringen?« Eine dümmere Art, auf mich aufmerksam zu machen, war eigentlich kaum denkbar.

Statt Zoe tauchte in diesem Augenblick der Kopf einer älteren Frau hinter den Blumenkästen auf.

»Wie bitte?«, fragte sie. Anscheinend hatte sie sich gerade gesonnt.

Obwohl ich die Frau nicht kannte, wiederholte ich meine Frage geistesgegenwärtig.

Ihr Gesicht wurde rot. »Was unterstehen Sie sich, ich habe Diabetes!«, rief sie empört. Daraufhin verschwand der Kopf wortlos hinter den Geranien.

Wenigstens hatte mich jetzt auch Zoe bemerkt. Als sie mich sah, lächelte sie. Ich deutete auf den Korb und wies mit einer Kopfbewegung Richtung Supermarkt. Sie nickte, als hätte sie mich verstanden.

Ich wartete auf einer Bank neben dem Supermarkt. Je länger ich wartete, desto unsinniger erschien mir mein Vorhaben. Warum war ich nicht zu Hause geblieben und widmete mich der Pflege des Gartens? Doch schon im nächsten Moment dachte ich an den tollkühnen Gunnar, der wie ein Vogel durch die Luft fliegen würde, während ich noch nicht mal ein herausforderndes Problem vorweisen konnte.

Nach einer halben Stunde trottete Zoe endlich in ihrer bunten Flickenhose um die Ecke. Sie hatte es offenbar nicht eilig gehabt. An ihrer rechten Hand bemerkte ich eine schlecht verheilte Schürfwunde. In ihrem Gürtel steckte ein Plastikschwert.

»Du siehst ja aus wie eine Oma mit diesem blöden Korb«, begrüßte mich Zoe.

Ich lachte, auch weil Zoe im Grunde nicht ganz Unrecht hatte. Mir gefiel die Vorstellung, irgendwann auszusehen wie Margaret Rutherford in den alten Agatha-Christie-Filmen. Eine knorrige alte Dame, die nebenher Kriminalfälle löste.

»Ich habe dich lange nicht gesehen«, sagte ich vorsichtig. »Warst du verreist?«

Zoe zog ihr Schwert aus dem Gürtel und fuchtelte gefährlich nahe vor meinen Augen. Ich bemühte mich, unbekümmert zu wirken.

»Geht dich doch nichts an«, meinte sie schließlich, »außerdem ist ein Pirat immer unterwegs.« Ich war erstaunt, wie sehr sie ihre Rolle ausfüllte. Dagegen wirkte ich als Ehemann mit Vorliebe für ältere Damen vollkommen deplatziert.

»Stimmt«, gab ich mich geschlagen, »ich bin ja wirklich blöd.«

Zoe nickte zufrieden und steckte das Schwert zurück in den Gürtel.

»Gut«, sagte sie sachlich, »und warum sollte ich jetzt hierherkommen?«

Auf so eine klare Frage war ich nicht vorbereitet gewesen. In meiner Ehe war ich es gewohnt, klare Fragen und Antworten zu vermeiden. Die letzte klare Aussage in diesem Zusammenhang war das Ja im Standesamt gewesen.

»Du hast mal etwas von einem Piratentest erzählt.«

»Ach so, du willst also mein Freund werden, stimmt's?«

Ich nickte zögerlich. In diesem Augenblick kam ein Mann mit Handy am Ohr raschen Schrittes aus dem Supermarkt, stieg in seinen in zweiter Reihe geparkten Mercedes und rauschte davon.

»Aber vorher muss ich wissen, ob du es wirklich ernst meinst.«

»Okay«, sagte ich, während ich dem Mercedes hinterherblickte, der gerade bei Rot über die Kreuzung fuhr.

»Erst musst du in den Supermarkt gehen und eine Tafel Schokolade klauen, dann kannst du den Test machen.«

Ich glaubte mich verhört zu haben. In meinem ganzen Leben hatte ich noch nichts geklaut.

»Kann man den Test nicht auch ohne Klauen bestehen?« Ich war mir nicht sicher, ob ich wegen eines Piratentests in die Kriminalität abgleiten wollte. Andererseits gehörte das Stehlen zweifellos zum Berufsbild eines Piraten.

Sie schüttelte energisch den Kopf. »Entweder oder!«

Ich spürte, wie mir allein bei der Vorstellung, etwas zu stehlen, die Knie weich wurden. Wenn ich nun erwischt wurde und herauskäme, dass ich der Mann von Jutta Wollmann, einer Mitarbeiterin im Bundesjustizministerium, war? »Ehemann klaut im Supermarkt. – Ist Jutta W. noch tragbar?«

Doch dann kam mir plötzlich ein ganz anderer Gedanke. Wenn ich Jutta erzählte, dass ich im Supermarkt eine Tafel Schokolade hatte mitgehen lassen, hätte ich möglicherweise endlich ein ernstzunehmendes Problem. Die Frage war: Würde Jutta dieses Problem überhaupt als Problem anerkennen?

»Na gut«, lenkte ich schließlich ein, »dann mache ich eben den Test.«

Zoe grinste mich frech an. Warum zum Henker wollte ich eigentlich ihr Freund werden?

Im Supermarkt schritt ich die Regalreihen ab wie bei einer Truppenabnahme. Ich schwitzte stark und konnte mich nicht richtig konzentrieren. Ich war mir auf einmal sicher, dass auf meiner Stirn der für jeden Kunden gut lesbare Satz »Ich plane, eine Tafel Schokolade zu klauen«

stand. Als mich eine Frau eine Sekunde zu lange ansah, glaubte ich ihr eine Erklärung schuldig zu sein. »Nie weiß man, was man essen soll!«

Die Frau wandte sich wortlos ab.

Ich wischte mir den Schweiß von der Stirn. Einen Moment überlegte ich, ob ich meinen Kopf kurz in einen Tiefkühlschrank halten sollte. Ich erinnerte mich an die beiden jungen Männer mit ihrem Einkaufswagen voller Bierdosen. Sie waren viel ruhiger als ich, und ich hatte noch nicht mal einen Einkaufswagen. War es leichter, mehr zu klauen als nur eine lächerliche Schokoladentafel? Einen Einkaufswagen voller Schokolade?

Ich lachte kurz auf.

Vor dem Regal mit Hundefutter entdeckte ich plötzlich Helga. In all den Jahren hatte ich sie noch nie beim Einkaufen getroffen. Es war mir unangenehm, ausgerechnet sie jetzt hier zu treffen, zumal mein Angebot, ein Verhältnis mit ihr zu beginnen, noch nicht lange zurücklag.

Ich wollte mich gerade abwenden, als sie mich bemerkte.

»Bernd?«, fragte sie überrascht.

»Helga«, sagte ich ohne Begeisterung.

»Was willst du denn hier?«

Leider begriff ich zu spät, dass es ironisch gemeint war.

»Ich habe vor, eine Tafel Schokolade zu stehlen«, klärte ich sie umgehend auf.

Helga lachte so laut, dass ich mich am liebsten spontan aufgelöst hätte.

»Das dachte ich mir fast schon«, erwiderte sie prustend.

Seltsamerweise fühlte ich mich nach diesem Bekenntnis erleichtert.

»Und du hast einen Hund?«

Es ärgerte mich, dass sie mir den Hund bislang verschwiegen hatte. Wenn sie mir über intime Details berichten konnte, konnte sie auch einen Hund erwähnen.

»Nein, nein, eine Katze.«

»Eine Katze mit Vorliebe für Hundefutter?«

»Eigentlich ist es ja auch nicht meine Katze, sie ist mir vor kurzem zugelaufen.«

»Ich empfehle dir, die Sache der Polizei zu melden, sonst machst du dich strafbar.«

»Weil mir eine Katze zugelaufen ist?«

»Wenn du sie behältst, meine ich.«

»Ich will sie aber gar nicht behalten. Außerdem kommt und geht sie, wann sie will.«

»Dann ist sie dir also gar nicht richtig zugelaufen.«

»Weißt du, was Katzen so fressen?«

»Ich muss jetzt«, entschuldigte ich mich.

»Morgen zum Kaffee?«, fragte sie, als ich mich abwenden wollte.

»Nein«, erwiderte ich prompt, »morgen habe ich etwas Wichtiges vor.«

Ich ging schnell weiter. Während mein Ärger abflaute, spürte ich eine kalte Entschlossenheit in mir.

Vor den Süßigkeiten stoppte ich und sah mich um. Ich wartete, bis niemand in der Nähe war, dann fixierte ich eine Tafel Nuss-Rosinen-Schokolade, griff blitzschnell zu und ließ sie in meiner Hosentasche verschwinden.

Als ich mit leeren Korb die Kasse passierte, blickte mich die Kassiererin kurz an. Ich lächelte, ohne rot zu werden, und da wusste ich, dass ich alles richtig gemacht hatte.

Draußen erwartete mich Zoe auf der Bank.

Ich reichte ihr stumm die Tafel Schokolade.

»Mit Rosinen?«, sagte sie, ihr Gesicht verziehend. »Das ist ja eklig.«

Ich setzte mich neben sie. »Aber geklaut«, erwiderte ich stolz, nahm ihr die Tafel wieder ab und brach ein großes Stück davon ab.

»Wann machen wir den Test?«, fragte ich, genüsslich auf der Schokolade kauend.

Sie zögerte einen Augenblick. »Meinetwegen«, antwortete sie, »morgen um elf am Hagenplatz. Du musst aber eine Badehose mitbringen.«

7

Beim Frühstück mit Jutta am nächsten Morgen fragte ich mich, ob ich überhaupt eine Badehose besaß. Ich konnte mich nicht erinnern, wann ich das letzte Mal gebadet hatte. Jedenfalls lag es so weit zurück, dass mir die Hose vermutlich ohnehin nicht mehr passte.

»Wann habe ich eigentlich das letzte Mal gebadet?«, fragte ich Jutta beiläufig, als wäre ich eben zufällig auf dieses Thema gestoßen. Mir kamen beim Nachdenken oft die seltsamsten Gedanken, und das wusste Jutta, weshalb sie sich nie etwas dabei dachte.

»Du badest doch jeden Sonntag«, erwiderte sie.

»In der Wanne«, bestätigte ich, »aber ich meine im Schwimmbad.«

»Wann du also das letzte Mal geschwommen bist, wolltest du fragen.«

Ich nickte. Sie hatte wie immer recht.

»Ist das jetzt wichtig für dich, oder warum fragst du mich das?«

Langsam wurde ich ärgerlich. Warum zögerte sie die Antwort hinaus?

»Kannst du meine Frage nicht einfach mal klar beantworten?«, fragte ich und nahm mir ein weiteres Brötchen, um ihr zu zeigen, dass ich den Frühstückstisch so lange nicht verlassen würde, bis ich eine zufriedenstellende Antwort bekam.

»Hatten wir uns nicht geeinigt, dass du morgens immer nur ein Brötchen isst?«, fragte Jutta im Hinblick auf das sich bereits in Arbeit befindliche zweite Brötchen.

»Von einem solchen Beschluss ist mir nichts bekannt«, sagte ich und schmierte eine besonders dicke Schicht Marmelade auf die obere Hälfte.

»Aber du wolltest doch abnehmen, oder?«

Wie sie es schaffte, mich selbst bei unverfänglichen Themen immer wieder in die Ecke zu drängen, blieb ihr gut gehütetes weibliches Geheimnis.

»Ja«, erwiderte ich, »aber nicht einseitig.« Meine Frau konnte essen, was sie wollte, nahm zu meinem Bedauern jedoch nie zu.

»Ich kann es mir aber leisten«, bemerkte sie mit einer schonungslosen Offenheit, die unserer Verbindung erstaunlicherweise nie geschadet hatte. Unsere Ehe war wie die Beziehung zweier hochgerüsteter Atommächte, die auf Konferenzen nur über Fischfangquoten diskutierten.

»Mit Gunnar kann ich natürlich nicht mithalten«, erklärte ich spitz.

Anstatt zu widersprechen, wie ich es gehofft hatte, lächelte sie nur still in sich hinein, was mich unweigerlich zu der Frage brachte, ob sie Gunnar schon einmal nackt gesehen hatte. Wäre es nicht ein Leichtes für sie gewesen, ein Verhältnis mit Gunnar zu führen, ohne dass ich irgendetwas davon mitbekam? Auf gemeinsamen Dienstreisen war man sich nähergekommen, hatte am Abend auch schon mal in einem romantischen Lokal zusammen gespeist. Die Hotelzimmer lagen zufällig nebeneinander. Niemand würde es bemerken, wenn Frau Wollmann einen Seitensprung unter die Bettdecke ihres Mitarbeiters wagte, während ihr Ehemann zu Hause zufrieden die Blumen wässerte.

»Gunnar hat mich übrigens gefragt, ob du am Wochenende mit ihm Squash spielen willst.«

»Vermutlich habt ihr euch schon geeinigt«, sagte ich beleidigt. Ich hatte nicht damit gerechnet, dass sich Gunnar noch daran erinnerte.

»Ich glaube, er mag dich ganz gerne«, meinte Jutta beschwichtigend.

Es war mir gleich klar, warum. Hatte er nicht sogar großzügig angeboten, dass uns Jutta »gerne« begleiten könnte?

Allerdings passierte es mir immer wieder, dass mich Menschen, die ich nicht ausstehen konnte, aus unerfindlichen Gründen sympathisch fanden.

»Wenn er einen Termin mit mir verabreden will, kann er mich jederzeit anrufen.«

»Er hat mehrmals versucht dich anzurufen, aber du warst nie da.«

Ich ging nur selten ans Telefon. Neun von zehn Anrufen galten Jutta, bei dem einen war entweder Helga oder meine Mutter am Apparat.

»In Zukunft werde ich noch seltener da sein«, erwiderte ich kühl.

»Aber meistens bist du doch da«, widersprach Jutta ungeachtet meiner Ankündigung, fortan größtenteils aushäusigen Tätigkeiten nachgehen zu wollen. Anscheinend rechnete sie nicht mehr damit, dass sich mein Alltag in Zukunft noch groß ändern würde.

»Zwischen sechs und halb sieben kann er mich erreichen«, kam ich ihr etwas entgegen.

Jutta sah mich verständnislos an. »Und warum kann er dich mittags nicht mal anrufen?«

Offenbar wollte sie nicht begreifen, dass ich nicht ständig zur Verfügung stand, nur weil ich zu Hause arbeitete.

»Mittags ruhe ich und möchte nicht gestört werden.«

»Aber du kannst doch ausruhen, wann du willst!«

Trotz meiner Hausarbeit hatte ich einen strengen Stundenplan, den ich nicht wegen Gunnar über Bord zu werfen gedachte. Als Beamtin mit geregelten Arbeitszeiten konnte Jutta das einfach nicht nachvollziehen.

»Eben nicht«, erwiderte ich.

»Darf ich dich etwa auch nicht stören?«, fragte sie beinahe beleidigt.

»Du rufst mich mittags ja nie an.«

»Aber wenn ich dich mal anrufen möchte, darf ich das nicht, oder wie?«

Die Stimmung drohte zu kippen, sodass ich ihr rasch zusicherte, in Notfällen jederzeit erreichbar zu sein.

Derweil wartete ich immer noch auf eine sachdienliche Aussage zum Thema Schwimmen.

»Ich bleibe jetzt so lange hier sitzen«, drohte ich, »bis du mir klipp und klar gesagt hast, wann ich das letzte Mal geschwommen bin.«

»Du kannst hier gerne so lange sitzen bleiben, wie du

willst«, sagte Jutta und trank den Rest Kaffee aus, »ich muss jetzt leider gehen.«

Sie erhob sich lächelnd. Ich biss wütend in das Marmeladenbrötchen. Und auf einmal konnte ich es nicht mehr zurückhalten und rief: »Damit du's weißt, ich habe gestern zum ersten Mal geklaut!«

Jutta drehte sich zu mir um. »Darüber sprechen wir dann ein anderes Mal«, erklärte sie mit einer Gelassenheit, die mich noch rasender machte.

Nachdem sie das Haus verlassen hatte, rannte ich hoch ins Schlafzimmer, um nach einer Badehose zu suchen. In meinem Schrank herrschte eine Ordnung, als müsste ich jeden Morgen in Sekundenschnelle entscheiden, was ich anziehen wollte. Dabei stand ich oft minutenlang ratlos davor, weil ich nicht wusste, welche Kleider zu meiner aktuellen Stimmung passten. Manchmal behielt ich den Morgenmantel einfach an und erledigte leichte Hausarbeiten, bis ich mir über meine Stimmung im Klaren war. Obwohl Juttas Schrank etwa doppelt so groß war wie meiner, brauchte sie keine Minute, um sich anzuziehen. Wahrscheinlich richtete sich ihre Stimmung nach der Wahl ihrer Kleider. Insgeheim bewunderte ich meine Frau für ihre professionelle Lebensgestaltung. Mein Leben wirkte dagegen wie die Rohfassung eines Films, wo bis zuletzt unklar blieb, ob man mich nicht doch noch rausschneiden würde.

Wie ich vermutet hatte, konnte ich eine Badehose nicht finden. Aber ohne Badehose würde der Piratentest womöglich ausfallen. Und da ich Zoe nun einmal versprochen hatte, ihr Freund zu werden, wollte ich sie auch nicht enttäuschen.

Irgendwo in diesem Haus musste es doch ein Kleidungsstück geben, das einer Badehose zumindest ähnlich sah.

Ich öffnete Juttas Schrank. Dank meiner zwanghaften Abneigung gegen Unordnung befand sich das Innenleben ihres Schranks immer noch in einem halbwegs akzeptablen Zustand. Vor drei Tagen hatte ich dort das letzte Mal aufgeräumt. Jutta hatte sich anscheinend damit abgefunden, dass ich während ihrer Abwesenheit gerne ein wenig Ordnung in ihre Wäsche brachte. Jedenfalls hatte sie sich am Anblick militärisch geordneter Schlüpfer nie gestört. Vielleicht ließ sie mich aber auch nur großzügig gewähren, um mir den Eindruck zu vermitteln, ich hätte auch in ihrem Leben eine gewisse Verantwortung übernommen. Ich konnte nicht ausschließen, dass ihr mein Eingreifen in die Wäscheordnung sogar gewisse erotische Lustgefühle bescherte. Nachdem unser Sexleben durch meine häufige Müdigkeit stark behindert war, reichte ihr inzwischen ein längerer Blick in den Kleiderschrank.

Zum Glück hatte ich bei Jutta noch nie fragwürdige Sexualspielzeuge gesehen. Im Kleiderschrank einer früheren Freundin war mir einmal ein Dildo von der Größe eines Elefantenpenis in die Hände gefallen. Seitdem war mir klar, dass ein Mann eine Frau niemals wirklich zufriedenstellen kann.

Weiter hinten im Schrank, vergraben unter Gürteln und seidenen Halstüchern, entdeckte ich einen schwarzen Bikini. Da ich mich an gemeinsame Badeurlaube nicht erinnern konnte, stellte sich mir automatisch die Frage, was sie mit einem Bikini wollte. Hatte sie ihn versteckt, um mir ihre Auszeiten in Hotelpools zu verheimlichen? Drehte sie dort womöglich ihre Runden gemeinsam mit Gunnar, für den sie extra ein aufreizendes Rüschenmodell gewählt hatte? Hinterher entspannte man sich bei einem Cocktail an der Bar, wo schließlich die letzten Hemmungen weggespült wurden.

Oder täuschte ich mich? War es noch schlimmer, als ich gedacht hatte? Musste sie nicht damit rechnen, dass ich den Bikini eines Tages entdeckte? Wollte sie, dass ich von den gemeinsamen Schwimmrunden mit Gunnar wusste?

Einen derart hinterlistigen Plan hatte ich meiner Frau gar nicht zugetraut. Ich war eifersüchtig, und das ärgerte mich. Bislang kannte ich Eifersucht nur aus dem Fernsehen, wo Frauen ihren fremdgehenden Männern Gift oder zerstoßenes Glas unters Essen mischten.

Da ich zunächst nicht vorhatte, Gift zu verabreichen, machte ich mir Gedanken, wie ich mit meiner ungewohnten Eifersucht am sinnvollsten umging. Ohnehin war nicht restlos geklärt, wem ich überhaupt zerstoßenes Glas unters Essen mischen sollte. Gunnar oder doch meiner Frau? Auch hier bewahrheitete sich meine These, dass die entscheidenden Fragen für den täglichen Gebrauch nicht oder nur sehr unzureichend beantwortet waren. »Im Falle des ehelichen Betrugs verabreiche man dem betrügenden Ehepartner Gift.« Mit derlei praktischen Hinweisen aber konnte ich auch dieses Mal nicht rechnen. Weil ich mich an Jutta inzwischen jedoch einigermaßen gewöhnt hatte, würde meine Wahl der Einfachheit halber auf Gunnar fallen. Doch vorher brauchte ich noch einen handfesten Beweis. Selbst der abgebrühteste Mafiaboss würde seinen Konkurrenten nicht wegen eines im Schrank seiner Frau gefundenen Bikinis beiseiteräumen.

Langsam dämmerte es mir, dass die geklaute Schokolade nur der Anfang meiner offensichtlich ins Kriminelle abgleitenden Entwicklung war. Vom Blumenliebhaber zum Schwerverbrecher. Endlich deutete sich eine anspruchsvolle Herausforderung an, wie ich sie mir bis vor wenigen Tagen noch nicht einmal erträumt hatte.

Ich zog mich aus und schlüpfte in Juttas Bikiniunterteil. Die hintere Partie verschwand sofort zwischen den Pobacken. Vorne spannte es jedoch so sehr, dass ich zum ersten Mal den Eindruck gewann, mit einem beachtlichen Geschlechtsteil ausgestattet zu sein. Sonst schlenkerte es weitgehend unbemerkt in einer Unterhose mit den Konturen eines ausgeleierten Tragebeutels. Nun zeigte sich, dass knappe Herrenunterwäsche durchaus einen Sinn ergab. Weshalb ich von Jutta jahrelang immer nur Großraumunterhosen geschenkt bekam, wurde mir jetzt auf einen Schlag bewusst. Der kleine Ballon zwischen meinen Beinen verschaffte mir das ernstzunehmende Gefühl, dass mein Weg als Mann gerade erst begonnen hatte.

Ich stellte mich vor den Spiegel. Bei flüchtiger Betrachtung wirkte der schwarze Tanga wie eine allzu üppige Schambehaarung. Mein Bauchnabel drückte heraus, die Brüste hatten bereits Körbchengröße A. In zehn Jahren würde ich wirklich aussehen wie Margaret Rutherford. Merkwürdigerweise hatte ich nichts dagegen.

Ich sah auf die Uhr. Es war schon halb elf. Rasch zog ich mir den Rest über, stopfte zwei Handtücher in eine Tasche und verließ das Haus Richtung Hagenplatz.

Zoe wartete schon an der Bushaltestelle. Sie sah aus wie ein richtiger Pirat: schwarzes Kopftuch, Augenklappe und

Schwert. Nur die Flickenhose und die Turnschuhe wollten nicht so recht dazu passen.

»Hast du die Badehose dabei?«, fragte sie, ohne mich zu begrüßen.

Ich nickte.

»Du kannst schwimmen, oder?«

»Seit ungefähr vierzig Jahren«, entgegnete ich.

Sie sah mich an, als könnte sie nicht glauben, dass eine so hohe Zahl überhaupt existierte. Mir kam es auf einmal selber merkwürdig vor. Was hatte ich in all den Jahren eigentlich gemacht? An einige wichtige Eckdaten konnte ich mich zwar noch erinnern, aber alles dazwischen entzog sich meiner Kenntnis. Mein Leben präsentierte sich plötzlich wie die Geschichte eines antiken Volkes: Man kannte einige Zahlen und Ereignisse, aber wie die Menschen ihr Leben genau herumgebracht hatten, blieb weitgehend verschwommen.

Zoe hielt ihre Hände vors Gesicht und knickte den kleinen und den Ringfinger der rechten Hand ein. »So alt bin ich«, sagte sie und blickte mich stolz an.

»Also acht Jahre«, sagte ich, »das ist ja schon mehr als eine Hand!« Es rührte mich irgendwie, dass ihr Alter noch problemlos mit zwei Händen dargestellt werden konnte. Je mehr Hände man dafür benötigte, desto komplizierter wurde auch das Leben.

»Ich glaube nicht, dass du schon so alt bist«, meinte Zoe sehr ernst.

»Ich auch nicht«, erwiderte ich genauso ernst.

Wir überquerten die Straße und gingen eine Nebenstraße hinunter. Zoe marschierte voran. Ich bemühte mich,

Schritt zu halten. Ein fülliger älterer Mann, der mit Sporttasche hinter einem Piratenmädchen herhetzte. Was wohl die Leute über uns dachten. Mir selbst kam es auf einmal abenteuerlich vor, dass ich überhaupt auf ihr Angebot eingegangen war. War es lediglich der Versuch, Jutta und mir etwas zu beweisen, oder gab es noch andere Gründe?

Dort, wo die Straße wieder leicht anstieg, bog Zoe nach rechts in einen kleinen Park. »Eltern haften für ihre Kinder« stand groß auf einem Schild.

Vor uns erstreckte sich ein von Villen und Gärten umrahmter See.

»Siehst du die Brücke dahinten?« Zoe deutete auf eine kaum erkennbare steinerne Brücke vor einem Waldstück, an dem der See offenbar endete. Mindestens dreihundert Meter lagen zwischen uns und der Brücke. Ich ahnte Schlimmes.

»Du schwimmst bis zur Brücke und da warte ich dann auf dich, verstanden?«

Ich ließ mir meine Nervosität nicht anmerken. »Und dann habe ich den Test bestanden?«, fragte ich, nur um sicherzugehen, dass es sich nicht wieder um einen Vortest handelte.

Sie grinste, als freute sie sich heimlich darüber, einen erwachsenen Mann so ohne weiteres über einen See schicken zu können.

Dabei hatte ich eigentlich gar nicht vorgehabt, Pirat zu werden. Andererseits wusste ich nicht, was ich sonst werden sollte. Musste man in meinem Alter überhaupt noch etwas werden? Reichte es nicht, dass man es bis hierhin ohne größere Blessuren geschafft hatte?

Weil ich vor Zoe nicht als Schwächling dastehen wollte, willigte ich schließlich ein.

Während ich mich auszog, stocherte Zoe mit einem Stock im Wasser. Ich legte meine Sachen ordentlich gefaltet in die Tasche und stellte mich dicht ans Ufer, sodass meine Zehen das Wasser berührten. Als mich Zoe in der Bikinihose sah, kriegte sie sich kaum noch ein vor Lachen. Sie hielt die Hand vor den Mund und trampelte auf der Stelle. In diesem Moment erinnerte ich mich, wie ich auf einer Klassenfahrt einmal von einer Gruppe Mädchen nackt im Duschraum erwischt worden war. Noch heute hatte ich ihr lautes Kreischen im Ohr. Nun wurde mir klar, dass sie nicht über mich gelacht hatten, sondern über ihre eigene Scham.

»So siehst du später auch mal aus«, erklärte ich ruhig, worauf ihr Lachen sofort verstummte.

»Dann sehen wir uns an der Brücke«, sagte sie schnell, griff sich meine Tasche und lief davon.

Vorsichtig bugsierte ich meinen schweren Körper ins Wasser, bis der Pegel meinen Bauch erreicht hatte. Meine Füße begannen langsam im Schlamm zu versinken. Ich war noch nie in einem See geschwommen. Mir wurde mulmig bei der Vorstellung, dass armlange Fische Jagd auf meine Zehen machten.

Nachdem ich mich mit Wasser bespritzt hatte, ließ ich meinen Körper in Zeitlupe nach vorne kippen. Die Wellen schlugen über meinem Rücken zusammen. Ich brauchte einige Züge, bis ich meinen Rhythmus gefunden hatte. Es war seltsam, dass der Körper gewisse Dinge nie verlernte, während der Geist dauernd trainiert werden musste.

Bis auf einige Enten war ich ganz allein auf dem See.

Schon nach wenigen Minuten bemerkte ich, wie die Enten neugierig näher kamen. Ein schwimmender Kopf war offenbar eine willkommene Abwechslung in ihrem bescheidenen Entenalltag. Ich fragte mich seit Längerem, ob so ein Tier wirklich zufrieden war mit seinem Leben. Außer essen, schwimmen und dösen hatte eine Ente ja nichts weiter zu tun. Von einer allgemeinen Unzufriedenheit bei Enten aufgrund mangelnder Beschäftigung hatte ich allerdings noch nichts gehört.

Auf einmal sah ich, wie ein Erpel, der mich schon eine Weile kritisch beäugt hatte, immer dichter an mich heranschwamm. Sein Schnabel war leicht geöffnet, der ganze Körper schien steif vor Anspannung. Es sah aus, als wollte er mich jeden Moment rammen.

Während ich versuchte, ihm auszuweichen, folgte er mir unbeirrt. Ich konnte mich nicht erinnern, dass ich ihm oder seiner Gruppe irgendetwas getan hatte. Im Gegenteil. Ich war friedlich geradeaus geschwommen und hatte mir nichts zu Schulden kommen lassen. Aber der Erpel war offensichtlich anderer Meinung. Er war nur noch einen knappen Meter von mir entfernt, als er sich plötzlich, seinen Kopf blitzartig vorschnellend, flatternd über mich warf und mit harten Schnabelhieben attackierte. Wild um mich schlagend, versank ich in einem Knäuel aus Flügeln und Armen, bis der Erpel abrupt von mir abließ, sich schüttelte und scheinbar befriedigt davonschwamm. Der Angriff hatte keine fünf Sekunden gedauert, und doch fühlte ich mich von den ungewohnt heftigen Bewegungen stark geschwächt.

Einige Minuten trieb ich auf der Stelle und fragte mich,

wie es dazu kommen konnte. Vielleicht hatte der Erpel seinen Enten nur einfach mal seine Seemacht demonstrieren wollen.

Weit über die Hälfte der Strecke hatte ich bereits hinter mir, als ich in meinem rechten Bein einen Krampf verspürte. Ich hatte öfter Beinkrämpfe, die sich durch Strecken aber schnell wieder verflüchtigten. Doch jetzt schien sich eine dicke Nadel direkt durch das Kniegelenk in den Schenkel zu bohren. Alle Anstrengungen, das Bein zu entkrampfen, schlugen fehl. Fast manövrierunfähig drehte ich mich im Kreis. Zoe stand auf der Brücke und winkte mir zu. Kurz vor dem Ziel drohte mir eine gewaltige Blamage, die mich für weitere Piratenaufgaben vermutlich disqualifizierte.

Da ans Weiterschwimmen unter diesen Umständen jedoch nicht zu denken war, beschloss ich, an Land zu gehen. Zum Glück befand ich mich nur wenige Meter vom Ufer entfernt. Erst jetzt sah ich, dass es sich um ein Privatgrundstück handelte, auf dem eine ehrfurchtgebietende klassizistische Villa stand, die von einem parkähnlichen Gelände umgeben war. Weil ich keine Wahl hatte, robbte ich aus dem Wasser und blieb erschöpft auf dem Rasen liegen. Ich sah sofort, dass es sich hier um Rollrasen handelte. Bei der Planung unseres Gartens hatte ich anfangs auch mit Rollrasen geliebäugelt. Er wuchs schneller an und konnte bei Bedarf problemlos ersetzt werden. Die ganze Anlage wirkte außerordentlich gepflegt. Die Pflanzen waren so ausgesucht, dass zu jeder Jahreszeit irgendetwas blühte. Ich war schwer beeindruckt.

Bedauerlicherweise konnte ich den Anblick nicht länger

genießen. So schnell es ging, musste ich das Grundstück wieder verlassen, ehe ich von den Eigentümern erwischt wurde.

Da ein Rückzug übers Wasser nicht mehr in Betracht kam, blieb nur noch der Landweg.

Mühsam erhob ich mich und humpelte durch den Park. Dabei versuchte ich den Eindruck zu vermeiden, dass ich mich unberechtigterweise über das Grundstück bewegte, was angesichts meiner schamhaargroßen Bikinihose allerdings nicht so einfach war, wie ich gedacht hatte. Ein dicker Mann mit Bikini würde vermutlich weltweit eine gewisse Aufmerksamkeit erregen.

Immer wieder blieb ich interessiert an den Blumenrabatten stehen, als wäre ich nur ein harmloser Pflanzenliebhaber, der sich versehentlich auf ein Privatgrundstück verirrt hatte. Hektisches Herumrennen würde den Verdacht nur verstärken, dass ich mir meines unbefugten Eindringens bewusst war.

Weiter oben bemerkte ich auf einmal einen Mann in einem grünen Overall. Er war gerade damit beschäftigt, verwelkte Blüten von einem Rosenstrauch zu entfernen. Die Lage drohte nicht nur unangenehm, sondern außerordentlich peinlich zu werden. Leider gab es auch in diesem Fall keinen Ratgeber, in dem genau stand, wie man sich in solchen Situationen am besten verhielt.

Da ich den Mann nicht wortlos passieren konnte, beschloss ich, in die Offensive zu gehen. Ich näherte mich locker von hinten und schlug ihm begeistert auf die Schulter. »Einen dollen Garten haben Sie hier!«

Kurz darauf wurde ich von zwei weiteren Männern in

grünen Overalls unsanft auf die Straße verfrachtet. Wenigstens war mein Krampf unterdessen verschwunden.

Die Geschichte war jedoch noch nicht ganz ausgestanden. Denn obwohl ich mich wieder auf öffentlichem Straßenland bewegte, waren Zoe und damit meine Kleider weit und breit nicht zu sehen. Weil ich lediglich über das Orientierungsvermögen eines Kleinkindes verfügte, praktisch also über gar keins, irrte ich hilflos durch die Straße in der Hoffnung, irgendwo einen Weg zu finden, der mich zur Brücke führte. Aber wenn es erst einmal schlecht lief, lief es meist gleich durchgehend schlecht. Vor mir erblickte ich plötzlich Frau Sartorius mit ihren zwei Jungs. Man sollte grundsätzlich nicht im selben Viertel wie seine Bekannten wohnen, dachte ich noch, als mich Frau Sartorius bemerkte und abrupt stehen blieb. Sie musterte mich feindlich, wobei ich nicht sagen konnte, ob es in erster Linie an meiner dürftigen Bekleidung lag oder daran, dass ich sie bei der Gartenparty von der Hollywoodschaukel geworfen hatte. Jedenfalls spürte ich, dass ich jetzt dran war, etwas zu sagen.

»Schön, dass man sich auch mal so trifft«, sagte ich fröhlich. Meine Arme hingen schlaff herab, sodass meiner Fröhlichkeit die letzte Überzeugungskraft fehlte, was mir Frau Sartorius durch ihren weiterhin feindseligen Gesichtsausdruck leider bestätigte.

»Ihre Jungs können natürlich jederzeit bei uns Fußball spielen«, fügte ich zur Abrundung unser Begegnung hinzu. Die beiden sahen ihre Mutter erstaunt an.

»Das überlegen wir uns dann noch«, erklärte Frau Sartorius kühl und zog grußlos an mir vorbei.

Wenig später stand Zoe mit der Tasche neben mir.

»Und«, fragte ich aufgeregt, »habe ich den Test trotzdem bestanden?«

Sie blickte mich ernst an. »Naja«, meinte sie, »bis zur Brücke hast du es ja nicht geschafft.« Und nach einer kurzen Pause, nachdem sie mich noch einmal von oben bis unten angesehen hatte, erklärte sie: »Aber ich will mal nicht so sein.«

Sie streckte mir ihre Hand entgegen. Von nun an waren wir echte Piratenfreunde.

Später lag ich zu Hause auf dem Sofa und dachte darüber nach, welche Auswirkungen so eine Piratenfreundschaft wohl auf mein zukünftiges Leben hatte, als das Telefon klingelte. Es war genau zwei Minuten nach sechs. Um diese Uhrzeit klingelte das Telefon sonst nie, und wenn ich ehrlich war, klingelte es auch zu anderen Zeiten nur selten. Meist goss ich gerade die Blumen, putzte meine Zähne oder war sonst wie beschäftigt. Es klingelte nur, wenn ich zu tun hatte, und wenn ich dann in letzter Sekunde ans Telefon stürzte, war es nicht für mich, sondern für Jutta. Dass es einmal klingelte, wenn ich still auf dem Sofa lag, konnte nur heißen, dass es diesmal tatsächlich für mich war.

Ich griff entspannt zum Hörer.

»Hallo?«, erklang eine männliche Stimme, die mir unbekannt war. Ich reagierte nicht sofort, um mich nicht zu verraten. Seit meiner Jugend plagten mich Ängste, von obszönen Anrufern belästigt zu werden. Dabei wurde ich auch damals kaum angerufen.

»Hier ist Fahrenkamp«, fuhr die Stimme fort, »spreche

ich mit Bernd?« Ob er annahm, dass noch weitere männliche Personen in diesem Haus wohnten?

Auch der Name sagte mir nichts.

»Gunnar Fahrenkamp!«

Es war tatsächlich Gunnar, wie Jutta mir prophezeit hatte.

»Ja, hier Bernd«, sagte ich kurz angebunden.

»Ich wollte dich nur fragen, ob wir am Samstag zusammen squashen wollen?«

Offenbar war es ihm wirklich ernst damit. Natürlich wusste ich sofort, dass er auf diese Weise versuchte, meine Frau auch am Wochenende zu sehen.

»Jutta kann aber wahrscheinlich nicht mitkommen«, log ich, um ihn zu irritieren.

»Ach so?« Sein Enthusiasmus schien schon deutlich verhaltener.

»Sie hat irgendeinen wichtigen Termin«, log ich weiter. Ich kam mir ziemlich gerissen vor.

»Davon wüsste ich aber«, entgegnete Gunnar.

Ich dachte kurz nach. »Du weißt also über ihre Termine Bescheid?« Jetzt hatte ich ihn in der Falle.

»Natürlich, ich vereinbare sie ja für Jutta.«

Ich schluckte. »Aber nur die geschäftlichen, nehme ich an.«

»Wenn es ein wichtiger Termin ist, *ist* es ein geschäftlicher«, beharrte Gunnar, als gäbe es außerhalb ihres Berufs im Grunde keine wichtigen Termine.

»Es ist aber ein privater wichtiger Termin.« Es ärgerte mich, dass er auch in ausweglosen Situationen souverän reagierte. Vielleicht war das ein weiteres Geheimnis, das ihn für Jutta so attraktiv machte.

»Jutta war aber eben noch bei mir und hat gesagt, dass sie am Samstag Zeit hat und gerne mitkommen würde.«

»Sie war bei dir?«, fragte ich. »Davon hat sie mir gar nichts erzählt!«

Plötzlich lachte er so laut, dass ich den Hörer vom Ohr wegzog.

»Ich nehme an, dass sie dir nicht immer erzählt, wenn wir uns besuchen.«

»Davon muss ich ausgehen«, erwiderte ich.

»Unsere Büros liegen ja nebeneinander, da ist es normal, dass wir uns öfter sehen. Also Samstag geht klar?«

Obwohl es mir schwerfiel einzugestehen, dass er recht hatte, stimmte ich schließlich schweren Herzens zu, um mich nicht noch weiter zu blamieren.

Aber so leicht wollte ich Gunnar nicht davonkommen lassen.

8

Ich hatte angenommen, Jutta würde sich freuen, als ich ihr abends vor dem Zubettgehen erzählte, wie ich eine Stunde über den See geschwommen war und dabei neben armlangen Karpfen auch wütende Schwäne abgewehrt hatte. Einen Augenblick überlegte ich, ob ich noch attackierende Krähen in die dramatisch zugespitzte Geschichte einbauen sollte, was aber selbst mir ein wenig übertrieben vorkam.

Doch Jutta stand die ganze Zeit vor dem Badezimmerspiegel und cremte sich völlig unbeeindruckt das Gesicht ein, während ich im Schlafzimmer auf und ab schritt und das Drama vom Dianasee in den buntesten Farben vor ihr ausbreitete.

Im Nachhinein muss ich zugeben, dass ich vielleicht zu dick aufgetragen hatte. Besonders die Geschichte mit dem Karpfen, der meinen Fuß bereits halb im Maul stecken hatte, erschien mir dann doch etwas unrealistisch. Aber das war sicherlich nicht der Hauptgrund, weshalb meine Frau zwanzig Minuten ohne jegliches Zeichen der Anteilnahme ihr Gesicht eincremte. Eigentlich hätte ich gewarnt sein müssen, denn mehr als zehn Minuten brauchte sie nie für die Komplettabwicklung ihrer Abendtoilette. Ich hatte mich jedoch so in die Geschichte hineingesteigert, dass ich nicht merkte, wie sie hektisch immer neue Schichten Creme aufs Gesicht auftrug und dabei zunehmend gelber und ungeduldiger wurde. Schließlich drehte sie sich abrupt um, trat auf mich zu – ich hatte die Geschichte noch gar nicht beendet – und stemmte die Hände in die Hüften.

»Kannst du mir verraten, was du nackt vor der norwegischen Botschaft suchst?«

Es war sofort klar, wer ihr diese Information gesteckt hatte. Als wesentlich schockierender empfand ich allerdings die Tatsache, dass Frau Sartorius praktisch unmittelbar nach unserer Begegnung im Ministerium angerufen haben musste. Ich sah sie förmlich ins Haus und aufs Telefon zustürzen, nur um diese brisante Nachricht sofort in die Welt hinauszuposaunen. Anscheinend hatte sie nur auf den passenden Moment gewartet, um mir die Sache mit der Hollywoodschaukel heimzuzahlen.

»Erstens«, sagte ich sachlich, »war es nicht die Botschaft, sondern die *Residenz* des norwegischen Botschafters, zweitens war ich nicht *vor* der Residenz, sondern *gegenüber*, und drittens war ich keineswegs nackt.«

»Aber fast!« Sie holte die immer noch feuchte Bikinihose aus der Wäsche und hielt sie mir vor die Nase.

Ich hatte einen Fehler gemacht, dass ich das Teil nicht gleich weggeräumt hatte.

»Ich brauchte eben eine Badehose«, erklärte ich immer noch ruhig.

»Du läufst mit meinem Bikini durch die Gegend. Findest du das nicht etwas seltsam?«

»Das Oberteil habe ich nicht getragen!«

»Würde dir aber vielleicht ganz gut stehen.«

Ihren Seitenhieb auf meine Brüste hatte ich klar vernommen.

»Ich hatte einen Krampf im Bein«, lenkte ich zögernd ein. Das Drama vom Dianasee löste sich langsam in der Geschichte eines kläglichen Scheiterns auf. Fünfundneunzig Prozent waren erfolgreich verlaufen, aber Jutta konzentrierte sich auf die fünf Prozent, die danebengegangen waren.

»Und deshalb musst du gleich auf die Straße laufen?«

»Ich habe mich auf einem angrenzenden Grundstück erholt, weil ich nicht weiterschwimmen konnte.«

»Da hast du dann noch Kaffee getrunken und bist hinterher ein bisschen spazieren gegangen.« Meine Frau konnte manchmal ziemlich schnippisch sein.

»Ich habe mich mit dem Gärtner über Rosen unterhalten. Er hat mich dann freundlicherweise nach draußen begleitet.«

»Über Rosen!«, rief Jutta und blickte flehend zur Decke. »Eigentlich habe ich gehofft, dass du dir mal was Sinnvolles suchst.«

»Ein Piratentest *ist* etwas Sinnvolles«, und nach einer dramaturgischen Pause fügte ich hinzu: »Und ich habe ihn sogar bestanden!«

»Im Bikini über einen See zu schwimmen und sich von Gänsen angreifen zu lassen ist was Sinnvolles?«

»Schwäne«, korrigierte ich sie, »es waren eindeutig Schwäne.«

Jutta schüttelte den Kopf.

»Außerdem«, setzte ich nach, »hättest du mir lieber mal enge Unterhosen kaufen sollen anstatt dieser Schlabbershorts.«

Sie sah mich verärgert an. »Jetzt bin ich also auch noch schuld?«

Ich überlegte, ob es etwas nützte, wenn ich mir kurz die Bikinihose anzog.

Aber ich wollte sie nicht noch weiter provozieren.

»Frau Sartorius kann mich einfach nicht leiden«, sagte ich beleidigt und legte mich ins Bett.

»Ist es denkbar«, meinte Jutta, während sie sich neben mich legte, »dass du ein grundsätzliches Problem mit meinen Bekannten hast?«

Aber noch ehe ich darüber nachdenken konnte, ob dies wirklich ein Problem für mich war, war ich schon eingeschlafen.

Samstagmittag brachen wir zum Squashspielen in den Südwesten der Stadt auf. Dieses Mal hatte ich jedoch darauf bestanden, selber zu fahren. Sonst saß Jutta hinter dem Steuer, zum einen, weil der Suzuki ihr gehörte, und zum anderen, weil ich nur über wenig Fahrpraxis verfügte. Zuletzt war ich rückwärts aus der Garage gefahren und hatte dabei den Gartenzaun und einen Straßenbaum gerammt.

Aus diesem Grund wirkte Jutta etwas steif, als ich den Wagen mit der zulässigen Höchstgeschwindigkeit von 50 km/h in Richtung Squashcenter lenkte. Lange genug war ich der Beifahrer gewesen und hatte nichts gesagt, wenn Jutta zu schnell oder zu langsam gefahren war. Es war an der Zeit, das Steuer endlich selbst in die Hand zu nehmen, und wo, wenn nicht in einem Auto, wäre die Umsetzung meines Wunsches leichter zu verwirklichen gewesen.

Leider war mein Fahrstil alles andere als überzeugend. Schon weit vor Kreuzungen bremste ich nervös, auch wenn die Ampel gerade auf Grün gesprungen war. Hinter einem in zweiter Reihe parkenden Lieferwagen blieb ich so lange stehen, bis alle Autos an mir vorbeigefahren waren. Ich blinkte selbst dann, wenn die Straße nur einen leichten Bogen machte, und bei einem Stau fuhr ich so dicht an das vordere Fahrzeug heran, dass kein Blatt Papier mehr zwischen die Stoßstangen gepasst hätte. Kurz, ich fuhr wie eine achtundneunzigjährige Frau, die vor zwei Tagen ihren Führerschein gemacht hatte.

Erschwerend hinzu kam, dass ich keine Ahnung hatte, wohin wir überhaupt mussten. Zwar war am Morgen mehrmals der Name Zehlendorf gefallen, aber ich hatte nicht die geringste Ahnung, wie man dorthin kam.

Dies hatte bald auch Jutta erkannt, denn als wir ein Schild mit dem Hinweis »Charlottenburg – Mitte – Zoo« passierten, fragte sie höflich nach, ob mir eigentlich klar sei, dass wir gerade in die entgegengesetzte Richtung führen. Ich nickte, machte aber nicht gleich kehrt, um nicht orientierungslos zu wirken. Erst als Jutta mit dem Stadtplan beschäftigt war, nutzte ich die Gelegenheit und drehte rasch an der nächsten Kreuzung um.

In Zehlendorf verschärfte sich die Lage noch einmal, da wir beide die Adresse des Squashcenters vergessen hatten.

»Nun frag doch endlich mal jemanden«, drängte mich Jutta, nachdem wir eine gute Viertelstunde im Kreis gefahren waren.

»Es muss hier doch irgendwo sein«, entgegnete ich unbeirrt, »so ein Center versteckt sich ja nicht im Hinterhof.«

Obwohl ich mich sonst gerne beraten ließ, verweigerte ich eine Beratung am Straßenrand.

»Männer!«, sagte Jutta kopfschüttelnd. »Keine Ahnung wo's langgeht, aber das mit Überzeugung.«

Ich war angenehm überrascht, dass ich auf einmal so klare männliche Eigenschaften besaß. Vielleicht sollte ich noch länger ohne Beratung im Kreis fahren, um den Eindruck unauslöschbar in Juttas Hirn zu verankern.

Mit einer halben Stunde Verspätung erreichten wir zufällig das Squashcenter. Ich parkte auf dem Behindertenparkplatz, weil ich mir nicht vorstellen konnte, dass Behinderte Squash spielten.

Gunnar wartete bereits ungeduldig am Empfang. Er trug einen olivgrünen Trainingsanzug und ausgetretene Turnschuhe. Selbst darin wirkte er erstaunlich elegant.

»Und ich dachte schon, ihr habt mich vergessen!«, rief er und küsste Jutta sofort auf beide Wangen, während ich acht Sekunden, ich hatte genau mitgezählt, mit ausgestreckter Hand seine Begrüßung erwartete. Als er mich schließlich bemerkte, hatte ich meine Hand längst fallen gelassen.

»Ich habe uns schon einen Platz reserviert«, sagte er dennoch freundlich zu mir gewandt, »hier ist dein Schläger.« Er überreichte mir einen rosafarbenen Schläger, der dazu noch viel kleiner war als seiner. »Sie hatten keinen anderen mehr«, fügte er bedauernd hinzu, was ich ihm aber nicht glaubte.

»Hinten links sind die Umkleidekabinen«, erklärte er, »du kannst dann direkt zu Platz sechs kommen.« Er hatte nicht *sechs*, sondern *sex* gesagt, was mir natürlich nicht entgangen war.

In der Umkleidekabine packte ich meine Sportsachen aus. Die kurze blaue Sporthose stammte aus der Zeit, als ich den allerdings nur eine Woche andauernden Drang verspürt hatte, mich zu Hause nach der Arbeit noch ein wenig körperlich zu betätigen. Kniebeugen und Liegestütze. Dazu benötigte ich eine komplette Sportausrüstung, um die Sache überhaupt ernst zu nehmen. Nach zwei Tagen begann ich die ersten Übungen aus meinem Sportprogramm zu streichen. Nach vier Tagen war nur Armkreiseln übrig geblieben, und nach sechs Tagen reichte schon das Tragen der Turnschuhe, in denen ich mir das Abendessen zubereitete.

Ich zog mich um und verstaute die Sachen im Spind. Als ich mich im Spiegel betrachtete, wusste ich, dass Gunnar keine Sekunde daran zweifeln würde, dass ich ein Sportcenter noch nie von innen gesehen hatte.

Gunnar machte sich bereits warm, als ich den hallenartigen Raum betrat, und schlug die Bälle mit beachtlichem Tempo gegen die große Wand.

»Dann wollen wir mal«, sagte ich unbekümmert zu Jutta, die auf Gunnars Sporttasche neben der Tür hockte und gebannt die harten Aufschläge ihres Mitarbeiters verfolgte. Was genau ich hier wollte, wurde mir jedoch von Sekunde zu Sekunde rätselhafter.

»Wie lange haben wir?«, fragte ich Gunnar, als wäre das die einzig wichtige Frage, die in diesem Zusammenhang noch zu klären war.

»Eine Dreiviertelstunde«, keuchte er.

Wenn man die Zeit, die er hier schon allein gespielt hatte, abzog, waren es vielleicht nur noch fünfunddreißig Minuten.

Ich nahm einen Ball, warf ihn hoch und schlug zu. Der Schläger sauste durch die Luft, ohne den Ball je berührt zu haben. Davon ließ ich mich aber keineswegs beirren, zumal Jutta alles genau verfolgte, und wiederholte das Ganze noch einmal.

Ich verfehlte den Ball nur knapp.

Beim dritten Mal ließ ich mir etwas mehr Zeit. Ich fokussierte den Ball, warf ihn hoch in die Luft, ließ ihn bis auf Augenhöhe herankommen und stürzte mich, meinen Arm herumschleudernd, mit voller Wucht auf ihn, sodass der Ball erst zu Boden schoss und dann seitlich wegsprang.

Ich war beeindruckt, fühlte mich von einem Erfolgserlebnis aber noch weit entfernt. Der Schweiß rann mir die Schläfen hinab. In wenigen Minuten würde mein T-Shirt durchnässt sein.

Vielleicht musste ich die ganze Sache nur anders angehen. Ich dachte an Tischtennis. Ich dachte an die Übertragungen im Fernsehen, wo unscheinbare Chinesen mit atemberaubendem Tempo winzige weiße Bälle über die Platten fegten.

Ich hielt den Schläger dicht vor meine Brust, positionierte den Ball unmittelbar davor und blickte entschlossen nach vorne. Mit einer kurzen, wiewohl effektvollen Bewegung fegte ich den Ball Richtung Wand. Er flog keine drei Meter und blieb in der Hallenmitte liegen.

»Können wir?«, fragte Gunnar, der inzwischen offensichtlich gut aufgewärmt war.

»Kann losgehen«, erwiderte ich prompt. Dabei hatte ich noch nicht mal die Wand getroffen.

»Du solltest aber die Brille abnehmen«, bemerkte Gunnar fürsorglich, »sonst geht sie vielleicht kaputt.«

Erst jetzt sah ich, dass Gunnar keine Brille trug, was ihn gleich noch jünger und sportlicher machte. Sobald ich meine Brille abgelegt hatte, wirkte ich lediglich alt und verwirrt.

Ich reichte Jutta die Brille, die irgendetwas von »Zeig's ihm« murmelte, was ich nun doch ein wenig übertrieben fand, zumal ich ohne Brille lediglich Umrisse erkannte.

Das war jedoch meine Rettung. Denn da ich nun auch die Wand nicht mehr richtig erkannte, war ein Spiel unter normalen Bedingungen praktisch unmöglich.

Zunächst verschwieg ich Gunnar allerdings mein Handicap, für den Fall, dass ich die Wand wider Erwarten doch treffen sollte.

Ich warf den Ball in die Luft, zählte bis drei und schlug blind zu. Ich hörte nur, wie der Ball irgendwo gegenprallte.

»Du musst gegen diese Wand spielen«, klärte mich Gunnar ruhig auf. Es war ihm vermutlich längst klar, dass ich kein ernst zu nehmender Gegner war.

»Ja, ja«, antwortete ich leicht genervt. Ich machte mich locker. Tänzelte auf der Stelle und schwenkte die Arme. Zum Glück konnte ich mich selber nicht dabei sehen.

Dann warf ich den Ball hoch, holte weit aus und schlug stöhnend zu.

Eine Weile hörte ich überhaupt nichts, was ich als schlechtes Zeichen wertete, bis hinter mir etwas zu Boden fiel.

»Hau doch mal richtig drauf«, forderte Gunnar, »du spielst ja wie eine alte Oma!«

Er lachte, und als auch Jutta anfing zu lachen, hätte ich den Schläger am liebsten in die Ecke geschleudert. So etwas musste ich mir von Gunnar nicht bieten lassen.

Langsam begann ich zu durchschauen, warum Gunnar an Juttas Begleitung so interessiert war. Er wollte mich vor ihr lächerlich machen, da er genau wusste, dass ich dem Spiel nicht gewachsen war. Am meisten bedrückte mich aber, dass Jutta von seinem Plan nicht die geringste Ahnung zu haben schien.

Ich setzte meine Brille wieder auf. Wenigstens ein einziges Mal wollte ich beweisen, dass ich auch anders konnte als eine Oma. Es ging jetzt eigentlich nur noch darum, die alte Frau in mir zu besiegen.

Ich stand breitbeinig da, machte ein derart entschlossenes Gesicht, wie ich es seit Jahren nicht mehr von mir gekannt hatte, umfasste den Schläger fest und holte den letzten Ball aus der Hosentasche. Dabei stellte ich mir vor, wie Millionen Zuschauer angespannt vor ihren Bildschirmen saßen und darauf warteten, dass ich den entscheidenden, letzten Schlag tat. »Wird er nach drei Stunden noch die Kraft dazu haben, Gunnar Fahrenkamp ins Aus zu schlagen?«

Ich hob den Schläger – Millionen Menschen folgten atemlos meinen Bewegungen –, ließ die Hand mit dem Ball mehrmals hin- und herschwingen und blickte starr gegen die Wand. Ich wartete, bis die Spannung ins Unerträgliche stieg, warf dann blitzschnell, auch für mich überraschend, den Ball steil nach oben, drehte den Arm zurück, sah den herabstürzenden Ball, kippte die Hand nach hinten und schlug mit einer halben Kehrtwende zu. Der Ball schoss gegen die linke Wand, prallte hart ab und traf Gunnar, der sich gerade wegducken wollte, am Kopf.

»Das ist heute nicht mein Tag«, bemerkte ich schulterzuckend und wandte mich lächelnd zu Jutta, die mich betroffen anblickte.

»Dann machen wir einfach ein anderes Mal weiter«, erklärte Gunnar das Spiel plötzlich für beendet. Offenbar hatte er den Treffer nicht persönlich genommen.

Während wir gemeinsam zurück in den Umkleideraum gingen, bemerkte ich auf dem benachbarten Platz erstaunt zwei Männer, die in Rollstühlen saßen und Squash spielten.

»Mach dir nichts draus, ist mir auch schon passiert«, sagte Gunnar und klopfte mir auf die Schulter, als wäre ich ein Pferd, das sich zwar angestrengt, aber kein einziges Hindernis fehlerfrei übersprungen hatte.

Als ich meine Sachen aus dem Spind holte, fragte Gunnar, ob ich nicht erst noch duschen gehen wolle. Er blickte mich ernst an. Vielleicht wollte er mir ja etwas Wichtiges mitteilen. Und weil ich immer gleich weich wurde, wenn man mich ernst ansah, gab ich widerwillig nach.

Unter der Dusche fühlte ich mich wie auf einer Militärparade, bei der gezeigt wurde, was man alles zu bieten hatte. Schon ein flüchtiger Blick auf Gunnars Körper machte mir unmissverständlich deutlich, dass sein Material meines bei weitem übertraf. Alles an ihm war groß, hart und lang. Selbst seine Füße wirkten irgendwie überlegen, sodass ich nicht anders konnte, als sie zu bewundern. Neben mir stand die Weltmacht, dagegen war ich eher die Schweiz, auf deren sonnigen Almen verschreckte Gebirgsjäger hinter Büschen lauerten.

Nach fünf Minuten merkte ich, dass Gunnar keineswegs plante, mir etwas Wichtiges mitzuteilen. Die ganze Zeit sprach er kein einziges Wort. Er seifte sich hemmungslos ein, fuhr sich schamlos zwischen die Beine und unter die Achseln, während ich relativ unbeweglich unter dem Duschkopf stand und das Wasser über mich rauschen ließ.

Auf einmal spürte ich das Bedürfnis, etwas zu sagen. Ich konnte nicht länger einfach nur dastehen, zumal ich nicht wusste, ob sich das Duschen noch weiter hinzog.

»Müsst ihr eigentlich öfter zusammen essen gehen, geschäftlich meine ich?«

Gunnar matschte zum wiederholten Mal an seinem Geschlecht. Es war ein volles, sattes Geräusch, das mir bis heute bei meinen heimlichen Versuchen selbst mit viel Schaum nicht nachzumachen gelang.

»Was? Ach so, ja natürlich.« Er sah mich gedankenverloren an.

»Mit gutem Essen kriegt man Frauen ja am leichtesten rum«, hörte ich mich zu meinem Entsetzen sagen. Doch Gunnar schien meine kleine Spitze nicht bemerkt zu haben. Er war so robust, dass alle Feinheiten an ihm abprallten.

»Mittags gehen wir hin und wieder in ein Bistro um die Ecke, wenn es etwas zu besprechen gibt, das andere nicht unbedingt hören müssen«, sagte er geradeheraus.

»Hm«, machte ich.

»Aber gutes Essen allein reicht heute ja längst nicht mehr aus, du musst den Frauen schon etwas Action bieten.«

»Hm«, machte ich. Bei diesem Thema schien er langsam aufzutauen.

»Meiner letzten Freundin habe ich was geboten, das wird sie den Rest ihres Lebens nicht mehr vergessen.«

»Ahm«, machte ich.

»Ein Flug mit einem Heißluftballon! Ich hatte ihr vorher natürlich nichts davon erzählt. Wir sind scheinbar ziellos raus aufs Land gefahren, und dann stand er da mitten in der Pampa.« Er packte sein Geschlecht, als würde ihn der Anblick des Heißluftballons noch heute in Erregung versetzen.

»Und das hat funktioniert?«, fragte ich erschrocken. Bei mir löste schon Treppensteigen leichte Schwindelgefühle aus.

»Es war ja nicht nur das«, fuhr er begeistert fort, »nach einer Stunde sind wir irgendwo zwischengelandet und haben mitten auf dem Feld fürstlich gepicknickt. Schampus, Käse und so was. Alles im Preis inbegriffen. Danach hat's dann *richtig* funktioniert, wenn du verstehst, was ich meine.«

Ich nickte schnell in der Hoffnung, dass mir nähere Details erspart blieben.

»Würde ich immer wieder machen, kann ich dir nur empfehlen. Damit rechnet ja keine Frau.«

Derweil fragte ich mich, was Gunnar mit »gutes Essen allein reicht heute ja längst nicht mehr aus« gemeint haben könnte. Ob Jutta sich langweilte, wenn ich zum Abendessen nur klassische Musik anbot? Sollte ich etwa eine karibische Band engagieren, die im Hintergrund irgendwelche Samba-Rhythmen spielte?

»Aber steuern muss man das Dings nicht selbst?«, fragte ich vorsichtshalber nach.

»Um Gottes willen, nein!«

Tatsächlich dachte ich in diesem Moment ernsthaft daran, Jutta mit einer Heißluftballonfahrt zu überraschen. Denn wenn sie dieses Erlebnis wirklich nie mehr vergaß, hätte ich zumindest die verbleibenden Jahre Ruhe vor weiterer Action.

Auf dem Parkplatz vorm Squashcenter verabschiedeten wir uns. Ich nickte nur, ohne meine Hand zu bemühen, und ging zum Auto, während es bei Jutta erwartungsgemäß etwas länger dauerte.

»Na, gute Männergespräche geführt?«, fragte Jutta augenzwinkernd, als wir den Parkplatz verlassen hatten. Ich versuchte, Gunnars Golf Cabrio zu folgen, und drückte aufs Tempo.

»Ein richtiger Weiberheld, dein Gunnar«, sagte ich beiläufig. Dass sie mir überhaupt zutraute, »Männergespräche« zu führen, ließ mich wieder hoffen.

»Er gibt eben manchmal ein bisschen an.«

»Wenn es nur halb stimmt, was er erzählt hat«, sagte ich, während ich, ohne zu blinken, im dritten Gang abbog, »dann ist er ein ganz schlimmer Finger.«

»Eigentlich ist er ein netter Kerl«, sagte Jutta ungeachtet meiner schweren Anschuldigungen. Hörte sie mir überhaupt zu?

»Solange man nur beruflich mit ihm zu tun hat«, sagte ich herausfordernd.

»Auch privat ist er ein netter Kerl«, erwiderte Jutta zu meinem Entsetzen, »oder war es heute etwa nicht nett?«

Unterdessen fuhren wir Richtung Stadtautobahn. Was mir Gunnar an PS-Stärke vorausahatte, machte ich durch meine rücksichtslose Fahrweise wieder wett. Ich ließ niemanden mehr vor. Ich ignorierte Zebrastreifen. Das gelbe Ampelsignal betrachtete ich als zusätzlichen Ansporn, über die Kreuzung zu rasen. In Tempo-30-Zonen fuhr ich locker das Doppelte. Ich befürchtete, dass ich bald auch in der Lage sein würde, jemanden zu vergiften.

Jutta hatte die ganze Zeit nichts zu meinem neuen Fahrstil gesagt. Vielleicht genoss sie auch nur die ungewohnte Action. Erst als wir an einer Kreuzung hielten und sie vor uns das große blaue Autobahnschild bemerkte, wurde sie stutzig.

»Bist du sicher, dass wir hier richtig sind?«

Ich reagierte nicht, denn zu meiner Linken stand Gunnar, der uns noch nicht gesehen hatte. Er trug eine dunkle Sonnenbrille, seine Zeigefinger tippten ungeduldig aufs Lenkrad. Ich tippte ebenfalls aufs Lenkrad, merkte jedoch schnell, dass mir die ungeduldige Ausstrahlung vollkommen fehlte. Stattdessen drückte ich jetzt mehrmals kurz hintereinander aufs Gaspedal. Der Motor schnaubte wie ein wütender Stier, der sich jeden Augenblick mit gesenkten Hörnern nach vorne stürzen konnte. Ich spürte die Kraft des Motors in meinem Hintern. Ich spürte die ungeheure Energiezufuhr, die mein leichtes Fußdrücken bewirkte.

»Ist das nicht Gunnar?«, fragte Jutta mit einem Mal in die angespannte Stille hinein. Ich drückte das Gaspedal bis zum Anschlag durch. Der Motor heulte auf. In diesem Augenblick erkannte uns Gunnar und lächelte freundlich zu uns herüber. Offensichtlich fühlte er sich nicht im Geringsten herausgefordert. Jutta winkte ihm sogar zu, was er mit einem neckischen Augenzwinkern beantwortet.

»Das ist ja lustig«, meinte sie noch, »ich habe ihn gar nicht gesehen!«

Plötzlich sprang die Ampel auf Grün. Ich stieß das Pedal so heftig in den Boden, dass unsere Köpfe gleichzeitig nach hinten ruckten.

Wir schossen über die Kreuzung hinauf zur Stadtautobahn und ließen Gunnar schnell, vielleicht ein wenig zu schnell hinter uns. Ich saß vorgebeugt und hielt das Pedal durchgedrückt. Immer wieder blickte ich nervös in den Rückspiegel. Doch Gunnar schien weiter zurückzufallen. Er hatte verstanden, dass er nicht mit mir mithalten konnte. Ich lächelte. Durch meine vorgebeugte Haltung konnte ich Jutta leider nicht sehen. Ich hätte gerne ihr ängstliches Gesicht gesehen. Ich hätte gerne gesehen, wie sie hilflos in ihren Sitz gepresst saß und mich flehend anblickte.

Auf einmal merkte ich, wie ein Golf Cabrio mit mindestens hundertachtzig Sachen an uns vorbeischwebte. Es war Gunnar. Als er uns überholt hatte, setzte er sich vor uns und machte ein Victory-Zeichen in die Luft. Offenbar hatte er mir extra Vorsprung gewährt, um seinen Triumph nachher noch größer erscheinen zu lassen.

»Und«, fragte Jutta gelassen, nachdem Gunnars Golf vor uns verschwunden war, »habt ihr es euch jetzt endlich gezeigt?«

9

Zoe hatte mir eine Nachricht in den Briefkasten geworfen. »Treffen Bahnhof Grunewald 2 WICHTIG!« Nach meiner Interpretation musste das heißen: Sie hatte mich heute Mittag um zwei Uhr zum S-Bahnhof Grunewald bestellt, um mir etwas Wichtiges mitzuteilen. Unterschrieben war das Ganze mit einem Z auf das zwei lange Ohren gemalt waren. Nun war gegen ein beohrtes Z nichts zu sagen, aber dass sie annahm, ich hätte an einem normalen Werktag Zeit und würde ohne weiteres ihren Aufforderungen folgen, machte mich für einen Moment sprachlos.

Allerdings war nicht zu leugnen, dass ich an diesem wie auch an allen anderen Werktagen plus Sonn- und Feiertagen mehr Zeit hatte, als mir lieb sein konnte. Denn seit ich mein Engagement in Haus und Garten stark reduziert hatte, war ich hauptsächlich damit beschäftigt, eine für mein Alter und Geschlecht adäquate Herausforderung zu finden, die ich auf möglichst souveräne Art meistern konnte.

Bislang jedoch ohne Erfolg. Ein Problem, das mich nicht überforderte, gleichzeitig aber genügend Potenzial besaß, um nicht in zwei Stunden bewältigt zu werden, war schwerer zu finden, als ich gedacht hatte. Nach sechsundvierzig problemfreien Jahren schien ich mich von allen Problemen so weit entfremdet zu haben, dass ich selbst grundsätzlich infrage kommende Probleme nicht mehr erkannte.

Dabei gab es weltweit so viele Krisenherde, dass der Großteil der Menschheit für Jahre versorgt war. Hunger, Krankheiten, Klimawandel und Kriege. Die Probleme der anderen waren mir durchaus bewusst, und ich half, wo immer es ging.

In der U-Bahn kaufte ich nicht nur alle angebotenen Obdachlosenzeitungen, sondern las sie auch noch von der ersten bis zur letzten Seite durch, damit die Arbeit der Redaktion nicht völlig umsonst blieb. Diversen Hilfsorganisationen überwies ich regelmäßig beträchtliche Summen. Zu Weihnachten kaufte ich die von geistig Behinderten gemalten Weihnachtskarten, obwohl ich nie Weihnachtskarten verschickte. Ich war so hilfsbereit, dass ich in großem Umfang Zeitschriftenabonnements erwarb, weil mir die traurigen, zumeist älteren Herren an der Haustür leidgetan hatten. Wildfremde Menschen hatte ich ins Haus gelassen, um mir von ihnen Versicherungen aufdrängen zu lassen, die ich nicht brauchte. Ich bin so gut versichert, dass ich für einen leichten Husten Geld bekommen würde. Ich las Anglerzeitschriften und Sportmagazine, weil ich die Hoffnung hatte, dass mich Angeln und Sport eines Tages vielleicht doch noch interessieren könnten.

Doch meine Gutmütigkeit wurde nicht honoriert. Wenn ich einer Versicherung kündigen wollte, verwies man aufs Kleingedruckte, in dem stand, dass ich vor Ablauf einer

Dreijahresfrist nicht kündigen durfte. Der Bettler, dem ich mehrmals in der Woche Geld in die Mütze legte, warf mir Hartherzigkeit vor, wenn ich ihn einmal vergessen hatte. Eine Frau, der ich im Winter zwei Stunden geholfen hatte, ihr Auto von Schneemassen zu befreien, grüßte mich später nicht einmal mehr.

Nur waren das alles eben die Probleme der anderen. Ich hatte immer noch keine eigenen, ausschließlich mir gehörenden Probleme, und das machte mir langsam Sorgen.

Als ich um kurz nach zwei den S-Bahnhof Grunewald erreichte, winkte mich Zoe schon von weitem ungeduldig heran.

»Wo bleibst du denn?«, rief sie verärgert.

Ich entschuldigte mich und suchte rasch nach einer Erklärung, die mir aber nicht einfallen wollte. Ich staunte, dass Zoe mich bereits fest im Griff hatte. Und ich ließ es mir offenbar widerstandslos gefallen.

Zoe wies mich an, ihr zu folgen.

An einem Zeitungskiosk schlüpfte sie durch ein halb offen stehendes Gitter und lief einen schmalen Pfad direkt neben dem Bahndamm entlang. In dem wild wuchernden Gestrüpp unterhalb der Gleise hingen Zeitungsseiten, Bierdosen und Chipstüten, die anscheinend aus den Zügen geworfen worden waren. Wir passierten aber auch kaputte Waschmaschinen, Fernseher und Matratzen. Sogar ein Sofa stand zur sofortigen Benutzung bereit. Ein wenig fühlte ich mich wie ein Entdecker inmitten der Reste einer untergegangenen Zivilisation. Und dass wir uns vermutlich auf verbotenem Gelände bewegten, machte die Sache noch abenteuerlicher. Ich hatte den Eindruck, dass ich gerade dabei war, etwas nachzuholen, was ich eigentlich nie vermisst hatte, und das verunsicherte mich.

Weiter hinten öffnete sich der Weg und machte Platz für Schrebergärten und Datschen, die ich an dieser Stelle gar nicht vermutet hätte. Langsam ahnte ich, wohin Zoe mich führte.

Kurz darauf stoppte sie vor einer erstaunlich großen Holzhütte. Der Garten war verwildert, ansatzweise konnte man Beete erkennen, die von gärtnerischen Ambitionen zeugten. Die Hütte selbst sah aus, als würde sie den nächsten Sturm nicht überstehen. Fensterläden hingen schief oder waren gar nicht vorhanden, in der Tür fehlte ein ganzes Brett, und auf dem Dach wuchsen kleine Birken.

»Da wären wir«, sagte Zoe und deutete stolz auf die Bruchbude. »Das ist das Piratenhauptquartier!«

»Aha«, meinte ich wenig beeindruckt. Ich hatte mir Piratenhauptquartiere irgendwie anders vorgestellt. Außerdem befürchtete ich, sie könnte die Hütte widerrechtlich in Beschlag genommen haben, als sie Entwarnung gab.

»Hat mal meinem Opa gehört«, erklärte sie, »aber der ist schon tot.«

Meine Erleichterung hielt jedoch nicht lange an. Als sie die Tür öffnete und ich ihr nach drinnen folgte, erblickte ich einen völlig verwahrlosten Raum. Der größte Teil war mit Gartengeräten zugestellt. Hacken, Schaufeln, Gießkannen, Schläuche und ein Rasenmäher. Auf der anderen Seite Müllsäcke, übereinandergeworfene Campingstühle, eine Altpapiersammlung bis fast unter die Decke und eine durchgesessene Couch, auf der ein alter Plattenspieler sowie mehrere Gartenzwerge standen. An den Wänden vergilbte Poster mit Bergmotiven und Hirschgeweihe, an denen Hüte und Mäntel hingen. In einer winzigen Kochnische stapelte sich schmutziges Geschirr. Der Boden war mit Zeitungen und karierten Decken ausgelegt. Es roch muffig wie in einem Keller. Mein erster Gedanke war: Aufräumen. Doch alles schien so unentwirrbar ineinandergestellt, als würde sich der Raum jeder ordnenden Hand von vorneherein widersetzen.

Nur eine Ecke im hinteren Teil fiel ein wenig aus dem Rahmen. Eine Bank mit Kissen und Decken stand neben mehreren zu einem Tisch zusammengeschobenen Hockern. Darauf ein großer silberner Kerzenleuchter und eine Miniaturtruhe. An der Wand darüber hing eine selbst gemalte Landkarte und eine Fahne mit Totenkopfmotiv.

Ich war entsetzt, ließ mir aber nichts anmerken, um sie nicht zu enttäuschen.

»Und was wolltest du mir jetzt so Wichtiges zeigen?«, fragte ich vorsichtig in der Annahme, dass die Hauptsache erst noch kam.

Zoe setzte sich auf die Bank, zog die Augenklappe übers Gesicht und zündete die Kerzen an.

»Du darfst mich nur fragen, wenn ich es dir erlaubt habe«, sagte sie streng.

»Okay«, sagte ich.

»Jetzt«, sagte sie einige Sekunden später, als sie ihre Plastikpfeife gefunden und ein paarmal wichtig daran gezogen hatte.

Ich wiederholte meine Frage noch einmal.

Sie ließ mich schmoren, verschränkte die Arme und blickte sich mit erhobenem Kopf im Raum um, als wäre sie die uneingeschränkte Herrscherin nicht nur über dieses Haus, sondern den gesamten Grunewald. Draußen donnerten die Züge vorbei, dass das Haus vibrierte. Schließlich nahm sie die Pfeife aus dem Mund und blickte mich ernst an.

»Als Piratenfreund musst du jetzt noch eine wichtige Aufgabe erledigen«, erklärte sie.

»So«, sagte ich wenig begeistert, was sie jedoch keinesfalls bremste.

Sie stand auf, beugte sich über einen offenen Pappkarton neben der Bank und zog zu meiner Verblüffung ein schneeweißes Kaninchen mit roten Augen heraus.

»Das ist ›Ratte‹«, erklärte Zoe und hob das ebenso verblüfft wie schläfrig wirkende Kaninchen auf den Tisch, wo es ohrenwackelnd sitzen blieb.

»Eigentlich ist es aber ein Kaninchen«, versuchte ich sie behutsam von der selbst mir geläufigen zoologischen Tatsache zu überzeugen.

Zoe schüttelte vehement den Kopf. »Sie heißt Ratte, weil sie für mich eben eine Ratte ist.«

Das Tier sah einer Ratte nicht einmal ähnlich, doch es schien zwecklos, Zoe von ihrer Überzeugung abzubringen. Andererseits, wer schrieb einem eigentlich vor, dass ein Kaninchen nicht auch mal eine Ratte sein durfte? Vielleicht benahm es sich wie eine Ratte und fühlte sich überhaupt nicht als Kaninchen. Der Fall begann mich zu interessieren.

»Und wie kommst du darauf«, fragte ich neugierig, »dass es Ratte heißt?«

»Du darfst doch nicht fragen!«, wies Zoe mein Interesse zornig zurück.

»Ach ja«, sagte ich demütig meinen Kopf senkend, und nach einer kurzen Pause: »Und was soll ich jetzt tun?«

Zoe seufzte und verdrehte die Augen wie eine Mutter, die ihrem Kind vergeblich versuchte Manieren beizubringen.

Ich wollte die Aufgabe schnell hinter mich bringen, wobei noch gar nicht klar war, ob mich das hinterher irgendwie weiterbrachte. Doch mein Gefühl riet mir, alles zu tun, was auch nur entfernt nach einer Herausforderung aussah.

»Du musst Ratte zwischen die Ohren küssen und dann bis zehn zählen. Wenn sie sich nicht bewegt, hast du bestanden.«

»Ich dachte, ich hätte schon alles bestanden.«

»Hast du etwa Angst vor Ratte?« Zoe blickte mich prüfend an.

Natürlich hatte ich keine Angst, fragte mich allerdings, ob Jutta bei den Herausforderungen auch an so etwas gedacht hatte. Leider würde ich es nie erfahren, denn ich hatte keinesfalls vor, ihr von dieser Geschichte zu erzählen.

»Nein, nein«, erwiderte ich locker. Schließlich hatte ich in meinem Leben schon vieles geküsst. Frauen ebenso wie den Boden meiner Heimatstadt, als ich nach drei Wochen Tunesien aus dem Flugzeug gestiegen war. Ich hatte sogar schon eine besonders schöne Orchidee geküsst, warum sollte ich also nicht mal ein Kaninchen küssen?

Ich setzte mich neben Zoe auf die Bank.

»Du darfst es aber nicht festhalten«, befahl sie mir, »sonst zählt es nicht!«

Ich nickte und beugte mich langsam über das Kaninchen. Da sein Hinterteil mir zugewandt war, befürchtete ich jedoch, es könnte sich erschrecken. Womöglich reagierte es aggressiv und biss mir in die Nase. Manchmal wunderte man sich, zu was solch harmlos wirkende Geschöpfe alles fähig waren. Während ich meinen gespitzten Mund auf den Kopf zubewegte, überlegte ich, ob es sinnvoll war, irgendetwas zu sagen. Aber was sagte man so einem Kaninchen, ohne Gefahr zu laufen, dass es einen falsch verstand?

Ich begann leise zu murmeln. »Du bist ein liebes Tier, du brauchst keine Angst zu haben, ich werde dich zehn Sekunden zwischen die Ohren küssen und danach nie wieder berühren.« Es war völliger Schwachsinn.

Ich schob meine Lippen vor und senkte sie auf den Kopf. Die zehn Sekunden, die ich zwischen den Kaninchenohren verbrachte, waren so ziemlich die längsten Sekunden meines Lebens. Glücklicherweise schien das Tier bereits einige Erfahrungen damit gesammelt zu haben. Bis auf die Ohren rührte sich nichts. Ja, es sah ganz so aus, als würde Ratte diese Berührung sogar genießen, was mich ein wenig irritierte. Jedenfalls war ich froh, als die zehn Sekunden endlich vorbei waren.

»Und?«, fragte ich Zoe, nachdem ich mich zurückgelehnt hatte.

Sie grinste, wurde jedoch sofort wieder ernst. »Ich denke, das ist okay.« Sie öffnete die kleine Truhe auf dem Tisch und entnahm einen Siegelring. »Der ist für dich. Du musst ihn immer tragen als Zeichen, dass du ein Pirat bist.« Erst als sie ihn mir feierlich überreichte, merkte ich, dass er aus Plastik war. Ich streifte ihn über den kleinen Finger. In diesem Augenblick empfand ich eine seltsame Genugtuung. Es war lächerlich, aber es machte mich plötzlich stolz, ein Pirat zu sein.

Kurz darauf wurde ich jedoch wieder nachdenklich. »Und was habe ich jetzt eigentlich davon, Pirat zu sein?«

Zoe blickte mich ratlos an.

»Als Pirat kannst du machen, was du willst!«

»Aha«, sagte ich, »und was zum Beispiel?«

Sie schien meine Frage überhaupt nicht zu begreifen.

»Alles, du brauchst dich eben an keine blöden Gesetze zu halten«.

Ich dachte nach. »Dann brauche ich mich also auch nicht mehr zu rechtfertigen?«

Sie schien kurz zu überlegen, was ich damit gemeint haben könnte, bejahte dann aber schnell, während sie das Kaninchen zurück in den Pappkarton beförderte.

»Deswegen gehst du wohl auch nicht in die Schule, oder?«

»Hm-hm«, machte sie und wackelte mit dem Kopf.

»Gehst du denn überhaupt in die Schule?«

Zoe kaute nervös an ihren Fingernägeln und starrte ins Leere. Offensichtlich hatte ich einen wunden Punkt getroffen.

»Manchmal«, murmelte sie durch ihre Finger.

»Sagen denn deine Eltern gar nichts dazu?«

»Meine Mutter arbeitet den ganzen Tag in irgendeinem Büro, und mein Vater ist sowieso weg.«

»Weg?«

»Ja, er hat sich mit meiner Mutter immer gestritten, und dann ist er eben weggegangen.«

»Sie sind also geschieden?«, hakte ich nach.

»Genau! Mein Vater ist doch blöd, aber eigentlich hat er auch recht.«

Ich horchte auf. »Wieso hat er recht?«

»Weil er immer allein war, weil meine Mutter immer so viel zu tun hatte.«

Ich beschloss, nicht weiter nachzufragen, dabei hätten mich die näheren Umstände durchaus interessiert.

»Aber deshalb musst du doch trotzdem in die Schule gehen. Schule ist doch wichtig!« Meine Stimme klang plötzlich so fremd, als würde ich selbst nicht daran glauben.

»Keine Ahnung, mir hat niemand gesagt, wozu die blöde Schule gut sein soll.«

»Nicht?«, fragte ich empört, obwohl ich auch keine sofortige Antwort darauf wusste.

Sie setzte sich in den Schneidersitz und verschränkte die Arme. »Was wollen die Lehrer denn von mir? Die müssen mir doch mal sagen können, warum ich so blöde Sätze schreiben soll oder Zahlen zusammenzählen. Und solange mir das keiner sagt, bleibe ich eben Pirat.«

»Vielleicht weil du später mal was werden willst?«, brachte ich ihre mögliche Zukunft als Erwachsene ins Spiel.

»Ich will aber nichts werden!«

Ich war beeindruckt, wie selbstverständlich sie sich jeglicher Entwicklung verweigerte.

»Könnte es nicht sein«, sagte ich vorsichtig, »dass du irgendwann keine Lust mehr hast, Pirat zu sein?«

Sie sah mich schockiert an. »Nie! Das darfst du nie wieder sagen.«

Ich schwieg einen Moment. Dann versuchte ich es erneut.

»Ich wollte früher mal Blumenverkäufer werden, ist das nicht komisch?« Bis zu meinem Studium schwankte mein

Berufsziel zwischen Blumenverkäufer und Friedhofsgärtner. Alles andere interessierte mich nicht.

»Das ist doch gar nicht komisch«, meinte sie irritiert.

Nun war ich irritiert. »Nicht?«

»Nein, Blumen sind doch schön, dann kann man sie doch auch verkaufen, oder?«

Sie hatte recht. Es war eigentlich nichts dabei, Blumen zu verkaufen.

»Und was bist du jetzt geworden?«, wollte sie wissen.

Ich sah mich nervös um und überlegte, ob ich ihr die Wahrheit sagen sollte. Sollte ich ihr offen ins Gesicht sagen, dass ich eigentlich gar keinen Beruf hatte, jedenfalls keinen, mit dem man vor irgendjemandem angeben konnte? Bis vor kurzem hatte mich das allerdings überhaupt nicht gestört.

»Meistens wird man ja sowieso nicht das, was man sich mal gewünscht hat«, sagte ich ausweichend, »und deshalb bringen sie einem in der Schule vorsichtshalber gleich alles bei.«

»Aber das ist doch blöd, wenn man dann was anderes wird.«

Ich zuckte die Schultern. Ich hatte mir auch nie erklären können, warum ich nicht Blumenverkäufer geworden war. Irgendetwas musste wohl dazwischengekommen sein.

»Ja«, erwiderte ich nachdenklich, »das ist wirklich blöd.« Und nach einer Pause setzte ich lächelnd hinzu: »Aber wir sind ja jetzt Piraten, das kann uns keiner mehr nehmen.«

Zoe nickte zufrieden. Doch zwei Sekunden später blickte sie mich betroffen an. »Weißt du, was schade ist?«

Ich schüttelte den Kopf.

»Dass wir nicht mal einen Schatz finden können, so einen richtigen Piratenschatz.«

»Und warum können wir das nicht?«, fragte ich, obwohl es natürlich eine blöde Frage war.

»Weil es hier wahrscheinlich gar keinen Schatz gibt«, erwiderte sie trübsinnig.

Ich dachte nach. Und dann hatte ich auf einmal eine großartige Idee.

10

Den halben nächsten Tag verbrachte ich damit, eine Schatzkarte zu malen. Ich nahm Pergamentpapier und einen Füllfederhalter mit schwarzer Tinte und überlegte mir geheimnisvolle Beschreibungen, die Zoe bis in die Stadtmitte führen sollten, wo ich plante, einige Goldtaler aus Schokolade zu verstecken. Statt Schienen schrieb ich »wo das Dampfross seinen Weg findet«, statt Admiralspalast »wo der Admiral seinen Palast hat«, statt Gendarmenmarkt »wo der Marktplatz von Glockengeläut eingerahmt wird« und statt Konzerthaus »wo die Musik ihr Haus hat«. Mit einem Feuerzeug verkohlte ich noch die Ränder, rollte die Schatzkarte zusammen und verschnürte sie mit einem roten Band.

Als ich am frühen Nachmittag fertig war, merkte ich erst, dass ich mich weder gewaschen noch angezogen hatte. Die Schatzkarte hatte mich so in Beschlag genommen, dass ich darüber alles vergessen hatte. Ich konnte mich nicht entsinnen, irgendetwas anderes jemals mit einer ähnlichen Hingabe getan zu haben. Selbst die Arbeit im Garten kam mir jetzt nur wie ein hübscher Zeitvertreib vor, mit dem ich meinem überaus angenehmen Leben den passenden Rahmen gab. Bis zu diesem Moment war mir Hingabe vollkommen fremd gewesen. Ich wollte nichts von mir hergeben, weil ich befürchtete, es nie oder anders wieder zurückzubekommen. Aus diesem Grund verlieh ich auch keine Bücher mehr. Als Jugendlicher hatte ich einmal einen Roman mit sexuell eindeutigen Szenen an einen Klassenkameraden ausgeliehen. Ich hoffte, mein Ansehen in der Klasse dadurch ein wenig zu steigern. Für kurze Zeit schien mein Plan tatsächlich aufzugehen. Als Leihgeber pornographischer Literatur – das »Werk« hatte zu meinem Entsetzen inzwischen die Runde gemacht – gewann ich sogar die Achtung eines weithin bekannten Rüpels, der mir in der Pause eine Zigarette anbot, weil er annahm, es wären noch weitere Bücher dieses Genres in meinem Besitz. Eingehüllt in Zigarettenqualm ließ ich durchblicken, Zugang zur umfangreichen pornographischen Sammlung meines Vaters zu besitzen. Mein Vater besaß jedoch weder pornographische noch sonstige Literatur, und als ich schließlich unmissverständlich aufgefordert wurde, weitere Sexbücher herauszurücken, musste ich passen. Daraufhin erlosch mein Ansehen praktisch in derselben Sekunde. Als ich mein Buch endlich zurückbekam, sah es aus, als hätten es Dutzende gierige Jungshände auf der Suche nach Sexszenen zerfleddert. Noch auf dem Schulhof warf ich es in den Mülleimer.

Auch Theater- und Opernaufführungen mied ich, wenn immer es möglich war. Ich hatte ständig Sorge, der Mörder könnte aus seiner Rolle hinterher nicht wieder herausfinden. Im Fernsehen bevorzugte ich seichte Komödien, die keinerlei emotionale Beteiligung von mir verlangten.

Und nun stand ich am frühen Nachmittag im Schlafanzug in meinem Zimmer und fühlte mich von mir selber überrumpelt.

Ich hatte Hunger. Da ich zum Frühstück nur ein halbes Brötchen gegessen hatte, lief ich runter in die Küche und sah in den Kühlschrank. Bis auf ein Bund Möhren, Äpfel und einige Joghurtbecher war er leer. Ich sehnte mich aber nach einem fetten Stück Fleisch oder wenigstens einer großen Portion Nudeln. In einem Vorratsschrank hatte ich für den Notfall immer ein paar Konserven parat. Und dies war ein Notfall. Im Schrank fiel mein Blick sofort auf eine Dose Ravioli. Ich öffnete die Dose und schlang die Ravioli noch im Stehen hinunter. Danach genehmigte ich mir eine halbe Schachtel Pralinen, die ich, anstatt wieder hinter den Mülleimer, gut sichtbar neben den Brotkasten legte. Als ich gesättigt durchs Wohnzimmer ging und mein Geburtstagsgeschenk an Jutta, eine teure, mit schwarzen Vogelfedern beklebte Lampe auf der Kommode sah, musste ich plötzlich laut lachen.

Im Schlafzimmer brauchte ich keine fünf Minuten, um mich anzuziehen. Ich fragte mich, wieso es früher so lange gedauert hatte. Was hatte ich all die Jahre in diesem Haus getrieben? Meine einstige Zufriedenheit erschien mir auf einmal als heimliches Eingeständnis meines Scheiterns. Weil ich es im Leben nicht weit gebracht hatte, hatte ich mich einfach ins Privatleben zurückgezogen.

Für solche Gedanken hatte ich jetzt allerdings keine Zeit mehr. Ich nahm die Schatzkarte, holte das Bund Möhren aus dem Kühlschrank und verließ das Haus Richtung Piratenhauptquartier.

Zwei Häuserblocks weiter traf ich auf Frau Wüstner, was mir relativ ungelegen kam, denn Frau Wüstner hatte die Eigenschaft, mich in ausufernde Gespräche zu verwickeln. Frau Wüstner kannte ich lediglich von einem Urnengang anlässlich der Volksabstimmung zur Offenlegung der städtischen Wasserverträge. Ich nahm grundsätzlich an allen Wahlen und Volksabstimmungen teil, um mir später nicht vorwerfen lassen zu müssen, ich hätte eine politische Entwicklung durch mein Desinteresse begünstigt.

»Herr Wollmann!«, rief Frau Wüstner schon von weitem bedrückend fröhlich. Sie war etwa in meinem Alter, wirkte in ihrer gouvernantenhaften Kleidung jedoch erheblich älter. Ich bemühte mich, gehetzt auszusehen, was Frau Wüstner allerdings gar nicht zu beeindrucken schien. Vielleicht hatte ich im Gehetztsein auch einfach keine ausreichende Erfahrung, jedenfalls steuerte sie wie eine Dampflok direkt auf mich zu, sodass ich keine Chance mehr hatte, ihr auszuweichen.

»Ist das nicht wieder ein Wetterchen?«, begann sie ihren Monolog wie üblich mit einer kurzen Zusammenfassung der Wetterlage. »Wetterchen« war in ihrer Definition ein wolkenloses Dauerhoch, alles andere wurde unter »Wetter« verbucht.

»So einen Sommer kann man sich doch gefallen lassen«.

»Frau Wüstner …«

»Und da sagen die Leute immer, in Deutschland würde es nur regnen.«

»Ich habe jetzt leider gar keine …«

»Die sollen doch ruhig alle nach Mallorca fahren, wir bleiben hier, nicht Herr Wollmann?«

»Im Augenblick ist es wirklich …«

»Sie haben keine Zeit? Was ist denn mit Ihnen los? Sie haben doch immer Zeit für ein Pläuschchen.« Sie blickte erstaunt an mir herab.

Ich ärgerte mich jetzt, dass ich ihr, sooft wir uns auf der Straße trafen, stets den Eindruck vermittelt hatte, nichts weiter zu tun zu haben. In gewisser Weise stimmte das zwar, aber inzwischen war mir längst klar geworden, dass Leute mit Zeit im Ansehen etwa auf der gleichen Stufe wie Kinder oder Hartz-IV-Empfänger standen.

»Ausgerechnet heute habe ich einen wichtigen Termin«, gelang es mir endlich, den Satz zu vollenden.

»Und wo wollen Sie mit den Karotten hin?« Frau Wüstners direkte Art hatte immer etwas Erfrischendes gehabt. Jetzt störte sie mich auf einmal.

»Zu einem Kaninchen«, sagte ich geradeheraus.

»Sie haben einen wichtigen Termin mit einem Kaninchen?«

Ich nickte. »Tiere haben ja auch ihren Rhythmus.«

Frau Wüstner schien mit dieser Erklärung jedoch keineswegs einverstanden zu sein.

»Auf eine halbe Stunde kommt es bei so einem Tier ja nicht an.« Sie bemerkte die Pergamentrolle. Offenbar glaubte sie, dass ich ihr die entscheidende Information verweigerte. Ich hatte nicht vorgehabt, mein Piratengeheimnis zu lüften, fühlte mich nun aber zu einer Aussage genötigt.

»Ich muss noch eine Schatzkarte hinterlegen«, erklärte ich sachlich.

»Eine Schatzkarte hinterlegen?« Frau Wüstner wirkte schockiert.

»Im Piratenhauptquartier«, ergänzte ich unnötigerweise. Aus unerfindlichen Gründen neigte ich dazu, mir anvertraute Geheimnisse nach und nach der Öffentlichkeit preiszugeben, als erhoffte ich mir dadurch irgendeine Form der Anerkennung. Ich verabscheute mich dafür, konnte aber nichts dagegen unternehmen.

»Sie wollen mich auf den Arm nehmen.«

Ich schüttelte ernst den Kopf.

Offensichtlich überlegte sie, wie sie den Fall einordnen sollte, ohne mich gleich für verrückt erklären zu müssen.

»Mein Mann hat sich vor kurzem ja auch eine Carrera-Bahn gekauft, dann ist er am Wochenende wenigstens beschäftigt.«

Anscheinend glaubte sie, dass Männer sofort auf Abwege gerieten, wenn sie einmal nichts zu tun hatten.

»Ich muss jetzt aber wirklich los«, sagte ich.

»Ach ja, das Kaninchen. Nichts für ungut.« Sie musterte mich noch einmal und verabschiedete sich dann mit einem knappen Lächeln.

Die Hütte war nicht abgeschlossen. Nachdem ich geklopft hatte und keine Antwort erhielt, trat ich ein. Ich hatte lediglich vorgehabt, die Schatzkarte abzuliefern und die Möhren zum Kaninchen in den Karton zu legen, setzte mich dann aber doch auf die Bank und blieb eine Weile dort sitzen. Während die Züge vorbeirauschten und die Hütte zum Vibrieren brachten, war ich plötzlich wieder ein kleiner Junge, der sein ganzes Leben noch vor sich hatte und vor lauter Möglichkeiten nicht wusste, was er später mal werden wollte. Das beunruhigte mich ein wenig, denn eigentlich suchte ich doch nach einer männlichen Herausforderung, um mir bei meiner Frau die nötige Anerkennung zu verschaffen. Hier drohte ein Konflikt, der mir zu diesem Zeitpunkt unlösbar erschien. Es sei denn, ich widersetzte mich all diesen Anforderungen und blieb einfach der, der ich immer gewesen war.

Doch wer war ich überhaupt? Lange hatte ich versucht, diese Frage zu umgehen, indem ich mich einfach treiben ließ und in den Tag hineinlebte, als hoffte ich insgeheim, dass mir die Konfrontation mit mir selbst erspart bleiben würde. Bis zu dem Tag, als Jutta mich fragte, ob mir mein häusliches Leben eigentlich reichte, war ich nur ein Mann, der gerne Blumen dekorierte.

Doch plötzlich wusste ich nicht mehr weiter. Es war wie in jener Geschichte vom Tausendfüßler, der gefragt wurde, wie er es denn schaffe, mit den vielen Beinen zu laufen, worauf er keinen Schritt mehr tun konnte. Plötzlich schien alles um mich herum in tausend unverständliche Einzelteile zu zerfallen, als wäre Juttas Frage wie eine Bombe in meinem Leben explodiert. Und ich hatte keine Ahnung, ob es überhaupt noch einen Sinn ergab, diese Einzelteile wieder zu meinem alten Leben zusammenzufügen, oder ob ich lieber etwas ganz anderes anfangen sollte. Was dies wieder sein konnte, war mir jedoch vollkommen schleierhaft. Sollte ich mir einen neuen Job suchen, nur um Jutta zu beweisen, dass ich draußen in der Welt ebenso bestehen konnte wie Gunnar? Je mehr ich an Gunnar dachte – und ich dachte eigentlich ständig an ihn –, desto belastender wurde meine Situation. Immerhin hatte ich zunehmend Spaß an meinem Piratenleben. Einen Moment überlegte ich sogar, in die Hütte zu ziehen und einfach abzuwarten, bis sich die

Verhältnisse von selber geklärt hatten. So lange hier sitzen zu bleiben, bis niemand mehr etwas von mir verlangte. Doch gleichzeitig liebte ich meine Frau, und ich konnte das Gefühl nicht verdrängen, in ihren Augen kein vollwertiger Mann zu sein, der Herausforderungen scheute und Probleme nur vom Hörensagen kannte. Ich wollte keinesfalls enden wie der Mann von Frau Wüstner, die froh war, wenn ihr Gatte am Wochenende mit der Carrera-Bahn spielte.

Als ich am späten Nachmittag nach Hause kam, hatte ich wieder Hunger. Die ungewohnte Bewegung, vielleicht auch der psychische Stress schienen die Kalorien viel schneller zu verbrennen als sonst. Erneut plünderte ich den Vorratsschrank. Diesmal bekam ich eine serbische Bohnensuppe zu fassen und trank sie gleich aus der Dose. Dass ich dabei mein T-Shirt bekleckerte, störte mich nicht im Geringsten. Ja, ich behielt das T-Shirt aus Protest sogar an und freute mich diebisch auf die Reaktion von Jutta. Wogegen ich protestierte, war mir zwar nicht hundertprozentig klar, ich wusste nur, dass irgendetwas passieren musste. Deshalb strich ich auch gleich noch das Abendessen und war gespannt, ob meine Frau dies so ohne weiteres hinnehmen würde.

Ich entkorkte eine Flasche Rotwein, legte mich aufs Sofa und schaltete den Fernseher ein.

Zur *Tagesschau* war ich bereits so betrunken, dass ich nicht gemerkt hatte, wie Jutta nach Hause gekommen war. Sie saß auf der anderen Sofaseite und blickte müde zum Fernseher. Ihr Mund war freudlos durchs Gesicht gezogen und unterstrich ihre Erschöpfung. Ich raffte mich mühsam auf, setzte mich halbwegs gerade hin und wartete auf irgendeine Reaktion. Da auch bis zum Wetterbericht keine erwähnenswerte Reaktion von ihr gekommen war – nur einmal hatte sie sich kurz geräuspert, was ich allerdings nicht überinterpretieren wollte –, beschloss ich zu handeln.

»Und«, sagte ich mit hörbar schwerer Zunge, »hast du heute einen schönen Tag gehabt?« Ich drückte die Brust raus, damit sie mein bekleckertes T-Shirt besser sehen konnte.

»Geht so«, erwiderte sie und sah mich just in dem Moment an, als ich wieder in mich zusammensackte.

»Das ist doch super«, rief ich maßlos übertreibend und drückte meine Brust gleich noch einmal heraus, während sich Jutta wieder zum Fernseher wandte.

Ich überlegte, ob ich ihr die Sache mit dem T-Shirt besser *erzählen* sollte.

»Und du?«, fragte sie, ohne ihren Blick vom Apparat abzuwenden.

»Ich habe Frau Wüstner auf der Straße getroffen!«, sagte ich, als handelte es sich um ein außerordentliches Ereignis, das ich Jutta auf keinen Fall vorenthalten wollte.

»Ach?« Sie blickte mich an. Ich wollte die Brust gerade rausdrücken, da hatte sie ihren Kopf schon wieder weggedreht.

»Stell dir vor, ihr Mann hat seit kurzem eine Carrera-Bahn.«

Sie wandte sich erneut zu mir. Ich sparte mir indes die Brust und konzentrierte mich auf meine Resthaltung.

»Dann ist er doch wenigstens beschäftigt«, meinte Jutta vollkommen ernst.

Ich brauchte einen Moment, um zu begreifen, was sie gesagt hatte, und war dann sofort sprachlos.

Nach fünf Minuten fiel mir mein Haupttrumpf, das gestrichene Abendessen, wieder ein. Ich war erstaunt, dass sie bis dahin kein Wort darüber verloren hatte. Aber sie war vermutlich nur zu müde und wollte sich erst noch ein wenig ausruhen, ehe sie danach fragte.

Ich wartete den passenden Moment ab. Ich wollte ihr mitten ins Gesicht sagen, dass das Abendessen heute und morgen, vielleicht auch die nächsten Tage oder sogar dauerhaft nicht mehr von mir zubereitet werden würde, bis sich so einiges in unserer Beziehung geklärt hatte. Dosen stünden im Vorratsschrank.

In diesem Augenblick – ich wollte gerade Luft holen – drehte sie sich zu mir.

»Du brauchst heute übrigens kein Essen zu machen, ich habe schon gegessen.«

»Und Essen gibt's heute übrigens nicht!«, rief ich hektisch hinterher, um zu retten, was noch zu retten war. Viel war das allerdings nicht. Eigentlich war so gut wie gar nichts zu retten gewesen, denn Jutta stand nun völlig unbeeindruckt von meiner leicht verspäteten, dafür aber umso heftiger vorgetragenen Ankündigung auf und verabschiedete sich ins Schlafzimmer.

Ich saß noch bis Mitternacht mit glasigem Blick vor dem Fernseher und dachte darüber nach, ob ich Jutta überhaupt noch davon überzeugen konnte, dass ich ein richtiger Mann war. Ein Mann wie Gunnar Fahrenkamp.

11

Unterdessen arbeitete ich weiter an der Piratensache. Mein Plan sah vor, die Schokoladentaler hinter einer Säule des Konzerthauses am Gendarmenmarkt zu verstecken. Und das tat ich dann auch.

Ich fuhr in die Stadtmitte, stieg die große Freitreppe hinauf und deponierte den Schatz an der äußersten linken Säule.

Zu Hause wartete ich auf ein Zeichen von Zoe. Ich lief im Haus auf und ab. Erst im Wohnzimmer, dann im Esszimmer und schließlich in der Küche. Als ich die unteren Räume durchhatte, nahm ich mir das obere Stockwerk vor. Zwischendurch sah ich immer wieder aus dem Fenster, ob sich auf ihrem Balkon irgendetwas tat, und ging zum Briefkasten, ob sie mir eine Nachricht hinterlassen hatte. Doch je öfter ich aus dem Fenster sah und im Briefkasten nachschaute, desto unruhiger wurde ich. Bald befürchtete ich, dass sie die Schatzkarte nicht gefunden hatte. Oder jemand anders hatte sich ihrer bemächtigt und war damit bereits auf dem Weg zum Gendarmenmarkt. Womöglich brachte sie die Karte gar nicht mit mir in Verbindung.

Weil ich alle Zimmer im Haus komplett abgelaufen hatte und bereits anfing zu schwitzen – bei dieser Gelegenheit merkte ich erst, was für ein Luxus es war, beim Ablaufen aller Zimmer überhaupt ins Schwitzen geraten zu können –, beschloss ich, in den Keller zu gehen. Bislang hatte ich unseren Keller nur ein einziges Mal betreten, und zwar bei meinem Einzug ins Haus, als ich einige Sachen, die ich nicht mehr brauchte, aber aufbewahren wollte, dort abgestellt hatte. Seitdem versuchte ich weitere Kellergänge zu vermeiden, da mir immer etwas unheimlich zumute war, wenn ich mich unterhalb der Erdoberfläche bewegte. Obwohl ich nicht an Geister glaubte, konnte ich ihre Existenz auch nicht völlig ausschließen. Aus demselben Grund war ich nie mit einer Geisterbahn gefahren und lehnte auch den Besuch von Gruselkabinetten ab. Mich erschreckten schon ungewohnte Geräusche in der Heizung. Vor vielen Jahren musste ich meine damalige Freundin auf einen Jahrmarkt begleiten. Ich hatte nie verstanden, was die Leute in Scharen auf solche Märkte trieb. Karussells und Achterbahnen kamen mir wie kindische Vergnügungen vor, denen ich keinerlei Reize abgewinnen konnte. Wozu sollte es gut sein, kopfüber durch die Luft zu wirbeln oder in haarsträubendem Tempo über fragwürdige Stahlkonstruktionen zu rasen? Während ich mich beharrlich weigerte, in enge Zweisitzer zu steigen oder mit der Geisterbahn zu fahren, sank die Stimmung zwischen uns auf einen Tiefpunkt. Als ich endlich doch nachgab und ihr anbot, mit Bällen auf Dosen zu werfen, sagte sie mir ohne zu zögern ins Gesicht, dass sie keine Lust habe, mit einem Waschlappen befreundet zu sein, und ging prompt in die andere Richtung davon. Ich warf dann noch einige

Bälle und gewann einen fast lebensgroßen Braunbären, der jahrelang in meiner Wohnung verstaubte.

Jutta hatte ich nie etwas von meinen Ängsten erzählt. Obwohl es hieß, dass Ehrlichkeit das beste Mittel für eine langjährige Ehe war, hielt ich es in Anbetracht des Umfangs meiner Ängste für ratsam, ihr lediglich eine Auswahl kleiner und mittlerer Ängste zu offenbaren, um sie nicht zu verschrecken. Denn wenn sie geahnt hätte, dass mir selbst der Gang in den Keller Angstschweiß auf die Stirn trieb, hätte sie das Thema »Probleme und Herausforderungen« wahrscheinlich nie auf die Tagesordnung gesetzt.

Denn eine Herausforderung war es, als ich die Tür zum Keller öffnete und langsam die steile Treppe hinabstieg. Vielleicht hatte ich einfach zu viele Krimis gesehen, jedenfalls erschien es mir sinnvoll, mögliche Einbrecher über mein Kommen vorab zu informieren, sodass sie mir nicht in Panik eine Eisenstange auf den Kopf schlugen und Zeit genug hatten, sich zu verstecken.

»Hallo«, rief ich in einem sachlichen, nicht zu respektvollen Tonfall, »ich gehe jetzt die Treppe runter und mache das Licht an.«

Ich war froh, dass ich nie mit Jutta zusammen in den Keller gegangen war.

Ich knipste das Licht an und horchte. Da nichts Verdächtiges zu hören war, stieg ich auch die letzte Stufe hinunter.

»So«, sagte ich mehr zu mir selbst, »es ist alles in Ordnung, ich komme jetzt um die Ecke.«

Es roch nach feuchter Pappe, was vermutlich an den vielen Kartons lag. Im fahlen Glühbirnenlicht erkannte ich ausrangierte Möbel, Bücherregale, darunter auch mein altes aus der Schöneberger Einzimmerwohnung, Stühle sowie eine rustikale Sitzecke im Bauernstil, die mir beim letzten Besuch gar nicht aufgefallen war. Vielleicht stammte sie noch aus der Zeit ihrer ersten Ehe. Allerdings entsetzte es mich zu wissen, dass meine Frau früher offensichtlich eine Vorliebe für rustikale Einrichtungen gehabt haben musste. Ich fragte mich auf einmal, ob sie meinen Geschmack überhaupt teilte. Hatte sie meinen Einrichtungsstil am Ende nur zwangsweise akzeptiert, während sie sich heimlich nach Bauernmöbeln sehnte? Wäre mir auf einer rustikalen Essecke die Frage, ob ich mit meinem Leben zufrieden war, womöglich erspart geblieben?

Mein Entsetzen wuchs, als ich im hinteren Teil des Raumes eine blaue Polyesterplane mit Stangen und Heringen entdeckte, die anscheinend zu einem Zelt gehörten. Lebte ich mit einem Menschen zusammen, von dem ich Entscheidendes noch gar nicht wusste?

Mir war immer klar gewesen, dass ich eine Frau geheiratet hatte, die den größten Teil ihres Lebens ohne mich verbracht hatte. In dieser Zeit konnte viel passieren. Dinge, von denen ich nie etwas erfahren würde. Im Grunde lebte ich mit einem Menschen zusammen, von dem ich nur einen verschwindend geringen Teil kannte, und es gehörte eine Menge Mut dazu, sich von dieser Tatsache nicht von vorneherein abschrecken zu lassen. Denn so wie ich ihr beispielsweise verschwieg, dass ich mich vor Frotteehandtüchern ekelte und mir ab und an gerne vorstellte, eine ältere Dame zu sein, die Margaret Rutherford zum Verwechseln ähnlich sah, konnte auch sie mir vieles verschweigen. Womöglich hatte ich die eigentliche Herausforderung im

Leben längst erfolgreich gemeistert: mit einem Menschen zu leben, dem ich hundertprozentig vertraute.

Doch als ich den Keller verlassen hatte, fühlte ich mich keineswegs männlich gereifter. Im Gegenteil. Ich hatte einen schweren Fehler gemacht. Vor mir erstand eine Frau, die bei einer deftigen Brotzeit auf ihrer rustikalen Essecke saß und im Urlaub am liebsten auf Campingplätzen zeltete.

Ich war schockiert. Einen Augenblick überlegte ich ernsthaft, ob unser Ehevertrag unter diesen Umständen überhaupt noch gültig war. Andererseits hatte sie sich nirgends verpflichtet, mir vor Vertragsabschluss mitzuteilen, ob sie ihr Abendessen lieber auf Bauern- statt Designermöbeln einnahm und welche Art Urlaub sie bevorzugte.

Ich ging hoch in mein Zimmer. Während ich noch darüber nachdachte, welche Auswirkungen meine Erkenntnisse für unser Zusammenleben haben würden, sah ich auf dem Balkon plötzlich Zoe, die mir mit der Pergamentrolle zuwinkte und andeutete, dass wir uns schnellstmöglich an dem Baum, den wir zuvor als Piratentreffpunkt vereinbart hatten, treffen sollten.

Ich zog meine Sportschuhe an und ging zur verabredeten Stelle.

»Hast du das gesehen?«, rief Zoe aufgeregt und zeigte mir die Schatzkarte.

»Eine Schatzkarte?«, fragte ich.

»Eine richtige Schatzkarte!«

Sie blickte mich forschend an. »Ist die von dir?«

Ich überlegte, ob ich ihr die Wahrheit sagen sollten. Aber vielleicht wäre sie dann enttäuscht gewesen.

»Nein«, sagte ich ernst, »so was kann man ja gar nicht

fälschen.« Ich fühlte mich nicht ganz wohl dabei, aber Zoe schien mir tatsächlich zu glauben. Wenigstens tat sie so, um uns den Spaß daran nicht zu verderben.

»Ich verstehe sie aber nicht«, meinte sie verzweifelt und gab mir die Karte. »Was ist denn ein Dampfross?«

Ich sah eine Weile konzentriert auf die Pergamentrolle. »Damit könnte eine Bahn gemeint sein, die S-Bahn.«

»Und dieser Palast?«

Ich machte wieder ein nachdenkliches Gesicht. »An der Friedrichstraße gibt es einen Admiralspalast.«

Zoe entriss mir nervös die Schatzkarte. »Dann fahren wir jetzt sofort zu dieser Friedrichstraße. Wir müssen uns beeilen, sonst entdeckt noch ein anderer den Schatz.« Sie zog mich hektisch am Arm, als könnte sie es kaum noch erwarten. Ich wunderte mich, wie ernst sie die Sache nahm, ließ mich von ihrer Begeisterung jedoch seltsamerweise anstecken.

Als wir den S-Bahnhof Grunewald erreichten, war ich fast schon genauso aufgeregt wie sie.

Auf dem Bahnsteig wollte ich zwei Fahrscheine kaufen, als sich Zoe verärgert dazwischendrängte. »Piraten bezahlen doch nicht. Du musst wirklich noch viel lernen, wenn du ein echter Pirat werden willst.« Einen Augenblick sah sie aus wie eine Erwachsene, und ich hätte mich beinahe bei ihr entschuldigt.

»Und wenn wir erwischt werden?«, fragte ich.

»Wir werden nicht erwischt«, meinte Zoe selbstsicher, »und wenn, dann sagen wir einfach, dass wir als Piraten freie Fahrt haben.«

Ich stellte mir die Gesichter der Kontrolleure vor, wenn

wir ihnen mitteilten, dass wir Piraten seien. In meinem ganzen Leben war ich noch kein einziges Mal schwarzgefahren, da ich der festen Überzeugung war, dass alle Kontrolleure nur auf den Moment warteten, mich ohne Fahrschein zu erwischen. Sternförmig würden sie sich aus allen Teilen Berlins auf mein Abteil zubewegen, um mich vor den Fahrgästen zu demütigen. Ich müsste auf Knien meinen Ausweis vorzeigen, Adresse und Telefonnummer mitteilen und laut und deutlich bekennen, dem Unternehmen schweren Schaden zugefügt zu haben. Danach würde ich aufgefordert werden, den Zug sofort zu verlassen, und bekäme sechs Monate Hausverbot.

Als die Bahn endlich kam und wir einstiegen, war ich mir sicher, dass uns jeder sofort ansah, dass wir keinen Fahrschein besaßen.

Unterdessen benahm sich Zoe derart auffällig, dass es mir peinlich war. Sie hüpfte mal auf dem einen, dann auf dem anderen Bein den Gang entlang. Sie raste das ganze Zugabteil hinauf und wieder hinunter. Sie drehte sich an der Haltestange so lange im Kreis, bis mir selbst vom Zuschauen schwindelig wurde. Kurz, sie unternahm alles, um die Leute gegen sich aufzubringen.

Leider musste ich schnell feststellen, dass die Leute nicht Zoe, sondern in erster Linie mich böse ansahen. Dabei hatte ich die ganze Zeit vollkommen regungslos dagesessen, als könnte ich Zoes Dauerbewegung durch meine Unbeweglichkeit wieder ausgleichen.

Mir gegenüber saß eine ältere Frau, deren Gesichtszüge zunehmend bitterer wurden, und es war nur noch eine Frage der Zeit, bis sich ihr Ärger in wütenden Beschimpfungen entlud. Ich versuchte, woanders hinzusehen, aber wo immer ich hinsah, traf ich auf ähnlich bittere Gesichter. Das ganze Abteil schien nur darauf zu warten, dass einer den Anfang machte.

Für eine Entschuldigung war es jedoch längst zu spät. Jedes Wort, das ich jetzt noch sagte, hätte zweitausend Widerworte provoziert. Und was hätte ich überhaupt sagen sollen? Dass ich gar nicht der Vater dieses ungezogenen Mädchens war und deshalb auch keine Verantwortung trug? Dass ich den Ärger im Grunde mit allen Fahrgästen teilte, mir aber die Hände gebunden waren?

Stattdessen machte ich etwas ganz und gar Erstaunliches: Ich schlug locker ein Bein über, verschränkte die Arme und lächelte. Auf diese Weise machte ich allen Mitreisenden unmissverständlich klar, dass mir ihre Meinungen vollkommen gleichgültig waren.

Meine Reaktion verblüffte nicht nur mich selbst, sondern offensichtlich auch alle Fahrgäste, deren Ärger sich in vereinzeltem Kopfschütteln löste. Ich war fast ein wenig neidisch auf sie, da ich mir nicht dabei zusehen konnte, wie mir die anderen gleichgültig waren.

Als wir an der Friedrichstraße ausstiegen, hatte ich das Gefühl, innerlich gerade um einige Zentimeter gewachsen zu sein. Bedauerlicherweise konnte ich meinen Erfolg mit niemandem teilen. Ich wusste nicht mal genau, worin dieser Erfolg überhaupt lag. Die meisten Erfolgserlebnisse in meinem Leben waren nicht kommunizierbar, sodass ich auch nicht in der Lage war, sie irgendjemandem verständlich zu machen. Deshalb verpufften sie, ehe sie eine nachhaltige Wirkung in mir entfalten konnten.

»Und wo ist jetzt dieser Palast?«, fragte Zoe, ungeduldig auf der Stelle tretend.

Ich wies auf einen zwischen neuen Bürohäusern eingeklemmten Altbau auf der anderen Straßenseite.

»Wohnt da denn dieser Admiral drin?«

»So ähnlich«, erwiderte ich ausweichend.

Zoe entrollte die Schatzkarte und reichte sie mir. »Und wohin müssen wir jetzt?«

Ich gab vor, die Karte zu studieren. »Jetzt müssen wir den Platz mit dem Glockengeläut finden. Hier.« Ich deutete auf das Quadrat mit den beiden Glocken, rechts davon hatte ich einen Notenschlüssel mit einem Dach darüber gemalt.

»Der ist rechts von dem Palast«, erklärte Zoe, die Linie vom Admiralspalast zum Marktplatz mit ihrem Finger nachziehend. »Aber was heißt bloß Glockengeläut?« Sie blickte mich flehentlich an, als könnte die Entdeckung des Piratenschatzes an der Unkenntnis des Wortes »Glockengeläut« noch im letzten Moment scheitern.

»Wo läuten denn normalerweise Glocken?«, fragte ich.

Sie presste die Lippen zusammen und dachte intensiv nach. »In einer Kirche?«

Ich nickte. »Und ›eingerahmt von Glockengeläut‹ heißt demnach?«

Sie dachte erneut nach, dieses Mal aber ohne zusammengepresste Lippen.

»Von zwei Kirchen?«

»Siehst du«, sagte ich, »ist doch ganz einfach.«

Auf einmal musterte sie mich streng. »Hast du diese Glocken denn schon mal gesehen?«

Ich wusste nicht, wie sie das meinte. »Nein, wieso?«

»Und woher weißt du dann, dass es Glocken sind?«

»Weil man sie hören kann«, erklärte ich.

»Aber man kann sie nicht sehen, oder?«

Ich schüttelte den Kopf. »Wenn man sie hören kann, weiß man automatisch, dass sie da sind. Es ist wie mit dem Glauben.« Ich hatte keine Ahnung, wie ich plötzlich auf den Glauben kam.

»Und was ist mit dem Glauben?«

Nun war ich es, der die Lippen aufeinanderpresste. »Wenn man an etwas glaubt«, sagte ich zögernd, »ist es irgendwie auch da.«

Sie blickte mich einen Moment intensiv an, als wollte sie sicher sein, dass ich auch wirklich wusste, was ich da eben gesagt hatte. »Na gut«, meinte sie schließlich, »und jetzt müssen wir weiter.«

Dass ich gerade zufällig den Nachweis Gottes erbracht hatte, verwirrte mich so, dass ich eine Weile überhaupt nichts mehr sagte.

Wir überquerten die »Linden« und liefen die Friedrichstraße bis zur nächsten Kreuzung weiter. Ich merkte, wie die Passanten uns von der Seite ansahen. Ein übergewichtiger Mann in Turnschuhen und natogrünen Bermudashorts, der hinter einem achtjährigen Mädchen mit Piratenkopftuch herhetzte, war in dieser Gegend offenbar eine Sehenswürdigkeit.

An der Ampel blieb ich mit stechenden Brustschmerzen stehen und rang nach Luft.

»Was ist los, kannst du etwa nicht mehr?«, fragte Zoe und drängte mich weiterzulaufen.

Einige Sekunden lang konnte ich nicht sprechen. Sollte

ich jetzt tot umfallen, wäre das außerordentlich ärgerlich gewesen, da ich im Fernsehen gerade den ersten Teil einer Dokumentation über den Untergang Dresdens im Zweiten Weltkrieg gesehen hatte und auf die Fortsetzung gespannt war. Nach meinem glasklaren Gottesbeweis konnte ich jetzt allerdings damit rechnen, auch ohne Urkunden und Fotos von meinen Enkeln durch die Himmelspforte gewinkt zu werden.

»Dahinten«, sagte ich, nachdem ich wieder zu Atem gekommen war, »ich glaube, dahinten links ist der Platz.«

Zoe rannte bei Rot über die Straße. Ich ignorierte die entsetzten Blicke der Mütter und bemühte mich, Schritt zu halten.

»Da ist die Kirche!«, rief sie mir aus einiger Entfernung zu und deutete freudig erregt auf den Französischen Dom.

Mir stand der Schweiß auf der Stirn.

Als wir das Schiller-Denkmal auf dem Platz erreicht hatten, sah Zoe erneut auf die Karte.

»Wo die Musik ihr Haus hat«, las sie langsam und blickte sich um.

»Und wo könnte das sein?«, fragte ich schweratmig.

Sie drehte sich einmal im Kreis, als wäre sie unsicher, welches Haus hierfür am ehesten infrage kam. Schließlich zeigte sie wortlos auf das Konzerthaus.

Ich nickte. »Der Schatz muss hinter einer Säule versteckt sein.«

Zoe sah mich komisch an. »Und woher weißt du das?«

Erst jetzt wurde mir klar, dass ich die genaue Lage des Schatzes nicht auf der Karte vermerkt hatte.

»Ich vermute es eben«, erklärte ich rasch, bemerkte jedoch ihren skeptischen Blick. Zum Glück war sie aber viel zu aufgeregt, um weiter nachzufragen. Sie rannte die Freitreppe hinauf und suchte alle Säulen ab. Ich wartete unten. An der letzten Säule hörte ich ihren triumphierenden Aufschrei. »Ich hab ihn!«

Kurz darauf kehrte sie mit den Goldtalern zurück. »Zehn Taler«, sagte sie und streckte mir ihre Hände entgegen. Doch sie wirkte nicht ganz zufrieden mit ihrem Fund. Nachdem sie die Taler eine Weile betrachtet hatte, sah sie ernst zu mir auf.

»Du hast sie da versteckt, stimmt's?«

Ich wusste nicht, was ich sagen sollte.

»Piraten sagen sich immer die Wahrheit«, fügte sie noch hinzu.

»Okay«, sagte ich, »es stimmt. Ich war's.«

Als sie merkte, wie unangenehm es mir war, drückte sie mir zwei Taler in die Hand.

»Weil sie aus Schokolade sind, verzeihe ich dir.«

Ich blickte auf meine Taler. »Und warum bekomme ich nur zwei?«

Zoe hob grinsend den Kopf. »Weil ich acht Jahre alt bin, deshalb.«

Ihre Logik verblüffte mich. »Dann bin ich also zwei Jahre alt?«

Sie dachte kurz nach. »Wenn es nicht mehr Taler gibt, schon.«

Ich lächelte. Eigentlich war es mir sogar ganz recht, dass es nicht mehr Taler gab.

Während wir auf einer Bank in der Sonne saßen und den Schatz nach und nach verspeisten, sah ich auf der anderen Straßenseite eine Frau und einen Mann vorbeilaufen, die mir irgendwie bekannt vorkamen. Zunächst glaubte ich mich getäuscht zu haben, da ich den merkwürdigen Watschelgang der Frau nicht mit einer mir bekannten Person in Verbindung bringen konnte. Doch dann erkannte ich Gunnar, und als ich Gunnar erkannt hatte, wurde mir klar, dass die Frau neben ihm niemand anders war als Jutta.

Ich erschrak. Weniger darüber, die beiden zur Mittagszeit hier zu sehen – das Justizministerium befand sich schließlich gleich um die Ecke –, vielmehr erschrak ich über den Watschelgang meiner Frau. Mir war nicht bewusst gewesen, dass Jutta sich fortbewegte wie eine Ente. Allerdings hatte ich sie auch noch nie aus dieser Entfernung beobachtet. Dass ich immer wieder Neues an meiner Frau entdecken konnte, hielt unsere Beziehung lebendig.

Aber wohin strebten die beiden eigentlich so eilig? Ich erinnerte mich, dass Gunnar mir von sporadischen Mittagessen mit meiner Frau erzählt hatte, bei denen gerne vertrauliche Themen erörtert wurden. In dieser Sekunde wurde mir klar, dass es sich dabei nicht um politische Themen handelte, sondern aller Wahrscheinlichkeit nach um private. Die beiden nutzten die Mittagspause, um sich wieder ein Stück näherzukommen.

Ich sprang auf. Mir wurde sofort schwindelig von dieser plötzlichen Bewegung.

»Wo willst du denn hin?«, fragte Zoe erstaunt. »Wir haben doch die Schokolade noch gar nicht aufgegessen.«

»Wir müssen jemanden verfolgen«, sagte ich geheimnisvoll, was Zoe sofort aufhorchen ließ.

»Und wen?«

»Das wirst du gleich sehen.«

Wir liefen hinter den beiden her. Als wir um die Ecke in eine Seitenstraße einbogen, sahen wir gerade noch, wie sie in einem Restaurant verschwanden. Ich ging auf die andere Straßenseite und versuchte, sie durch die große Frontscheibe des Lokals zu orten. Tatsächlich setzten sie sich direkt neben dem Eingang ans Fenster. Wir hatten uns derweil hinter einem Auto versteckt. Zoe aß weiter unbekümmert ihre Goldtaler, während ich überlegte, was jetzt zu tun war. Denn viel zu sehen gab es eigentlich nicht. Es wurde weder Händchen gehalten, noch gab es andere Hinweise auf eine intime Beziehung. Vermutlich hatten sie sich sogar bewusst ans Fenster gesetzt, um jeden Verdacht auf ein heimliches Tête-à-tête von vornherein zu entkräften.

Ich musste zugeben, dass mich ihre Strategie beeindruckte. Gleichwohl war unschwer zu erkennen, dass sie sich eine Menge zu sagen hatten.

Auf einmal hatte ich eine verwegene Idee.

»Hast du Lust auf eine Piratenaufgabe?«, fragte ich Zoe, die ihre Taler inzwischen aufgegessen hatte.

»Na klar!«, sagte sie ohne Umschweife und blickte mich neugierig an.

»Piraten dürfen doch auch Leute belauschen, oder?«

»Piraten dürfen alles!«, erklärte sie empört.

»Sehr gut«, sagte ich, »siehst du die beiden dort hinter dem Fenster?«

Zoe sah nur flüchtig rüber, als würde sie das Thema gerade nicht sonderlich interessieren.

»Wenn du in das Lokal gehst und dir fünf Minuten anhörst, was sich die beiden erzählen, bekommst du eine große Tafel Schokolade.«

Sie zögerte und blickte noch einmal hinüber. »Fünf große Tafeln und eine Tüte Gummibären!«

Ich willigte sofort ein.

Sie überquerte die Straße, öffnete ohne jegliche Hemmungen die Tür und stellte sich in den Eingang.

Ich war so nervös, als würde ich selbst dort stehen.

Schon nach zwei Minuten bemerkte ich einen Kellner, der Zoe aufforderte, das Lokal zu verlassen. Als sie sich weigerte und nicht von der Stelle bewegte, war ich auf einmal so gerührt, dass mir Tränen in die Augen schossen. Ich hatte schon immer zu unerwarteten Gefühlsausbrüchen geneigt, im Zusammenhang mit einem Kind war mir so etwas jedoch noch nie passiert.

Schließlich verließ sie widerwillig das Restaurant und kehrte zu mir zurück.

»Hast du gehört, was sie gesagt haben?«, fragte ich aufgeregt und wischte mir schnell die Tränen weg.

Sie schien zu überlegen, ob sie irgendetwas von dem, was sie gehört hatte, auch verstand.

»Nicht viel«, meinte sie ein wenig bedauernd, »wenn mich der blöde Mann nicht gestört hätte …«

»Und?«

Zoe zuckte die Schultern. »›Wir werden es ihm schon zeigen‹ und ›Das ist doch eine Null‹ oder so.«

Ich wurde rot. »Hat das die Frau gesagt oder der Mann?«

Sie stülpte ihre Lippen vor, als wäre es ihr im Grunde egal.

»Das ist sehr wichtig«, sagte ich nervös, fragte mich allerdings, ob es noch eine Rolle spielte.

»Ich glaube, es war der Mann. Bekomme ich jetzt die Schokolade?«

Ich wusste nicht, ob ich wütend oder beleidigt sein sollte. Ich hatte Gunnar also von Anfang an richtig eingeschätzt. Nur welche Rolle Jutta dabei spielte, war mir zu diesem Zeitpunkt noch nicht ganz klar. Womöglich hatte er sie inzwischen so um den kleinen Finger gewickelt, dass sie sich nicht mehr zur Wehr setzen konnte und alles blind akzeptierte, auch wenn sie insgeheim der Meinung war, dass die Geschichte langsam auszuufern begann. Vielleicht hatte meine Frau ursprünglich nur an einen kurzen Seitensprung gedacht, während Gunnar den kompletten Partnerwechsel bereits fest im Blick hatte. Ein deutliches Wort hätte auch hier klare Verhältnisse geschaffen. Immer mehr kam ich zu der Überzeugung, dass die meisten Probleme nur deshalb entstanden, weil sich die wenigsten getrauten, ihre Vorstellungen klar zu äußern. Mit ein paar Geheimnissen konnte man zwar eine Frau erobern, aber keine langjährige Ehe führen.

Es musste etwas passieren. Und es musste jetzt etwas passieren.

Da es offenbar keine andere Möglichkeit gab, als wieder einmal zur Tat zu schreiten – nach dem Squashspiel hätte ich neuerliche Einsätze dieser Art gerne vermieden –, kam ich auf die verrückte Idee, vor dem Restaurant eine handgreifliche Auseinandersetzung zu inszenieren, um allen Beteiligten zu zeigen, dass Bernd Wollmann im Zweifel auch mal zulangen konnte. Trotz ihrer Emanzipation schien die Frau weiterhin am Bild des tatkräftigen, gegebenenfalls hart durchgreifenden Mannes festzuhalten. Der Gedanke, dass sich auch der Mann weiterentwickelte und dabei jede Lust an derlei Hahnenkämpfen verloren hatte, war den meisten Frauen anscheinend vollkommen fremd. Von Gleichberechtigung konnte hier jedenfalls nicht die Rede sein.

Ich sah mich um. Auf dem Gendarmenmarkt bemerkte ich eine Gruppe junger Touristen, die sich abwechselnd vor der Kulisse des Konzerthauses fotografieren ließen. Ich müsste nur jemanden überzeugen, einen fingierten Streit mit mir anzufangen, aus dem ich natürlich als Sieger hervorgehen würde.

Ich bat Zoe, hinter dem Auto zu warten, und ging zu den jungen Männern. Wie sich herausstellte, handelte es sich um polnische Touristen. Einer von ihnen – er hatte gerötete Augen und wirkte mit seinen bäuerlich-groben Gesichtszügen auch für Gewalttaten offen, was mir sehr gelegen kam –, sprach sogar etwas Deutsch. Ich erklärte ihm meinen Plan, worauf er spontan einwilligte, was mich kurz stutzig machte, aber nicht weiter beschäftigte. Vorsichtshalber drückte ich ihm noch zehn Euro in die Hand, um ihm die spätere Niederlage ein wenig zu versüßen.

Zurück vorm Restaurant fingen wir eine lautstarke Auseinandersetzung an. Zunächst lief alles wie geplant. Nach einem kurzen Wortgefecht sah ich, dass mich Jutta und Gunnar bemerkt hatten. Nun legte ich richtig los.

»Ihr Polen seid doch alle Autodiebe«, rief ich, so wütend es mir eben möglich war. Ich hatte mein Kreuz durchgedrückt, die Arme schwangen kampfbereit vor und zurück, ein wenig erinnerte es an die Revierkämpfe von Gorillas, wobei noch nicht klar war, wer nun in welches Revier eingedrungen war.

»Was willst du von mir?«, fragte der Pole, er war einen halben Kopf größer als ich und hatte mindestens doppelt so breite Schultern. Unter anderen Bedingungen hätte ich mich flach auf den Boden geworfen.

»Du sollst dich bei mir entschuldigen, du Autoschieber!«

»Ich nicht Autoschieber!« Er boxte mich gegen die Schulter, was so zwar nicht abgesprochen war, den Eindruck einer bedrohlichen Auseinandersetzung jedoch noch verstärkte.

»Ihr klaut doch, sobald man sich umdreht.« Ich überlegte, ob ich ihm auch gegen die Schulter boxen sollte, wollte mich aber nicht gleich verausgaben.

»Du nimmst zurück, ich nie geklaut.« Er sah ausgesprochen böse aus, offensichtlich nahm er seine Aufgabe sehr ernst.

»Ich werde hier gar nichts zurücknehmen, verstanden!«

»Du nimmst zurück, ich nie geklaut«, wiederholte er wütend. Da die Auseinandersetzung ein wenig auf der Stelle trat, beschloss ich die Schraube etwas fester zu drehen, bevor er die Lust verlor.

»Ich schlag Sie jetzt gleich gegen die Brust«, flüsterte ich ihm zu, »und dann fallen Sie einfach hin und bleiben da kurz liegen, okay?«

»Du mich nicht berühren«, drohte er mit seiner Faust, was mich etwas überraschte. Hatte er eigentlich begriffen, worum es hier ging?

»Ich habe Ihnen doch extra zehn Euro gegeben«, erklärte ich weiterhin flüsternd.

Er holte den Schein aus der Hosentasche und warf ihn zu Boden. »Ich nicht käuflich, klar!«

Man wurde nicht schlau aus den Polen.

»Ich gebe Ihnen zwanzig, wenn Sie hinfallen«, flüsterte ich.

»Du nimmst zurück, ich nie geklaut.« Die Sache lag ihm offenbar am Herzen.

»Ja, ja«, sagte ich leicht genervt, »du nie geklaut. Aber jetzt schlage ich Sie zu Boden.«

In diesem Augenblick kamen Jutta und Gunnar aus dem Lokal.

»Was machst du denn hier?«, fragte Jutta weniger erschrocken als überrascht.

Ohne sie auch nur anzublicken, schlug ich dem Polen im selben Moment mit aller mir zur Verfügung stehenden Kraft gegen die Brust. Ich merkte nur noch, wie mich etwas hart am Kopf traf. Als ich wieder zu mir kam, lag ich am Boden.

»Was ist denn passiert?« Jutta kniete neben mir und sah mich besorgt an, während sie mit einem Taschentuch die Augenpartie abtupfte. Ich spürte einen stechenden Schmerz in der Stirn. Meine Lippen schmeckten nach Blut.

»Nicht so schlimm«, versuchte ich die Angelegenheit herunterzuspielen.

»Du musst unbedingt ins Krankenhaus, dein Auge sieht ja furchtbar aus.«

Ihre Fürsorge tat mir gut, obwohl es eigentlich ganz anders geplant war. Im Grunde war ich sogar dankbar, dass es so gekommen war.

»Wir können meinen Wagen nehmen«, hörte ich Gunnars Stimme.

Ich war entsetzt, konnte aber leider nichts dagegen unternehmen.

Auf der Fahrt zum Krankenhaus – ich lag auf der Rückbank, mit meinem Kopf in Juttas Schoß – fiel mir plötzlich wieder der Keller ein.

»Zeltest du eigentlich gerne?«, fragte ich mit einer betont leidenden Stimme. Wenn ich schon den Kürzeren gezogen hatte, wollte ich wenigstens mein Leiden voll ausschöpfen.

»Wie kommst du jetzt darauf?«

»Ich war im Keller.«

Jutta dachte nach. »Ach so, nein, natürlich nicht, das Zelt gehörte meinem früheren Mann.«

»Und die Essecke?«, fragte ich.

»Was hast du denn im Keller gemacht? Ich dachte immer, du gehst nicht gerne in Keller.«

Mein Leiden war für einen Moment komplett verflogen. »Habe ich dir das gesagt?«, fragte ich erstaunt.

Jutta lachte. »Das war das Erste, was du mir gesagt hast, als du zu mir gezogen bist.«

»Und was ist mit der Essecke?«

»Mach dir mal keine Sorgen, die stammt noch von den Vorbesitzern.«

Während ich mich fragte, ob Jutta doch mehr von mir wusste, als ich angenommen hatte, hielten wir schon vor der Notaufnahme der Charité.

12

Nach Auskunft des Arztes hatte ich Glück im Unglück gehabt. Der Faustschlag war nur knapp am Auge vorbeigegangen und hatte die Braue erwischt. Daher der große Blutverlust, der es schlimmer aussehen ließ, als es in Wirklichkeit war. Jutta hatte ich hinterher erzählt, dass mich der Arzt sogar zu meiner robusten Statur beglückwünscht hätte. Bei anderen wäre dieser Schlag nicht so glimpflich abgelaufen. Als sie mir den Zehneuroschein mit der Bemerkung überreichte, in Zukunft etwas vorsichtiger bei der Auswahl von bezahlten Schlägern zu sein, ärgerte ich mich noch Tage später, dass ich Jutta nicht gleich danach gefragt hatte, warum Gunnar mich offenbar für eine Null hielt.

Die Sache ließ mir keine Ruhe. Nachdem ich Zoe ihre versprochenen fünf Tafeln Schokolade und die Packung Gummibären überreicht und mich noch einmal nach dem genauen Wortlaut von Gunnars Bemerkung erkundigt hatte, beschloss ich, Maßnahmen zu ergreifen.

Ich rief Helga an und fragte sie, ob sie am Wochenende Lust auf ein gemeinsames Kaffeekränzchen hätte, ich würde dieses Mal auch den Kuchen stellen.

»Und warum ausgerechnet Samstag?«, fragte sie. Natürlich erzählte ich ihr nichts vom Hintergrund für die Einladung. Ja, ich erwähnte nicht einmal, dass Jutta zuhause sein würde. Und natürlich informierte ich auch meine Frau nicht, dass ich, statt wie üblich mit ihr einkaufen zu gehen, mit unserer Nachbarin bei Kaffee und Kuchen ein wenig plaudern würde.

Um die Einladung bis zur letzten Minute vor Jutta geheim zu halten, backte ich den Käsekuchen schon einen Tag vorher und stellte ihn abgedeckt in die Kammer, wo es immer schön kühl war.

Erst Samstagmittag, als ich begann den Tisch für zwei Personen auf der Terrasse zu decken, wurde sie aufmerksam.

»Ich denke, wir wollen einkaufen gehen«, bemerkte sie leicht irritiert.

»Ich bekomme Besuch«, sagte ich nur und ließ mich bei meinen Vorbereitungen nicht weiter stören.

Als ich zum Abschluss eine Vase mit gelben Rosen in die Tischmitte stellte, war sie so weit, mich nach dem Namen meines außerplanmäßigen Gastes zu fragen.

»Und warum ausgerechnet Samstag?«, fragte auch Jutta, bemüht, ihren Schock nicht allzu deutlich werden zu lassen, nachdem ich ihr mitgeteilt hatte, dass ich Helga Drux jeden Augenblick auf der Terrasse erwartete. Heimlich freute ich mich über die Verwirrung, in die ich gleich zwei Frauen gestürzt hatte.

»Warum denn nicht?«, fragte ich mit gespieltem Erstaunen zurück.

»Weil wir samstags immer einkaufen gehen!«

»Dann gehst du heute eben mal allein einkaufen«, sagte ich, selbst verblüfft über meine ungewöhnlich klaren Worte.

»Du hättest mir zumindest sagen können, dass du Besuch bekommst.«

»Du sagst mir doch auch nicht alles«, erwiderte ich, worauf bei Jutta sofort die Alarmglocken schrillten. Bereits leichte Kritik an ihrem Beruf wertete sie als Angriff auf ihre Persönlichkeitsrechte.

»Was soll das denn nun wieder?« Sie baute sich vor mir auf, dass ich befürchtete, im nächsten Schritt könnte sie die Tischdecke herunterreißen.

»Gunnar sage ich nur«, sagte ich und ließ mich krachend auf den Stuhl fallen.

Sie fixierte mich einen Moment. »Ach so, ich verstehe, das war neulich also keine zufällige Begegnung. Spionierst du uns etwa aus?«

Ich schwieg und begann den Kuchen in gleich große Stücke zu schneiden. Je länger das Schweigen andauerte, desto kleiner wurden die Stücke, bis sie nur noch die Breite meines Daumens hatten.

»Wir haben einen Schatz gesucht«, sagte ich schließlich, nachdem es nichts mehr zu zerkleinern gab, »und der befand sich hinter einer Säule des Konzerthauses.«

»Ihr habt einen Schatz gesucht, so, so. Und wer ist wir?«

»Zoe und ich«, kam es prompt. »Zoe wohnt gleich gegenüber in diesem hässlichen Kasten.«

»Und was habt ihr so gefunden?«, fragte Jutta.

»Zehn Goldtaler!«, fuhr ich begeistert fort.

»Na, das ist ja wirklich beeindruckend«, meinte sie, ohne

die Miene zu verziehen. Ich verstand erst einige Sekunden später, dass sie keineswegs beeindruckt war.

»Für andere Herausforderungen bin ich ja wohl nicht zu gebrauchen«, sagte ich beleidigt.

Sie blickte mich streng an. »Du hast es ja noch nicht mal richtig probiert!«

Ich überlegte, ob sie mir damit indirekt etwas sagen wollte. Hielt sie mich für fähig, auch größere Aufgaben zu bewältigen? Allerdings hatten mir meine bisherigen Aufgaben im Haus eigentlich immer gereicht.

»Man muss klein anfangen«, bemerkte ich und sah auf den Kuchen.

»Man kann die Latte aber auch gleich höher hängen«, sagte sie.

»So wie Gunnar?«, fragte ich spöttisch zurück.

Jutta verdrehte die Augen. »Ich bin mit Gunnar rein beruflich Mittagessen gegangen, das gehört eben auch zu meinem Job.«

»Aha«, machte ich. Es schien mir sinnvoll, den Inhalt des belauschten Gespräches nicht zu erwähnen, um sie nicht noch mehr zu erzürnen.

»Und ich treffe mich eben privat mit Helga«, fuhr ich uneinsichtig fort.

»Das ist ja wohl etwas ganz anderes«, erklärte Jutta.

Es wäre etwas anderes gewesen, wenn ihr Treffen mit Gunnar tatsächlich berufliche Gründe gehabt hätte. Nach Einschätzung der Sachlage musste ich jedoch davon ausgehen, dass hier Berufliches und Privates unentwirrbar ineinander übergegangen waren. Ich vermutete sogar, dass selbst Jutta inzwischen den Überblick verloren hatte und noch glaubte, Berufliches zu besprechen, während Gunnar sie längst in sein Privatleben hineingezogen hatte.

»Ich dachte immer«, sagte ich, »du findest es gut, wenn ich etwas Eigenes habe.«

Sie blickte mich böse an. »Damit habe ich aber nicht Frau Drux gemeint!«

In diesem Augenblick tauchte Helga im Garten auf. Seit kurzem benutzte sie nicht mehr den Haupteingang, sondern eine Lücke in der Hecke, die unsere Grundstücke trennte. Dadurch bekamen ihre Besuche mehr und mehr einen intimen Charakter, was sich zunehmend auch auf Helgas Kleidungsstil auswirkte. Hatte sie anfangs noch hübsche Kleider getragen, setzte seit ihrem inoffiziellen Weg durch die Hecke eine stete Vernachlässigung ihres Erscheinungsbildes ein. Es war zu befürchten, dass sie bald auch im Nachthemd auf unserer Terrasse erschien. An diesem Tag trug sie lediglich Shorts und ein T-Shirt ohne BH, nicht einmal Schuhe hatte sie an. Ihr Haar wirkte nur flüchtig gekämmt, und die Schminke um ihre Augen sah aus, als stammte sie im Wesentlichen noch vom Vortag. Dass ihr Mann unter diesen Umständen beruflich oft bis in die späten Abendstunden zu tun hatte, wunderte mich jetzt überhaupt nicht mehr.

Mir war nicht ganz klar, wie ich ihre Nachlässigkeiten bewerten sollte. Einerseits deuteten sie auf einen vertrauten Umgang, den ich durchaus zu schätzen wusste, andererseits schien es zu zeigen, dass ich in ihrer Wahrnehmung als Mann schon längere Zeit keine Rolle mehr spielte. Mit anderen Worten: Im Spiegel ihrer Vernachlässigung kam ich als Mann praktisch nicht vor. Obwohl ich nie ernsthaft daran gedacht hatte, ein Verhältnis mit ihr zu beginnen, störte mich ihre mangelnde Sorgfalt auf einmal doch mehr, als ich bereit war zuzugeben.

Jedenfalls hatte Jutta prompt die Bühne verlassen, als sie unserer Nachbarin ansichtig wurde, und war im Haus verschwunden.

»Was hast du denn mit deinem Auge gemacht?«, rief Helga, als sie die Stufen zur Terrasse hinaufstieg.

Ich winkte ab, als wäre die Verletzung nicht der Rede wert.

»Das sieht ja furchtbar aus, bist du hingefallen?«

Sie setzte sich neben mich und schenkte uns Kaffee ein, was ich in Anbetracht meines Hausrechts doch etwas unverschämt fand. Außerdem ärgerte es mich, dass sie mir offenbar nur noch zutraute hinzufallen, als gehörte ich bereits in die Kategorie älterer Männer, bei denen man ständig Angst haben musste, ob sie den Tag unfallfrei überstanden.

»Nur eine kleine Auseinandersetzung«, bemerkte ich, »alles halb so wild.«

»Mit deiner Frau?« Sie sah mich besorgt an.

Hielt sie es wirklich für möglich, dass ich bei einer Auseinandersetzung mit meiner Frau den Kürzeren gezogen hatte?

Ich versuchte, ruhig zu bleiben.

»Nein, mit einem polnischen Touristen.«

»Du schlägst dich mit einem Touristen?«

Ich überlegte, wie ich die Sache etwas dramatisieren konnte, ohne gleich unglaubwürdig zu klingen. Das Problem war, dass alles Dramatische in Bezug auf meine Person nie sonderlich glaubhaft klang. Mein Leben verlief so undramatisch, dass man es eigentlich niemandem erzählen konnte.

»Ich bin spazieren gegangen«, begann ich, »und dann kam mir so ein Typ entgegen und hat mich nach dem Weg gefragt.« So weit schien sie mir noch zu folgen, denn Spazierengehen gehörte von jeher zu meinen Lieblingsbeschäftigungen. Im näheren Umfeld war ich sogar als »der Spaziergänger« bekannt.

»Und dann?« Vor Aufregung nahm sie sich ungefragt ein großes Stück Kuchen.

Was dann passiert war, wusste ich zu diesem Zeitpunkt auch noch nicht so genau, deshalb beschrieb ich zunächst den Typen, den ich als besonders brutale Erscheinung schilderte.

»Dem möchtest du nicht im Dunkeln begegnen«, fügte ich schaudernd hinzu.

Helga stach in den Käsekuchen. »Das ist ja schrecklich. Und dann?«

Ich nahm mir auch ein Stück, um etwas Zeit zu gewinnen.

»Und dann?« Ich machte ein nachdenkliches, leicht melancholisches Gesicht, als wäre ich noch Tage danach erschüttert, was Menschen einander antun konnten. Ich konnte mir in diesem Zusammenhang zwar alles Mögliche vorstellen, von Trickbetrügerei bis hin zum Raubmord an einer Rentnerin, wusste im aktuellen Fall aber immer noch nicht, was dieser brutale polnische Tourist, der seit mehreren Minuten quasi reglos in meiner Vorstellung verharrte, mit mir vorhatte. Es war mir schon öfters passiert, dass sich meine Vorstellung einfach verselbständigte. Eben stellte ich mir noch vor, wie ich am Strand lag, um mich herum Palmen und schöne Frauen – eine leichte Brise wehte, während die Sonne unterging und ich zum Sundowner neben mir griff –, als über dem Strand völlig unerwartet ein Bombergeschwader auftauchte und die Szenerie in ein Inferno aus Toten und nach Hilfe schreienden Verletzten verwandelte. Mittlerweile durchlebte ich angenehme Vorstellungen nur noch im Zeitraffer, was allerdings dazu geführt hatte, dass sich die entsprechenden Gefühle nicht mehr rechtzeitig einstellen konnten.

»Und was hat er denn nun gemacht?«, fragte Helga, ungeduldig auf dem Käsekuchen kauend.

»Er wollte mein Handy haben.«

»Dein Handy? Ich dachte, du hast überhaupt kein Handy.«

Sie hatte recht. Ich hatte überhaupt kein Handy, weil ich mich strikt weigerte, ständig erreichbar zu sein, auch wenn ich so gut wie nie angerufen wurde. Doch die wenigen Anrufe sollten mich auch nicht erreichen.

»Das von meiner Frau«, setzte ich schnell nach. Die Geschichte fing bereits an abzusaufen, ehe sie richtig in Fahrt gekommen war.

»Und dann?«

Zum Glück fragte sie nicht, wie das Handy meiner Frau in meinen Besitz gelangt war.

»Ich habe es ihm natürlich verweigert«, erklärte ich. »Aber das hat den Typen gar nicht beeindruckt.«

»Nein?« Helga sah mich fassungslos an, als müsste meine Verweigerung jeden Schurken automatisch zur Aufgabe seiner Forderungen zwingen.

Ich fühlte mich wieder leicht im Aufwind. Und dann machte ich einen schweren Fehler.

»Er hat mich am Hemd gepackt, und da habe ich ihm so eine gelangt, dass er umgefallen ist und sich nicht mehr bewegt hat.«

Helga aß ihren Kuchen in Ruhe zu Ende, was mich angesichts der Dramatik doch etwas stutzig machte.

Nachdem sie mit Kaffee nachgespült hatte, schlug sie ein Bein über und fixierte mich.

»Und wie ist das dann mit deinem Auge passiert?«

Das war ein gutes Argument, wie ich zugeben musste. Aber der Pole, der inzwischen reglos am Boden lag, kam für einen Gegenschlag zweifellos nicht mehr infrage. Meiner Geschichte schien der endgültige Untergang bereits sicher, als ich auf die glorreiche Idee kam, einfach einen zweiten Polen dazuzuerfinden. Just in dem Augenblick kam der zweite Pole, vermutlich ein Kumpel, auf mich zu und schlug mir hemmungslos ins Gesicht.

»Ich hatte gar keine Möglichkeit mehr, mich zu wehren«, rief ich und befingerte meine Verletzung.

»Die Menschen werden immer brutaler«, sagte Helga kopfschüttelnd und blickte mich bedauernd an. Das animierte mich, ihr gleich auch noch meinen Krankenhausaufenthalt in kräftigen Farben zu schildern, obwohl ich die Mitleidsschiene ursprünglich hatte vermeiden wollen.

»Im Krankenhaus bin ich sofort in die Notaufnahme gekommen, mein ganzes Gesicht war blutig.«

»Du hast ja wirklich was mitgemacht.«

Ich sah betroffen zu Boden.

»Heutzutage kann man froh sein, wenn man draußen überlebt«, ergänzte sie bitter.

»Ich hätte blind sein können«, sagte ich erschüttert.

»Hoffentlich hast du nicht einen Hirnschaden. Eine Freundin von mir ist mal mit dem Kopf gegen die Tischkante geprallt, einige Wochen später hat sie einen Schlaganfall bekommen, weil sich da irgendwas gelöst hat.«

»Mein Arzt meinte, ich solle mich vorsorglich röntgen lassen.«

»Es kann sich immer was lösen. Man steckt ja nicht drin im Kopf.«

»Seit einigen Tage habe ich hier starke Schmerzen«, sagte ich mit schmerzverzerrtem Gesicht und deutete auf einen Punkt direkt über dem Auge.

Helga wirkte jetzt ernstlich besorgt, was mir seltsamerweise guttat. Nach all den kräftezehrenden Anstrengungen, männlicher zu sein, fühlte ich mich durch ihr Mitleid kurzzeitig entlastet. Durch meinen Körper ging ein Aufatmen, als dürfte ich für einen Moment wieder ich selbst sein. Ich fragte mich, warum mir das in Gegenwart von Jutta nicht mehr gelang. Vielleicht, weil sie etwas von mir erwartete, von dem sie selber nur diffuse Vorstellungen hatte. Ich fühlte mich an der empfindlichsten Stelle getroffen, der, als Mann den Erwartungen seiner Frau nicht zu genügen.

»Versprich mir bitte«, sagte Helga, »dass du dich untersuchen lässt. Wir wollen ja nicht, dass du im Rollstuhl sitzt.«

Ich überlegte gerade, ob der Rollstuhl ein geeigneter Ausweg aus der Krise sein könnte, in die ich zunehmend hineinzugeraten schien, als ich hinter mir plötzlich Jutta bemerkte, die ohne ein Wort zu sagen mit der kleinen Handgießkanne aus der Küche auf die Terrasse trat und anfing meine Kakteensammlung zu gießen.

Helga sah mich bestürzt an. Mit meiner Frau hatte sie offensichtlich nicht gerechnet.

»Lass nur«, meinte ich erstaunlich ruhig, »wir trinken hier weiter gemütlich unseren Kaffee.« Obwohl ich laut genug gesprochen hatte, wässerte Jutta unverdrossen weiter die Kakteen, als hätte sie mich überhaupt nicht gehört. Mir war sofort klar, dass meine Frau nichts anderes vorhatte, als unser nettes Beisammensein zu stören. Warum hätte sie sonst die Trockenheit liebenden Sukkulenten ausgewählt, wo sie doch genau wusste, wie sehr mein Herz an diesen genügsamen und langsam wachsenden Pflanzen hing. Sie wollte mich provozieren. Sie wollte, dass ich aufsprang und ihr wütend die Gießkanne entriss. Doch obwohl es mich schmerzte, mit ansehen zu müssen, wie die Kakteen von einer Überdosis Wasser regelrecht ertränkt wurden, blieb ich sitzen und ließ die Aktion meiner Frau ins Leere laufen.

»Warum hast du mir nicht erzählt, dass deine Frau da ist?«, flüsterte mir Helga über den Tisch zu.

Ich hob die Schultern. »Ich kann ja auch mal eigene Gäste empfangen«, antwortete ich in der gleichen Lautstärke wie eben und nahm mir ein weiteres Stück Kuchen.

»Vielleicht sollte ich ihr Guten Tag sagen«, flüsterte Helga zunehmend nervöser.

Nachdem Jutta die Kakteen unter Wasser gesetzt hatte, füllte sie die Gießkanne wieder auf und wandte sich den ebenfalls genügsamen anatolischen Nelken zu. Ich war verblüfft, mit welcher Treffsicherheit sie sich ausgerechnet dieser Pflanzen annahm. Hatte sie bei meinen regelmäßigen Vorträgen über die Flora unseres Gartens doch mehr mitbekommen, als ich geahnt hatte?

»Ich meine«, sagte Helga so leise, dass selbst ich Schwierigkeiten hatte, sie zu verstehen, »wir können hier doch nicht einfach so sitzen bleiben.«

»Wir haben etwas Wichtiges zu besprechen, deshalb bleiben wir hier einfach so sitzen.«

»Frau Drux hat ganz recht«, schaltete sich Jutta auf einmal in die Besprechung ein, »du hättest deiner Bekannten ruhig sagen können, dass ich zu Hause bin.«

»Was haben wir denn Wichtiges zu besprechen?«, wollte Helga, immer noch flüsternd, von mir wissen.

»Ach, das weiß er doch selber nicht«, winkte Jutta ab. Sie stand auf den Bodendeckern, was ihr jedoch völlig egal zu sein schien.

»Woher wollen Sie das denn so genau wissen?«, wandte sich Helga nun direkt an meine Frau.

Jutta trampelte über den Hauswurz und blieb beunruhigend dicht neben der Fetthenne stehen.

Ich klammerte mich indes an die Stuhllehne und sah erschrocken zu Helga.

»Dass Sie auf der Seite meines Mannes stehen, war mir ja längst klar!«

»Was soll das denn heißen?«, begann sich nun auch Helga zu erregen.

»Sie kommen doch dauernd zu uns und drängen ihm Ihren Kuchen auf. Sehen Sie sich ihn doch mal an. Er wird immer dicker!«

Beide sahen gleichzeitig zu mir. Ich hielt es jedoch für angeraten, mich in diese Diskussion nicht einzumischen.

»Ich habe nicht den Eindruck, dass ich ihm irgendetwas aufdränge«, sagte Helga beleidigt. »Außerdem bin ich hier ja wohl die Einzige, die Ihrem Mann mal etwas backt.«

»So, jetzt soll ich ihm auch noch Kuchen backen. Ich habe ja sonst nichts zu tun!«

Jutta redete sich langsam in Rage. Ich hatte sie selten wütend erlebt, eigentlich sogar nie. Während ich öfter mal die Fassung verlor und türenschlagend das Zimmer verließ, wenn ich merkte, dass mir die Argumente ausgingen, war Jutta meist die Ruhe selbst.

»Eben«, erwiderte Helga, »Sie haben einfach zu wenig Zeit für Ihren Mann.«

»Irgendwer muss ja wohl das Geld verdienen. Oder glauben Sie, das bezahlt sich hier alles von selbst?« Sie machte eine ausholende Armbewegung und trat dabei auf die Fetthenne.

»Ihre Karriere scheint Ihnen jedenfalls wichtiger zu sein als Ihr Privatleben.«

Ich versuchte ein Lächeln zu unterdrücken. Endlich sprach mal jemand aus, was ich mich nie getraut hatte zu sagen.

»Und was soll ich Ihrer Meinung nach tun? Zu Hause bleiben und die Blumen gießen?«

Ich zuckte zusammen. Das wollte ich mir lieber nicht vorstellen. Im Grunde hatte ich gar nichts dagegen, wenn Jutta zur Arbeit ging und ich mich in Ruhe meinen Hobbys widmen konnte. An dieser Arbeitsteilung durfte in keinem Fall gerüttelt werden.

»Es würde vielleicht schon genügen«, sagte Helga, »wenn er von Ihnen etwas mehr Aufmerksamkeit bekäme.«

»Mehr Aufmerksamkeit? Ich höre ihm doch jeden Abend zu, wenn er mir von seinem Tag erzählt.«

Plötzlich erkannte ich, dass der einzige Mann in dieser Runde meine Frau war. Ich rang noch mit einer für mich günstigen Einordnung dieser doch ein wenig überraschenden Erkenntnis, als Helga auf einmal sehr ernst wurde.

»Wissen Sie, was die Hauptursache von Scheidungen ist?«

»Sie werden es mir sicher gleich sagen.«

»Die fehlende Anerkennung durch den Partner.«

Juttas Redefluss war für einen Moment gestoppt. Sie schien tatsächlich darüber nachzudenken. Insgeheim hoffte ich, dass die Auseinandersetzung damit beendet war. Doch Jutta wäre nicht Jutta gewesen, wenn sie sich so einfach geschlagen gegeben hätte.

»Ich nehme an, Sie sprechen aus eigener Erfahrung«, meinte sie trocken.

Helga wirkte bestürzt. »Wie darf ich das jetzt verstehen?«

Jutta gönnte sich eine rhetorische Pause, in der sie unter Missachtung der Steinplatten, die ich extra gelegt hatte, um die Vegetation nicht zu beschädigen, mitten durchs Beet auf die Terrasse stapfte.

»Mein Mann hat mir so einiges über Sie erzählt.«

Helga blickte mich böse an. Vor Schreck gelang es mir lediglich, den Kopf zu schütteln.

»Hast du ihr etwa alles erzählt?«

»Nein, nein«, sagte ich abwehrend, »vielleicht habe ich mal nebenbei …«

Sie stand abrupt auf und stieß dabei so heftig gegen den Tisch, dass der Kaffee über die Tassenränder schwappte.

»Das hätte ich wirklich nicht von dir gedacht!« Ohne mich noch mal anzusehen, verließ sie die Terrasse, marschierte dabei zu meinem Entsetzen ebenfalls durchs Beet und verschwand hinter der Hecke.

Jutta warf mir einen kurzen, vernichtenden Blick zu und ging dann wortlos ins Haus.

Ich saß noch eine Weile still am Tisch und blickte erschrocken aufs Grundstück. Es war ein blauer, sonniger Samstagnachmittag, aber in mir wütete ein furchtbares Unwetter, und es war noch keineswegs klar, wie ich es überstehen würde.

13

Nach der Geschichte mit Helga herrschte erst mal Funkstille zwischen Jutta und mir. Wir schliefen getrennt. Jutta hatte mich wortlos ausquartiert, das Bettzeug in mein Zimmer geworfen und die Schlafzimmertür abgeschlossen. Es war beinahe wie früher in meiner Schöneberger Junggesellenzeit. Ich lag allein in meinem Bett, blätterte in einer Klatschzeitschrift, und bevor ich das Licht löschte, überlegte ich mir Pläne für den morgigen Tag. Allerdings gab es einen entscheidenden Unterschied: Ich hatte keine Ahnung, was ich am nächsten Tag tun sollte.

Von meinem Zimmerfenster konnte ich Zoe gut auf ihrem Balkon beobachten. Heimlich beneidete ich sie um ihr sorgloses Leben. Wie sie in der Hängematte lag und sich ganz ihrem Piratenleben überließ, ohne auch nur eine Sekunde an sich zu zweifeln, berührte meine innerste Sehnsucht nach Unabhängigkeit von allen Anforderungen des Erwachsenenlebens. Wenn es möglich wäre, genau so zu leben wie sie, ohne noch einmal die Pubertät durchstehen zu müssen, ich hätte mich auf der Stelle in eine Hängematte gelegt.

Obwohl ich gerne Junggeselle gewesen war, hatte ich jedoch nicht vor, in diesen Stand zurückzukehren. Ja, schon nach wenigen Stunden gegenseitigen Schweigens begann ich den gewohnten Umgang mit meiner Frau zu vermissen. Vielleicht hatte ich die Sache mit Helga doch ein wenig übertrieben. Im Grunde schämte ich mich sogar, Jutta auf diese Weise vorgeführt zu haben. Aber was blieb mir den anderes übrig? Ich hatte ihr doch nur zeigen wollen, dass ich auch anders konnte. Dass ich nicht jemand war, der alles so einfach hinnahm und es zuließ, wie sich Gunnar Fahrenkamp in unsere Ehe drängte. Dabei musste ich jedoch feststellen, dass ich zwar anders konnte, eigentlich aber nicht anders wollte. Jahrelang hatte ich vieles nur hingenommen, und bis vor kurzem war ich ganz gut damit gefahren. Doch auf einmal schien es Jutta nicht mehr zu reichen. Fast glaubte ich, meine Frau suchte bewusst nach einer Auseinandersetzung, nur um mich zu testen. Indem sie Gunnar ins Spiel gebracht hatte, wollte sie herausfinden, ob ich der Lage gewachsen war und den Kampf mit einem vermeintlichen Kontrahenten unerschrocken aufnahm. Andererseits lebten wir nicht mehr in der Steinzeit, wo der Mann seine Familie gegen Feinde verteidigen musste. Ich war ein friedliebender Mensch, ich hatte keine Lust, gegen irgendjemanden einen Krieg anzuzetteln, wenn es nicht unbedingt notwendig war.

Leider schienen die diplomatischen Möglichkeiten inzwischen restlos ausgeschöpft. Und da ich mir fest vorgenommen hatte, in diesem Fall Stärke zu demonstrieren, blieb mir nichts anderes übrig, als den Kampf aufzunehmen.

Am Sonntag frühstückten wir getrennt. Ich schmierte mir hastig ein Toastbrot und verzehrte es lustlos auf meinem Zimmer. Wir sahen uns nicht an und versuchten, uns wenn möglich nicht gleichzeitig im selben Raum aufzuhalten. Wenn wir uns doch einmal trafen, drehten wir sofort um und gingen in eine andere Richtung davon. Das heißt, hauptsächlich war ich es, der sich umdrehte und davonging, während Jutta ihren Weg unbeirrt fortsetzte. Sooft ich durchs Wohnzimmer in den Garten zu gelangen versuchte, saß oder stand Jutta mir irgendwo im Weg, sodass ich entweder direkt in mein Zimmer zurückkehrte oder mich eine Weile sinnlos im Flur herumtrieb und die Bilder an den Wänden betrachtete, als sähe ich sie zum ersten Mal.

Nach zwei Stunden wurde es mir zu bunt. Am frühen Nachmittag trat ich entschlossen auf die Terrasse, wo sich Jutta bereits im Liegestuhl sonnte. Ohne mich länger dort aufzuhalten, drehte ich rasch den Wasserhahn auf, zog den Schlauch runter auf den Rasen und begann die angrenzenden Beete zu wässern. Etwa eine Stunde lang goss ich sämtliche Pflanzen. Rosen, Tannen, Gräser, selbst das Unkraut goss ich so ausgiebig, als würde es mich plötzlich gar nicht mehr stören. Schließlich spritzte ich so ziemlich alles ab, was mir vor den Schlauch kam. Während ich mich im Kreis drehte, schoss eine meterhohe Fontäne über das Grundstück. Ich war beeindruckt, was so ein kleiner Schlauch alles hergab, und heimlich bedauerte ich es, dass mir Jutta den Rücken zukehrte und nicht sehen konnte, wie ich dort mit durchgedrücktem Kreuz in der Mitte des Rasens stand und das gesamte Grundstück abspritzte.

Als ich erschöpft zurück auf die Terrasse gehen wollte, um das Wasser abzustellen, erkannte ich zu meinem Erschrecken, dass Jutta derweil die Liege umgestellt hatte, und zwar unmittelbar vor den Wasserhahn. Nach meiner Kenntnis hatte sie noch nie dort gelegen, und ich konnte nicht ausschließen, dass sie sich extra dorthin gelegt hatte, um mich in meiner Arbeit zu behindern. Wollte sie mich herausfordern? Wollte sie, dass ich über die Liege stieg und das Wasser abdrehte?

Im Laufe unserer Ehejahre hatte sich die Kommunikation von der verbalen zunehmend hin zur Körpersprache verlagert, als böte der körperliche Ausdruck letztlich mehr Raum zur kreativen Gestaltung einer Beziehung, in der alles Wesentliche längst gesagt war. Doch auch hier wurde mir schnell klar, dass meine Ausdrucksmöglichkeiten relativ begrenzt waren. Während Jutta ein dicker Katalog verschiedenster, oft schwer voneinander zu unterscheidender Körperausdrücke zu Verfügung stand, musste ich mich mit einem Faltblatt zufriedengeben.

Die Frage, die sich mir mit dem weiterhin üppig sprudelnden Schlauch in der Hand stellte, war: Deutete Jutta durch ihre neue Lage Gesprächsbereitschaft an, oder wollte sie mir lediglich eins auswischen? Weil ich jedoch kein Bedürfnis verspürte, ihrer Körpersprache langwierige Untersuchungen zu widmen, beschloss ich, zunächst nichts zu unternehmen. Ich warf den Schlauch auf den Rasen und setzte mich auf die Hollywoodschaukel.

Nach zwanzig Minuten hatte sich ein kleiner See um den Schlauch gebildet, und ich begann mich besorgt zu fragen, ob meine Einschätzung überhaupt richtig war. Währenddessen hatte ich nämlich beobachtet, dass große Teile der Terrasse bereits im Schatten lagen und nur der Platz vor dem Wasserhahn noch die Möglichkeit zum Sonnen bot. Juttas Wechsel hatte demnach also nicht den geringsten kommunikativen Wert. Ich sprang auf, rannte ums Haus herum zum Vordereingang und drehte in der Kammer den Hauptwasserhahn zu.

Abends wäre ich fast weich geworden. Das heißt, je näher der Abend und damit die obligatorische Frage nach dem Fernsehprogramm rückte, desto unvermeidlicher erschien mir eine Aussöhnung. Ich hatte längst rote Stressflecken im Gesicht, ein sicheres Zeichen, dass mir die Situation stark zu schaffen machte. Für Stress jeglicher Art war ich einfach nicht der richtige Ansprechpartner. Heimlich bewunderte ich Menschen, die Stress für einen normalen Bestandteil ihres Lebens hielten. Mir reichte es schon, wenn ich die Zutaten fürs Abendessen einkaufen musste.

Um mir meinen Platz im Wohnzimmer zu sichern, saß ich bereits ab siebzehn Uhr vor dem Fernseher, während Jutta immer noch draußen auf der Terrasse lag. Drei Stunden hatte ich Chips und Kräcker in mich hineingestopft, als sich meine Frau pünktlich zu Beginn des Abendprogramms mit einem mehrstöckigen Sandwich auf ihre Sofaseite setzte und anfing zu essen. Ich war entsetzt, bemühte mich aber, nichts zu sagen. Jahrelang hatte ich ihr ein abwechslungsreiches Essen geboten, und nun stellte sich in der ersten Krise zufällig heraus, dass sie im Grunde viel lieber Junk-Food mochte. Ich fühlte mich düpiert. Und je länger ich darüber nachdachte, desto ärgerlicher wurde ich. Warum hatte sie mir verschwiegen, dass sie gerne pappiges

Brot mit Wurst und Käse aus eingeschweißten Kunststoffverpackungen aß? Mir wurde langsam klar, warum so viele Ehen geschieden wurden. In Krisenzeiten zeigte sich erst der wahre Charakter eines Menschen, der sich sonst hinter großen Gefühlen problemlos verbergen ließ. Was mich aber am meisten ärgerte, war, dass ich drei Stunden mit ähnlichem Vergnügen Chips und Kräcker verspeist hatte.

Den ganzen Abend saßen wir stumm auf der Couch und verfolgten eine Liebesromanze im schottischen Hochland. Der Schlossherr verliebte sich in eine zu Besuch weilende Börsenmaklerin aus London, die seine Gefühle zunächst jedoch nicht erwiderte. Es war klar zu erkennen, dass sie kaum etwas gemeinsam hatten. Doch der Schlossherr trat mit einem derartigen Selbstbewusstsein auf, dass sich die zögernde Börsenmaklerin schließlich zum Bleiben entschloss. Es endete damit, dass die Frau nicht nur ihre Liebe zum Schlossherrn entdeckte, sondern auch noch zu Tieren und Pflanzen und ihren Job in London schließlich aufgab. Ich war fassungslos über den Unsinn, der einem geboten wurde. Eine Sekunde gab ich meine Zurückhaltung auf und blickte empört zu Jutta. Sie hatte Tränen in den Augen und schnäuzte sich in diesem Moment laut die Nase.

Am darauffolgenden Freitag waren wir mit einem Paar aus Juttas Bekanntenkreis verabredet. Der Termin hatte schon lange vor unserem Krach festgestanden, sodass es mir schwerfiel, eine passende Ausrede zu finden, nicht mitzukommen.

In den Tagen zuvor waren wir uns keinen Schritt näher gekommen. Die Lage hatte sich gewissermaßen stabilisiert.

Ich war erstaunt, wie leicht es uns fiel, weder miteinander zu sprechen noch uns eine Minute anzusehen. Im Grunde führten wir das Leben eines alten Ehepaares, das sich auf unterstem Niveau arrangiert hatte. Wir lebten zwar in einem Haus, führten aber getrennte Leben. Je länger der Zustand anhielt, desto schwieriger wurde es, wieder in unser gemeinsames Leben zurückzufinden. Obwohl ich Schuld an dieser verfahrenen Lage hatte, wurde ich von Tag zu Tag beleidigter, dass meine Frau die Situation so lange ertrug. Es schien sie nicht im Geringsten zu stören, dass ich weder Frühstück noch Abendessen machte, ihre Wäsche nicht mehr wusch und kleine Aufmerksamkeiten wie die abendliche Praline auf ihrem Kopfkissen komplett eingestellt hatte. Selbst das Fernsehproblem war inzwischen gelöst. Jutta hatte sich den kleinen Ersatzfernseher mit aufs Schlafzimmer genommen und sah nun jeden Abend allein fern.

Ich fragte mich, wozu sie mich überhaupt noch brauchte. Zwar hatte sie mich nie darum gebeten, ihr Frühstück und Abendessen zu machen und die Wäsche zu waschen, aber ich hatte es für eine Selbstverständlichkeit gehalten, ihr den Alltag möglichst vom Leib zu halten. Vor allem hatte ich es gerne getan. Ich hatte Spaß an meiner Arbeit und freute mich, ihr jeden Wunsch von den Augen abzulesen. Doch vielleicht war genau dies das Problem. Vielleicht waren die Frauen einfach noch nicht reif für die Emanzipation des Mannes.

Im Laufe der Woche kam mir ein schrecklicher Gedanke: War Gunnar womöglich die Ursache für Juttas anhaltendes Desinteresse an einer Aussöhnung? Kam ihr unsere Funkstille am Ende sogar ganz gelegen, um sich noch mehr auf ihn zu konzentrieren?

Mir war klar, dass Gunnar eine beträchtliche Wirkung auf meine Frau hatte. Obwohl sie es immer versucht hatte herunterzuspielen, war sie zweifellos beeindruckt von seiner männlichen Ausstrahlung. Er hatte eine altmodische Virilität, die bei den Frauen offenbar immer noch gut ankam. Trotz Juttas Beteuerung, froh zu sein, mit einem Mann wir mir zusammenzuleben, der sich im Gegensatz zu ihrem früheren Mann nicht mehr dauernd beweisen musste und seine Schwächen offen zeigte, steckte tief in ihr drin eine Frau, die einen Mann im Bärenfell immer noch mehr bewunderte als einen mit Kochschürze. Und solange sich hier nichts Entscheidendes änderte, musste ich wohl mit einem Bärenfell herumlaufen.

14

Nur mit Zoe gelang es mir, für einige Stunden eine Auszeit zu nehmen. Und je länger ich nach männlichen Herausforderungen suchte, die meiner Frau angemessen erschienen, desto wichtiger wurden mir diese Stunden freier Entfaltung.

Ich hatte Zoe einen Gefallen tun wollen. Auf einem unserer letzten Streifzüge hatte sie mich gefragt, ob wir nicht einmal »Leute erschrecken« spielen könnten, was ich mit dem Hinweis auf das hohe Durchschnittsalter der Bevölkerung in unserem Viertel zunächst jedoch abgelehnt hatte. Es war einfach nicht zu verantworten, hinter Bäumen hervorzuspringen und alte Damen zu erschrecken. Doch dann erinnerte ich mich, dass ich in meiner Kindheit auch immer gerne Leute erschrecken wollte, es aber aus Scham nie in die Wirklichkeit umgesetzt hatte.

Im Internet entdeckte ich eine Firma, die mit Masken handelte. Von Politikermasken bis Gruselmasken, die häufig kaum voneinander zu unterscheiden waren. Merkwürdigerweise gefiel mir die Maske von Frankensteins Monster am meisten. Ich hatte keine Ahnung, weshalb mich ausgerechnet die brutalste Maske in eine derartige Vorfreude versetzte.

Zoe erzählte ich nichts von meiner Erwerbung. Erst als wir uns das nächste Mal an unserem gewohnten Treffpunkt an der Eiche begegneten, zog ich die Maske aus der Tasche und setzte sie auf. Ihre erste Reaktion erschreckte mich allerdings so, dass ich die Maske gleich wieder abnehmen wollte. Sie lachte so laut, dass es kilometerweit zu hören war.

»Ich dachte, wir wollten Leute erschrecken«, brummte ich beleidigt durch den schmalen Mundschlitz.

»Du siehst so lustig aus«, prustete Zoe und bog sich vor Lachen, was ich nun doch etwas übertrieben fand. Ich war mit Zoe eigentlich immer gut ausgekommen, nur manchmal, wenn das Kindliche allzu sehr durchschlug, fühlte ich mich veranlasst, ein strenges Wort an sie zu richten.

»Erst willst du Leute erschrecken«, sagte ich, »und dann findest du es zum Totlachen. Du weißt auch nicht, was du willst, oder?«

Im selben Moment erkannte ich, dass es absurd war, ein achtjähriges Mädchen auf etwas festlegen zu wollen.

Zoe musterte mich auf einmal ernst.

»Wenn du so in den Supermarkt gehst und Leute erschreckst, bekommst du einen Piratentaler«, erklärte sie.

Das ließ ich mir nicht zweimal sagen, obwohl ich keine Ahnung hatte, welchen Wert so ein Piratentaler überhaupt hatte. Aber ich freute mich, auch einmal etwas geschenkt zu bekommen. Im Grunde hatte ich nur den Wunsch, für meine Leistung hin und wieder eine Belohnung zu erhalten, ganz egal ob es ein Piratentaler war oder etwas anderes.

Wir gingen zum Supermarkt.

Da ich durch die Maske nur schwer sehen konnte, musste Zoe mich an der Hand nehmen, um nicht versehentlich auf die Straße zu stolpern. Ich fühlte mich plötzlich wie ein alter Mann. Ein Mann, der nicht mehr in der Lage war, selbstständig zum Supermarkt zu laufen. Bald würde ich tatsächlich auf Hilfe angewiesen sein. In wenigen Jahren, vielleicht schon in fünfundzwanzig Jahren, müssten mich fremde Menschen über die Straße begleiten oder die Einkünfte erledigen.

Die Vorstellung erschreckte mich. Erst vor kurzem, meinte ich mich zu erinnern, war ich noch froh gewesen, endlich ein eigenes Leben zu führen. Ein Leben, das ganz *meinen* Vorstellungen entsprach und nicht mehr von irgendwoher entliehen war. Ich hatte lange gebraucht, bis ich mich selbst gefunden hatte. Viele schlaflose Nächte und quälende Tage vergingen, ehe mir klargeworden war, was ich wirklich am liebsten mochte. Und schon bald sollte das alles wieder der Vergangenheit angehören, wenn ich dieses Leben nur noch mithilfe anderer bewerkstelligen konnte. Noch mehr erschrak ich allerdings, als ich bemerkte, dass die Passanten, denen wir begegneten, keineswegs beunruhigt erschienen, Frankensteins Monster an der Seite eines Kindes spazieren gehen zu sehen. Die meisten sahen uns nicht einmal an, als wäre es ihnen schon zu viel, an dieser durchaus fragwürdigen Konstellation Anstoß zu nehmen. Die zunehmende Toleranz der Leute ärgerte mich. Wenn man nicht mal mehr die Leute erschrecken konnte, war es um unsere Gesellschaft schlecht bestellt.

Das alles verhieß nichts Gutes für meinen Plan. Als wir

am Supermarkt angekommen waren, hatte ich große Zweifel, ob ich mit dieser Maske überhaupt die richtige Wahl getroffen hatte.

»Und jetzt?«, fragte ich, nachdem mich Zoe losgelassen hatte. Ich wusste nicht, ob ich meine Wirkung noch irgendwie steigern konnte, indem ich schreckliche Laute von mir gab oder mich seltsam bewegte.

»Wir gehen da rein«, sagte Zoe.

»Und wann bekomme ich den Taler?« Ich wollte sicher sein, dass ich mir den Taler auch wirklich verdiente.

»Wenn du jemanden erschreckt hast«, meinte sie vage.

»Einer genügt also?«

»Vielleicht«, sagte sie und grinste, als würde sie die Regeln nach Bedarf jederzeit ändern können. Auch Jutta hatte ich in solchen Fällen schon ähnlich grinsen sehen. Offenbar war der großzügige Umgang mit selbst geschaffenen Regeln die weibliche Art, Macht über einen auszuüben.

Es blieb mir wieder nichts anderes übrig, als mich zu fügen.

Im Supermarkt trennten wir uns. Während Zoe rasch aus meinem Blickfeld verschwand, wankte ich wie ein Betrunkener durch die Gänge. Soweit ich sehen konnte, war nicht viel los. Der Montagvormittag war eigentlich der ungünstigste Zeitpunkt, um Leute zu erschrecken. Die meisten Hausfrauen waren noch erschöpft vom prall gefüllten Familienwochenende und gingen erst nachmittags in den Supermarkt. Am Anfang meines Lebens als Hausmann hatte ich mir gerne den Montagvormittag zum Einkaufen ausgesucht, weil ich zu diesem Zeitpunkt keine irritierten Blicke befürchten musste. Als einziger Mann in mittleren Jahren gehörte ich in diesem Umfeld zu einer Ausnahmeerscheinung, die der heimliche Bannstrahl fortpflanzungsfähiger Frauen traf. So einen Mann konnte frau einfach nicht ernst nehmen. Am Montagvormittag waren meist nur Rentner oder Arbeitslose unterwegs, weshalb ich in Rentnerkreisen schnell eine bekannte Größe war. Man grüßte sich vielsagend, als wäre man als Mitglied der Montagvormittagseinkäufer Teil einer eingeschworenen Gemeinschaft.

Tatsächlich waren auch diesmal nur Rentner unterwegs. Und wie immer waren es hauptsächlich Frauen, was mir für die Umsetzung meines Plans günstig erschien. Denn alte Frauen waren viel leichter zu erschrecken als alte Männer, die zum Teil noch Kriegserfahrungen hatten und so leicht nichts umhauen würde, nicht einmal Frankensteins Monster.

Ich bewegte mich zügig, aber keinesfalls hastig zu den Mehl- und Teigwaren. Aus Erfahrung wusste ich, dass sich Rentnerinnen gerne im Umfeld von Kuchenfertigmischungen aufhielten. Ja, man konnte sicher sein, dort alten Frauen zu begegnen, die bereits für das Kaffeekränzchen am Nachmittag planten.

Wie erwartet, stand vor dem Regal eine Frau in einem zeltartigen Sonnenblumenkleid, das ihren wie einen Hefeteig aufgegangenen Körper gnädig verhüllte. Ich war immer begeistert, mit welchem Selbstbewusstsein alte Frauen ihre von reichlich Süßwaren schwer gezeichneten Körper mit den unförmigsten Kleidern behängten. Offensichtlich war ihnen ihre Wirkung auf andere längst vollkommen egal, eine Einstellung, die ich hoffte, mir irgendwann auch zu eigen zu machen.

Ich stellte mich dicht neben sie und studierte ebenfalls die Auswahl. Dabei atmete ich unter der Maske so laut und schwer, dass es selbst für Hörgeschädigte gut zu vernehmen sein musste. Aber ob es daran lag, dass ich mindestens zwei Köpfe größer war als sie oder ob ihr laut und schwer atmende Menschen aus ihrer näheren Umgebung längst vertraut waren, jedenfalls nahm die Frau keinerlei Notiz von mir. Völlig unbeeindruckt suchte sie das Regal nach einer geeigneten Kuchenmischung ab, während ich ihr dicht auf den Fersen war. Aus lauter Verzweiflung begann ich zu husten. Die Maske blähte sich unter den Atemwellen jedes Mal kurz auf. Doch auch das schien die Frau überhaupt nicht zu stören. Sie war kurz davor, die Schwarzwälderkirschmischung aus dem Regal zu nehmen, als ich anfing, irgendwas vor mich hin zu murmeln. Es hörte sich an, als würde ich aus einem tiefen Brunnen zu ihr sprechen. Doch anstatt erstaunt zu mir aufzuschauen, nickte sie lediglich kurz, als würde sie mir zustimmen, griff nach der Fertigmischung und ging zufrieden davon.

Ich war empört. So schwer hatte ich mir das Leute-Erschrecken nicht vorgestellt. Vielleicht waren alte Leute einfach die falschen Ansprechpartner. Vielleicht konnte sie gar nichts mehr erschrecken, wo doch der nahende Tod schon erschreckend genug war.

Als Nächstes nahm ich mir einen Mann vor, der am Getränkeregal gerade eine Batterie Bierflaschen in seinem Einkaufskorb verstaute. Er war etwa in meinem Alter, wirkte jedoch stark vernachlässigt. Offenbar ein Alkoholiker, der sich Nachschub besorgte. Auch er schien den Montagvormittag zu nutzen, um ungestört von verletzenden Blicken seinen Neigungen nachzugehen. Ich langte nach einer Flasche Weißbier und ging sofort in die Offensive.

»Das ist ja unverschämt, wie teuer das ist«, brummte ich aus meinem Brunnen herauf.

Der Mann reagierte jedoch nicht sofort, zu sehr war er mit dem Füllen seines Korbs beschäftigt. Als kein Platz mehr für eine weitere Flasche war, sah er mich an.

»Du musst dir das hier kaufen«, sagte er ungerührt und tippte auf die Biermarke seiner Wahl. Einen Moment glaubte ich ein mildes Erschrecken auf seinem Gesicht zu erkennen. Doch dann lächelte er, seine schlechten Zähne entblößend, und erklärte: »Du siehst echt Scheiße aus, Mensch!«, und verschwand Richtung Kasse.

Meine Nerven lagen blank. Durchs Regal bemerkte ich Zoe, die mich offenbar die ganze Zeit beobachtet hatte. Sie grinste, was mich noch wütender machte. Außerdem ärgerte ich mich, dass ich diesen Unsinn überhaupt mitmachte. Warum war ich nicht zu Hause und wässerte meine Pflanzen? Andererseits hatte ich mir nun einmal vorgenommen, Leute zu erschrecken, und ich wollte mir vor Zoe keine Blöße geben. Wenn mir nicht einmal das gelang, würde ich mein Gesicht verlieren.

Ich rückte die Maske zurecht und ging mit der Flasche Weißbier zu Kasse. Hinter dem Förderband saß Frau Bartels. Sie war gerade mit Einscannen beschäftigt. Wir kannten uns von früheren Montagvormittagseinkäufen. Frau Bartels war Ende zwanzig und damit als Zielperson bestens geeignet.

Während sie einscannte, konzentrierte sie sich ausschließlich auf ihren aktuellen Kunden und sah auch nicht ein einziges Mal zu mir auf, als wollte sie von ihrem nächsten Kunden überrascht werden, um wenigstens etwas Abwechslung in ihren eintönigen Job zu bringen.

Ich wartete stumm, bis ich dran war. Erst als sie das Förderband erneut anwarf und eine einzige Flasche Weißbier an ihr vorbeiglitt, blickte sie mich an. Ich war selbst so aufgeregt, dass meine Hände zitterten.

»Heute nur das, Herr Wollmann?«, fragte sie und lächelte verschmitzt.

»Wie bitte?«, fragte ich entsetzt. Ich hatte keine Ahnung, wie sie ausgerechnet auf mich kam. Es erschien mir völlig unmöglich, von der Maske auf mich zu schließen. Mir wurde heiß. Der Schweiß tropfte unter der Maske heraus.

»Woher wissen Sie …?«

Sie zog die Flasche unter dem Scanner durch und schubste sie in die Metallwanne.

»Ihr Hemd«, sagte sie gelassen, »nur einer trägt hier solche Hemden. Das macht dann 99 Cent.«

Ich bezahlte. Ich wagte sie nicht zu fragen, was sie mit »solche Hemden« meinte. Es war ein normales Hemd, ich hatte nicht angenommen, dass es irgendjemandem auffallen könnte. Jedenfalls hatte ich das bis zu diesem Moment geglaubt.

Draußen zog ich die Maske ab und setzte mich erschöpft auf die Bank.

»Pech gehabt«, sagte Zoe und schwang sich fröhlich zu mir auf die Bank, »du bekommst keinen Piratentaler.«

»Ist eigentlich irgendwas an meinem Hemd?«, fragte ich. Die Sache beunruhigte mich, obwohl ich nicht genau sagen konnte, warum.

Zoe blickte mich komisch an. »Wieso?«, fragte sie.

»Nur so«, sagte ich.

Sie musterte ratlos das Hemd, als wären ihr solche Äußerlichkeiten im Grunde gleichgültig.

»Ich finde es hässlich, meine Mutter trägt so was auch immer.«

»Deine Mutter? Du meinst also, dass es was für Frauen ist?«

Sie zuckte die Schultern. »Keine Ahnung, ist ja auch egal, was man trägt. Was machen wir jetzt?«

Mir war es zwar nicht egal, aber ihre Antwort beruhigte mich ein wenig.

»Jetzt erschrecken wir weiter Leute«, sagte ich siegessicher. Ich hatte nicht vor aufzugeben, bis ich meinen Piratentaler endlich bekommen hatte.

Wir gingen durch unser Viertel, vorbei an den Villen, die eine gleichgültige Ruhe ausstrahlten, als könnte ihnen niemand zu nahe kommen. Zoe hüpfte neben mir her. Ich freute mich, dass wir zusammen durch die Gegend streiften und nur etwas so Sinnloses vorhatten, wie Leute zu erschrecken. Es war aufregend, Dinge zu tun, die keinerlei Zweck erfüllten. Angesichts der wuchtigen Demonstration von Erfolg um uns herum, empfand ich es beinahe als revolutionär.

Plötzlich hatte ich eine Idee. In unserer Nachbarschaft befand sich das Anwesen von Gabriele Eichhorn, einer Immobilienmaklerin, die abbruchreife Häuser für viel Geld an gutgläubige Interessenten verkaufte. Selten waren Jutta und ich uns so einig in unserer Ablehnung dieser Frau. Denn Frau Eichhorn war nicht nur eine Geschäftsfrau mit krimineller Energie, sondern überdies auch noch extrem unsympathisch. Solange ich hier wohnte, hatte sie mich noch kein einziges Mal angesehen. Dabei hatte ich sie über viele Monate hinweg unverdrossen gegrüßt, ohne je eine Reaktion von ihr zu bekommen. Aber irgendwann musste ich einsehen, dass Frau Eichhorn offenbar nur Menschen wahrnahm, die in einer geschäftlichen Verbindung zu ihr standen. Der Zeitpunkt war gekommen, dieser Dame einen gehörigen Schrecken einzujagen.

Von meinen regelmäßigen Spaziergängen wusste ich, dass sie montags meist erst gegen Mittag ihr Haus verließ und zuerst zum Briefkasten an der Hauptstraße ging. Solche Kleinigkeiten hatte ich mir seltsamerweise genau gemerkt. Vielleicht weil ich mir in meinen wüsten Fantasien, die mich mitunter unvorbereitet beim Gärtnern überfielen, vorgestellt hatte, Frau Eichhorn zu kidnappen, um ihr kriminelles Treiben ein für alle Mal zu unterbinden. Leider wusste ich nie, wohin ich sie bringen sollte. Alle Orte, die für ein solches Vorhaben geeignet erschienen, waren mir einfach zu schäbig. Denn selbst als Kidnapper wollte ich meinem Opfer ein angenehmes Ambiente schaffen, in dem auch ich mich gerne aufhalten würde.

Auf dem Weg zum Briefkasten stand ein kleines Trafohäuschen, hinter dem wir uns verstecken konnten. Ich weihte Zoe in meinen Plan ein. Sie war sofort Feuer und Flamme und folgte mir aufgeregt hinter das Häuschen.

Fast eine Stunde warteten wir in unserem Versteck. Die meiste Zeit war ich damit beschäftigt, Zoe bei Laune zu halten. Wie alle Kinder besaß sie den unstillbaren Drang, jede Minute etwas Neues erleben zu wollen. Ich dachte mir dauernd neue Aufgaben für sie aus, um sie nicht zu langweilen. Rätselfragen und Gedankenspiele. Ich war so beschäftigt, dass ich Frau Eichhorn beinahe verpasst hätte. Gegen zwölf erschien sie vor ihrem Haus und machte sich tatsächlich auf den Weg zum Briefkasten. Allerdings hatte sie keine Post dabei, sondern trug eine große, prall gefüllte Tüte, aus der ein sperriger Gegenstand ragte. Ich setzte mir rasch die Maske auf und wartete auf meinen Einsatz. Als sie das Trafohäuschen passierte, machte ich einen großen Schritt nach vorne und blieb direkt vor ihr stehen. Das Ergebnis musste als voller Erfolg gewertet werden. Frau Eichhorn zuckte zusammen und ließ die Tüte erschrocken fallen, worauf irgendetwas darin zerbrach. Einen Moment sahen wir uns stumm an. Ich spürte ihre Angst. Ich spürte, dass sie der Situation hilflos ausgeliefert war. Offensichtlich rechnete sie mit dem Schlimmsten, was mir ein wenig peinlich war, denn mehr als sie zu erschrecken hatte ich eigentlich nicht vorgehabt. Andererseits konnte ich mich jetzt auch nicht einfach wieder zurückziehen, als wäre nichts gewesen. Ja, auf einmal schien es mir notwendig, meinen Einsatz zu begründen, um ihren Respekt nicht zu verspielen. Nur ein nachhaltiges Erschrecken mit entsprechenden Forderungen würde mein Vorgehen erst erklärbar machen. Alles andere wäre ein dummer Kinderstreich gewesen.

Bedauerlicherweise hatte ich nicht die geringste Ahnung, was man in solchen Fällen fordern konnte. Meine Erfahrungen auf diesem Gebiet waren leider äußerst beschränkt. Selbst in meinem Eheleben hatte ich nur sehr selten etwas gefordert. Das mochte ein Grund für Juttas Annahme sein, ich wäre in meinem Leben unterfordert, obwohl ich in der Unterforderung die einzige Möglichkeit sah, meine Kreativität zu entfalten.

»Wollen Sie Geld?«, fragte Frau Eichhorn endlich mit weit aufgerissenen Augen. Ich war froh, dass irgendetwas geschah.

Ich schüttelte den Kopf.

»Ich kann Ihnen auch meinen Schmuck geben«, sagte sie und streckte mir ihre Hände entgegen, auf denen mehrere Ringe steckten.

Sollte ich ihre Ringe fordern, um halbwegs seriös aus der Sache herauszukommen?

Ich sah schon meinen Steckbrief mit einem Phantombild an den Bäumen hängen. »Wer kennt diesen Mann?« Seit meinem Auftreten im Supermarkt wäre es jedoch kein Problem, mich zu identifizieren.

Ich schüttelte erneut den Kopf. Langsam wurde sie ungeduldig. Ich merkte, wie sie mich von Kopf bis Fuß musterte. Auf einmal hatte ich Sorge, dass sich die Geschichte an der Kasse wiederholte. Ich hatte einen Fehler gemacht und nur mein Gesicht maskiert.

»Kenne ich Sie nicht von irgendwoher?«, fragte Frau Eichhorn plötzlich und machte ein nachdenkliches Gesicht. Ihre Angst wich zunehmendem Ärger. Jetzt war ich es, der erschrak.

»Ja, genau, Sie laufen hier doch immer spazieren! Können Sie mir sagen, was das alles soll?«

Mein Hemd, dachte ich sofort. Mein Hemd war bekannt wie ein bunter Hund.

»Sie wohnen zwei Häuser weiter, Wollmann, stimmt's?«

»Okay«, brummte ich und zog mir die Maske vom Gesicht, »es war ja nur ein Spiel.«

»Ein Spiel?« Frau Eichhorn sah mich wütend an. »Wissen Sie, wie viel Sie dieses Spiel kosten wird?«

Ich zuckte die Schultern.

»Tausend Euro! Die Vase in der Tüte ist eine Antiquität, die werden Sie mir bezahlen.«

Ich dachte noch, dass man mit so einer Vase eben nicht durch die Gegend läuft, aber ehe ich noch etwas sagen konnte, hatte Frau Eichhorn schon ihre Tüte gegriffen und war zielstrebig davongegangen.

»Den Taler hast du dir jetzt aber verdient«, meinte Zoe, die grinsend aus dem Versteck trat.

Ich lächelte betroffen. »Das wird für die Vase wohl leider nicht reichen.«

»Blöde Vase«, versuchte sie mich zu trösten, »dafür würde ich keinen Taler bezahlen.«

»Leute-Erschrecken machen wir nie wieder«, sagte ich.

»Ich fand's aber lustig«, sagte sie.

»Hmm«, machte ich.

Sie fasste mich an der Hand. »So einen wie dich hätte ich auch gerne als Vater.«

Ich sah sie überrascht an. »Aber du hast doch einen Vater.«

Sie dachte kurz nach. »Ja, aber der ist nie zu Hause und hat keine Zeit für mich.«

Ich überlegte, ob ich das als Kompliment auffassen sollte. Ich überlegte noch, nachdem wir uns verabschiedet hatten. Es war das erste Mal, dass mir jemand gesagt hatte, es sei schön, dass ich zu Hause war und Zeit für den anderen hatte.

15

Am Freitag fand ich einen Zettel von Jutta auf der Flurkommode. »Wenn du heute Abend zu einem Essen mitkommst, vergesse ich die Geschichte mit Helga!« Das Ausrufezeichen deutete eine gewisse Dringlichkeit ihrer Forderung an. Anscheinend legte sie Wert auf meine Begleitung. Gleichzeitig war ich mir nicht sicher, ob ihr Einlenken in letzter Sekunde nicht nur im drohenden Gesichtsverlust begründet lag, wenn sie anders als geplant allein zu der Verabredung erschien. Dennoch beschloss ich, ihren Vorschlag anzunehmen, und zog mir entgegen meiner Gewohnheit Jackett und eine ordentliche Hose an.

Wir nahmen ein Taxi. Zunächst hatte ich vorne einsteigen wollen, entschied mich dann aber doch, neben meiner Frau auf der Rückbank zu sitzen.

»Du hast dich ja richtig schick gemacht«, sagte Jutta plötzlich während der Fahrt, sodass ich regelrecht zusammenzuckte. Seit fast einer Woche war es das erste an mich gerichtete Wort.

Ihre positive Einschätzung nahm ich sofort zum Anlass, mich wieder als tatkräftigen Mann ins rechte Licht zu rücken. Ich ließ durchblicken, dass ich vor kurzem unserer beider Lieblingsfeindin, Frau Eichhorn, einen gehörigen Schrecken eingejagt hatte, indem ich sie mit einer Frankensteinmaske überrascht hatte.

»Du hast was?«

Ihre Reaktion war leider nicht so positiv, wie ich gehofft hatte. Ja, sie wirkte sogar ein wenig entsetzt.

»Ich habe es ihr endlich mal gezeigt!«, rief ich fast schon euphorisch.

»Was hast du ihr gezeigt?«

»Einen Spiegel, also ich wollte ihr einfach mal einen Spiegel vorhalten«, erklärte ich.

»Einen Spiegel mit einer Frankensteinmaske?« Jutta war erschüttert.

»Dabei ist leider eine Vase kaputtgegangen. Wir werden wohl mit einer Klage rechnen müssen«, fuhr ich fort, ohne meine Grundüberzeugung durch einen kleinlauten Tonfall abzuschwächen.

»Das heißt?«, fragte meine Frau sachlich. Ich merkte, dass meine Grundüberzeugung von der Richtigkeit meiner Tat nicht länger bei ihr fruchtete.

»Tausend Euro«, sagte ich etwas leiser, »aber das glaube ich noch nicht.«

Daraufhin sagte Jutta gar nichts mehr und blickte aus dem Fenster. Ich ärgerte mich, dass ich ihr überhaupt davon erzählt hatte. Selbst kleine Erfolgserlebnisse meinerseits schienen keinerlei Wirkung mehr auf sie zu haben. Vielleicht hätte ich doch die Ringe fordern sollen.

»Und mit wem müssen wir uns jetzt unbedingt zum Essen treffen?«, fragte ich, um sie abzulenken.

»Sören hat vor kurzem bei uns angefangen, er kommt praktisch direkt von der Uni. Ein ziemlich begabter junger Mann.«

»Sören?«, sagte ich leicht verwundert. Mir kam auf einmal der Gedanke, dass meine Frau ausschließlich attraktive Männer um sich scharte, mit denen sie sich dann abwechselnd zum privaten »Meinungsaustausch« traf. Womöglich hatte sie im Ministerium längst den Ruf eines männerverschlingenden Vamps. Nur ich wusste als Einziger nichts davon.

»Ja, Sören Linzbichler, ich bin wirklich gespannt, wie er sich so macht.«

»Ich auch«, sagte ich. Mit dieser Namenskombination hatte er in seiner vermutlich süddeutschen Heimat sicherlich eine schwere Kindheit durchlebt, die er nun durch harte Arbeit zu kompensieren versuchte. Ich musste also gewarnt sein.

Wir hielten vor einem griechischen Lokal mit dem originellen Namen »Akropolis«. Mir war nie klar gewesen, ob uns die Griechen eigentlich ernst nahmen. Deshalb und weil ich angenommen hatte, Jutta würde sich nichts aus dem fettigen griechischen Essen machen, waren wir in all den Jahren nie in einem griechischen Lokal gewesen.

Im Lokal herrschte der übliche Folklorekitsch. Fischernetze, Tonkrüge und an den Wänden Fotos mit Postkartenmotiven griechischer Inseln. Aus Lautsprechern drang griechische Volksmusik, die ich zuletzt als Kind mit meinen Eltern gehört hatte. Es war grauenhaft. Doch Jutta schien es überhaupt nicht zu stören. Ein besonders griechisch aussehender griechischer Kellner begleitete uns zum Tisch, an dem Sören Linzbichler und seine Partnerin bereits auf uns warteten. Offensichtlich waren sie schon länger da, denn auf dem Tisch stand eine halb geleerte Karaffe mit Weißwein. Etikette war anscheinend ein Fremdwort für sie.

Jutta stellte uns vor. Sören Linzbichler wirkte tatsächlich erstaunlich jung. Gescheiteltes, blondes Haar und ein weiches, leicht pausbäckiges Gesicht. Von schwerer Kindheit keine Spur. Beunruhigenderweise war er mir gleich sympathisch.

Seine Partnerin wurde als Frau Linzbichler vorgestellt, eine eher südländisch aussehende Frau mit einer schwarzen Mähne, die sie bei der Begrüßung keck in den Nacken warf. Ich hätte gerne ihren Vornamen erfahren, was mir jedoch etwas verfrüht erschien.

»Ich hoffe, du magst griechisch«, sagte Sören Linzbichler zu Jutta. Es störte mich, dass ich die Begleitumstände ihres Duzens nicht kannte. »Wir gehen hier öfter her wegen der lockeren Atmosphäre.«

»Ich liebe griechisch«, antwortete Jutta ohne Umschweife.

Ich blickte verwundert zu meiner Frau.

Sören und ich saßen uns gegenüber, als wäre es selbstverständlich, dass ich mich am liebsten mit einem Geschlechtsgenossen unterhielt. Ich hatte nicht mal die Chance gehabt, mich Frau Linzbichler gegenüberzusetzen.

»Und Sie sind also verheiratet«, eröffnete ich sogleich großspurig das Gespräch, als wäre ich überrascht, wie man sich schon in so jungen Jahren auf eine Frau festlegen konnte.

Sören nickte ernst. Anscheinend nahm er es mir nicht

übel. »Seit fast einem Jahr.« Er griff zur Hand seiner Frau, als wollte er sicher sein, dass sie noch da war. Dabei waren Jutta und Frau Linzbichler kaum zu überhören. Während ich Mühe hatte, Gesprächsthemen zu finden, redeten sie schon wie alte Freundinnen. Langsam wurde ich nervös.

»Haben Sie sich in Ihrer Abteilung denn schon eingelebt?« Etwas Vernünftigeres wollte mir einfach nicht einfallen.

Sören Linzbichler behielt sein ernstes Gesicht weiterhin bei. Ich fragte mich, ob er tatsächlich annahm, dass ich mich dafür interessierte.

»Die Mitarbeiter sind alle sehr nett, und da ich so eine tolle Chefin habe, läuft es schon recht gut.«

Jutta sah augenzwinkernd zu ihrem neuen Mitarbeiter. Offenbar hatte sie das Kompliment trotz ihrer Unterhaltung mitbekommen, was mich veranlasste, vorsichtiger zu sein mit dem, was ich sagte.

»Man hört ja immer, dass Frauen die besseren Chefs sind«, sagte ich, als wäre mir die Arbeitswelt ansonsten völlig unbekannt. Ich neigte dazu, mich kleiner zu machen, als ich in Wirklichkeit war.

»Nicht generell«, gab Sören Linzbichler zu bedenken, »in diesem Fall aber schon.«

»Wir können uns auch gerne duzen«, bot ich ihm plötzlich an, obwohl es thematisch gerade gar nicht passte und ich eigentlich nur ungern Leute duzte, die ich kaum kannte. »Ich bin Bernd.«

»Sören«, sagte Sören Linzbichler überrascht.

Ich hob mein leeres Weinglas.

»Wie konnte ich nur so unaufmerksam sein.« Er schenkte mir und Jutta Wein ein. Es war ihm sichtlich peinlich, was mir gut gefiel. Ich fühlte seit langem mal wieder Respekt, wobei noch nicht klar war, ob er mich nur deshalb respektvoll behandelte, weil ich der Mann seiner Chefin war.

»Ich finde, Frauen werden generell überbewertet«, sagte ich und tat, als würde ich nicht bemerken, dass Jutta die ganze Zeit mit einem Ohr lauschte.

»Wie meinen … Wie meinst du das?« Er wirkte etwas verunsichert.

»Nur weil sie vielleicht einen anderen Stil in die Arbeit bringen, heißt das ja noch lange nicht, dass sie besser sind als wir.« Das Wir beflügelte mich, ich spürte, dass mir die männliche Solidarität guttat. Nur Sören schien nicht recht davon überzeugt zu sein.

»Nicht automatisch, klar, aber die Atmosphäre ist eben doch irgendwie anders und, wie ich finde, auch besser.«

Wie alle jungen Ehemänner war auch Sören Linzbichler noch um eine abwägende Beurteilung des anderen Geschlechts bemüht. Dass die meisten dieser Urteile bald auf eine harte Probe gestellt würden, konnte er natürlich nicht ahnen.

»Was soll denn gut daran sein«, beharrte ich, »wenn Frauen um den heißen Brei herumreden, anstatt zu sagen, was Sache ist?«

Er blickte nervös zu Jutta. »Manchmal ist es aber auch ganz nützlich.«

»Was soll denn daran nützlich sein, wenn man alles erst interpretieren muss?«

»Vielleicht weil man den anderen versucht zu verstehen?«

»In der Politik ist es genauso schwammig. Im Grunde bleibt alles immer nur vage!«

»Das sind demokratische Prozesse. Für Außenstehende mag das hin und wieder so aussehen, als gebe es keine Entscheidungen.«

Mir war sofort klar, dass er mich damit meinte.

In diesem Moment kam der besonders griechisch aussehende griechische Kellner an den Tisch und wollte die Bestellungen aufnehmen. Ohne auch nur einmal in die Karte gesehen zu haben, fragte ihn Jutta sofort nach seiner Empfehlung. Der Kellner ratterte daraufhin alle auf der Tageskarte stehenden Gerichte runter.

»Siehst du«, sagte ich triumphierend zu meinem Geschlechtsgenossen Sören, »die Entscheidung wird ausgelagert und am Ende hat der Kellner Schuld, wenn es nicht schmeckt.«

Sören blickte verlegen lächelnd zum Tisch.

Nachdem sich Jutta schließlich aus den empfohlenen Tagesgerichten für die ganz persönliche Empfehlung des Kellners entschieden hatte und auch die beiden anderen dieser Kellnerempfehlung gefolgt waren, bestellte ich trotzig mehrere Nummern aus der normalen Karte.

»Sind Sie eigentlich schon lange hier in Deutschland?«, wandte ich mich noch schnell an den Kellner. Ich hatte den Eindruck, dass er beleidigt war, weil ich als Einziger seine Empfehlungen ignoriert hatte.

»Ich bin hier geboren«, sagte er knapp.

»Dann sind Sie also quasi Deutscher«, schlussfolgerte ich.

»Meine Eltern stammen aus Serbien.«

»Auch nicht übel«, erklärte ich und griff mir rasch das Weinglas.

Als der Kellner verschwunden war, drehte sich Jutta zu mir.

»Und was heißt hier überhaupt ›die Entscheidung auslagern‹? Man wird sich ja noch mal was empfehlen lassen dürfen.«

Ich warf mir schwungvoll die Serviette übers Knie. »Die empfehlen doch nur Sachen, die wegmüssen. Die Tageskarte ist meistens ein Fall für die Lebensmittelaufsicht. Ich möchte nicht wissen, wie lange euer Fisch schon im Kühlschrank gelegen hat.«

Meine Frau sah mich an, als würde sie mich kaum wiedererkennen. Tatsächlich trat ich überraschend selbstbewusst auf. Ob das an dem ungewohnt respektvollen Umgang seitens ihres Mitarbeiters lag, konnte ich allerdings nicht mit Sicherheit sagen.

»Also wir haben hier immer nur frische Sachen gegessen«, schaltete sich nun Frau Linzbichler in die Unterhaltung ein. Ihr Mann schien indes noch unentschlossen, auf welche Seite er sich schlagen sollte.

»Man weiß natürlich nie hundertprozentig, was auf den Teller kommt«, sagte er, sich nach allen Seiten absichernd, was seine Frau so aber nicht stehen lassen wollte.

»Hast du hier etwa schon mal schlecht gegessen?«

»Meiner Ansicht nach war das gar nicht die Frage«, wandte Sören ein, »Herr Wollmann meinte ja nur, dass auf der Tageskarte vielleicht nicht alles so frisch ist, wie es sein sollte.«

Seine vorsichtige Art ging mir langsam auf die Nerven.

Warum sagte er nicht einfach, ob er gut oder schlecht gegessen hatte? Womöglich ging er nur seiner Frau zuliebe zum Griechen, während er eigentlich die spanische Küche bevorzugte. Ich fragte mich, ob es richtig war, schon gleich am Anfang einer Beziehung zu viel Verständnis füreinander aufzubringen. Denn welcher Mann konnte schon sicher sagen, was seine Frau wirklich über ihn dachte? Mir schien es viel ehrlicher, zunächst überhaupt kein Verständnis zu haben, um sich dann langsam anzunähern. Leider hatte ich den gleichen Fehler gemacht wie Sören Linzbichler. Ich musste ihn warnen, ehe er in der Falle saß.

»Der Grieche kennt im Grunde ja nur gegrillte Hackfleischbällchen und Schafskäse«, eröffnete ich fröhlich eine neue Runde.

»Das kann man so aber auch nicht sagen«, meinte Jutta betroffen.

»Man kann es auch anders sagen: Die griechische Küche überzeugt durch schlichte Zutaten. Es bleibt aber trotzdem bei Hackfleischbällchen und Schafskäse.«

»Wenigstens klingt es ein bisschen netter.«

»Es ist nicht unsere Aufgabe, die griechische Küche als nett zu beurteilen.«

»Aber es spricht auch nichts dagegen.«

»Wenn ich mit Helga Drux einen netten Nachmittag verlebe, hast du aber etwas dagegen.«

»Das ist doch was völlig anderes!«

»Es ist exakt dasselbe!«

»Frau Drux ist doch eine Frau und kein Schafskäse.«

»Du kannst Frau Drux einfach nicht leiden, gib es doch einmal zu.«

»Ich hatte nur was gegen den Samstag.«

»Du hast gegen alles etwas, sobald ich darin vorkomme.«

»Ich verstehe dich einfach nicht.«

»Das ist zumindest mal ein Anfang.«

»Mir hat es hier jedenfalls immer geschmeckt«, unterbrach uns Frau Linzbichler und blickte irritiert zu ihrem Mann, der seit fünf Minuten ergebnislos versuchte, eine Olive mit einem Zahnstocher aufzuspießen.

»Das deutsche Essen ist doch auch nicht so toll«, bemühte sich Jutta um Anschluss an die ursprüngliche Diskussion.

»Demnach gibst du also zu«, sagte ich messerscharf argumentierend, »dass das griechische Essen nicht toll ist.«

Meine Frau sah mich sprachlos an. Es war das erste Mal, dass sie mich auf diese Weise anblickte. Ich fühlte mich bereits als Sieger, als sie mit einem Nachsatz kam, den ich nicht erwartet hatte.

»Wir sind doch in erster Linie wegen der Atmosphäre hier und um uns zu unterhalten, nicht wegen der Küche.«

Meine Vorspeisen wurden serviert, eine Auswahl von warmen und kalten Gerichten, hauptsächlich verschiedene Dips, etwas Fisch und die obligatorischen Hackfleischbällchen. Ich begann zu essen, während die anderen auf ihre Hauptspeise warteten. Ich war froh, dass ich nicht auf den Kellner gehört hatte, und langte mit großem Appetit zu.

Unterdessen waren die Gespräche etwas ins Stocken geraten. Da ich mich ausgeklinkt hatte, schien das für eine Unterhaltung notwendige Gleichgewicht empfindlich gestört. Ohne mich war ein nettes Beisammensein nicht mehr gewährleistet. Wenn ich mich nun weigerte und den restlichen Abend überhaupt nichts mehr sagte, würde es unter Umständen sogar zu einer vorzeitigen Auflösung der Runde kommen. Ich merkte, dass mein Wert in der Gruppe deutlich gestiegen war, und selbst Jutta müsste sich eingestehen, dass meine pure Existenz einen bedeutenden Machtfaktor darstellte. Allein dass ich dasaß und nichts anderes tat, als zu essen, löste in unserer kleinen Gesellschaft erhebliche Unsicherheiten aus. Allerdings gab mir zu denken, dass ich nur stumm einen gewissen Einfluss auszuüben schien.

Während Sören immer noch mit der Olive kämpfte – offensichtlich hatte er eine adäquate Beschäftigung gefunden, die ihn von weiteren gesellschaftlichen Verpflichtungen befreite –, kauten Jutta und Frau Linzbichler freudlos auf ihrer Brotbeilage. Die Lage spitzte sich zu, als der Kellner nun auch mein Hauptgericht brachte, Lammfleisch in Joghurtsoße – ein klares Zeichen, dass in der Küche einiges schieflief.

»Eigentlich könntest du uns ruhig mal was abgeben«, meinte Jutta schließlich im Hinblick auf meine zahlreichen Teller und Töpfe. Ich verschlang gerade eine riesige Auberginenscheibe.

»Wenn es schon in der Küche nicht klappt«, sagte ich, ohne direkt auf sie einzugehen, »wie soll es da in der griechischen Wirtschaft insgesamt funktionieren.«

»Zumindest könntest du mich probieren lassen.«

»Es ist aber keine Empfehlung des Hauses!«, konterte ich und blickte vielsagend zu Sören, der mich allerdings nicht beachtete.

Jutta verdrehte die Augen. Ich wusste schon, was nachher kam. Sie würde mir vorwerfen, dass ich mich unmöglich benommen hatte, und erklären, mich nie wieder mitzunehmen. Und ich würde antworten, dass ich mich keinesfalls danach gedrängt hatte, mitkommen zu dürfen. Eigentlich also wie immer, nur dass es mir jetzt egal war.

Als die Bestellungen der anderen endlich eintrafen, hatte ich mein Hauptgericht fast aufgegessen.

»Man darf sich einfach nicht alles gefallen lassen«, flüsterte ich Sören zu, nachdem das Gespräch der Frauen über dem Essen wieder in Fahrt gekommen war.

Er lächelte verhalten. Ich spürte, dass er intensiv nachdachte. Meine Worte hatten etwas in ihm in Gang gesetzt. Überdachte er seine Rolle in der Ehe? Fragte er sich, warum er dauernd griechisch essen musste, während er doch viel lieber spanisch aß oder auch gerne mal zu Hause ein zünftiges Abendbrot, das Frau Linzbichler ihm jedoch verwehrte? Hatte ihn seine Frau nur geheiratet, weil er ein aufstrebender junger Mann war, der ihr ein sorgloses Leben in angenehmen finanziellen Verhältnissen bescherte? Hatte sie ihn womöglich sogar zum Jurastudium gedrängt, obwohl er im Grunde lieber Tierarzt auf dem Land geworden wäre? All das ging Sören Linzbichler gerade durch den Kopf, und ich konnte sehen, wie er von Minute zu Minute unruhiger wurde und auf seinem Platz hin- und herrutschte, als wollte er am liebsten aufspringen und nach draußen laufen.

Auf einmal legte er seine Serviette beiseite und erhob sich. »Ich muss mal kurz austreten«, entschuldigte er sich.

»Ich komme mit!«, rief ich prompt, wunderte mich jedoch einen Moment, da mir paarweise Toilettengänge bisher nur von Frauen bekannt waren.

Im WC stellte ich mich direkt neben Sören an die Schüssel und musste automatisch auf seinen Penis starren, was mir sofort peinlich war. Die gegenseitige Beschau männlicher Geschlechtsteile saß offenbar tief in uns drin, und ich fragte mich, ob ich dies bereits als hoffungsvolles Zeichen für meine weitere Entwicklung zu einem richtigen Mann werten sollte.

»Du darfst als Mann, und auch sonst, keine Angst vor Frauen zeigen«, erklärte ich Sören, nachdem ich meine Besichtigung abgeschlossen hatte. »Die merken nämlich gleich, wenn jemand, also Männer, Angst vor ihnen haben. Im Grunde ist das wie bei Hunden.« Ich überlegte kurz, ob Hunde hier das richtige Beispiel waren. Aber zur Aufklärung ihrer Kinder nahmen Eltern ja auch gerne Bienen zur Hilfe. »Wenn Hunde merken, dass du Angst hast – und sie merken es, darauf kannst du dich verlassen –, dann schnappen sie sofort zu. Wie die Frauen, die schnappen auch zu, im übertragenen Sinn natürlich.«

Erst jetzt merkte ich, dass ich eigentlich gar nicht musste. Jedenfalls sah es gegenwärtig so aus, als wäre mein Gang zur Toilette vollkommen unbegründet. Während auf Sörens Seite ein leichtes, wiewohl nicht dringliches Plätschern zu hören war, herrschte bei mir totale Stille. Es gab kaum etwas Absurderes als ein zwecklos über die Schüssel gehaltenes Glied.

»Ich verstehe natürlich«, fuhr ich rasch fort, »dass man sich am Anfang einer Ehe noch vieles gefallen lässt. Man liebt sich, man möchte dem anderen Gutes tun, aber dann ...« Ich machte eine rhetorische Pause, um die Spannung zu steigern. »Aber dann haben sie dich längst in der

Falle. Du bist ihnen hilflos ausgeliefert und machst alles, damit sie dir nicht weglaufen. Und ich weiß, wovon ich spreche!«

Sören stand die ganze Zeit reglos vor der Schüssel und starrte die Wand an. Anscheinend erkannte er jetzt, in welche Falle er geraten war.

»Irgendwann merkst du dann«, sagte ich zunehmend erregter, »dass dich deine Frau nicht mehr respektiert, dass du kein Mann mehr bist, sondern nur noch ein Dings, ein Mensch. Du bist in ihren Augen praktisch nur noch ein Mensch. Und das ist natürlich zu wenig, oder? Ich meine, man kann ja nicht nur ein Mensch sein, wo kämen wir denn da hin?« Ich starrte ebenfalls gegen die Wand. »Von Natur aus, also von der Biologie, sind wir doch nicht Menschen, sondern Männer, also Männer und Frauen. Man sagt ja auch nicht, ich habe einen Menschen geheiratet, sondern eine Frau, nicht?« Ich blickte zu Sören, dessen Gesicht völlig unberührt von meinen Äußerungen schien. Ich war mir plötzlich nicht mehr so sicher, ob er meinen Überlegungen folgen konnte. Deshalb legte ich schnell nach. »Als Mann musst du den Frauen ständig was Neues bieten, sie wollen Action, verstehst du? Action!« Er sah immer noch an die Wand. »Einfach essen zu gehen reicht ja längst nicht mehr aus! Damit lockst du heute keine Frau hinter dem Ofen vor.« Ich hörte, wie er seinen Reißverschluss zumachte. Dann blickte er mich verstört an.

»Eigentlich mögen wir es beide gerne ruhig.« Er drehte sich um und ging zur Tür.

»Picknick in einem Heißluftballon«, rief ich verzweifelt hinter ihm her, »das ist es, was sie wollen!«

In diesem Moment schoss ein so gewaltiger Strahl aus mir heraus, dass ich Mühe hatte, ihn in die Schüssel zu lenken.

Als Jutta und ich später im Taxi nach Hause fuhren, erwartete ich stumm ihre Vorwürfe. Lange Zeit kam jedoch nichts. Erst kurz vor unserem Haus begann sie zu reden.

»Du warst heute ja richtig gesprächig«, sagte sie erstaunt, »so kenne ich dich überhaupt nicht.«

Ich sah verwundert zu meiner Frau.

»Sonst nichts?«

Sie dachte nach. »Na ja, vielleicht hättest du etwas netter zu Sören sein können, er wirkte ja ziemlich eingeschüchtert.«

Ich lächelte. Jetzt wusste ich, dass ich auf dem richtigen Weg war.

16

»Zieh dir was Hübsches an, in zwanzig Minuten fahren wir los.«

Ich hatte mir heimlich Anzug und Fliege angezogen und war morgens etwas später nach unten gegangen, wo Jutta am Frühstückstisch bereits auf mich wartete. Erst vor zwei Tagen hatte ich die Zusage vom Veranstalter bekommen, dass die Fahrt mit dem Heißluftballon samt Champagnerpicknick im Grünen doch noch klappte. Der Flug sollte um halb elf starten, und da wir eine gute halbe Stunde fahren mussten, wurde die Zeit langsam knapp.

Die Überraschung war mir jedenfalls gelungen. Jutta blickte mich an, als wäre ich völlig verrückt geworden. Und auch ich wusste plötzlich nicht mehr so genau, ob es eine gute Idee war, in einem kleinen Korb hundert Meter über der Erde zu schweben.

Ohne nach dem Grund meiner Bitte zu fragen, ging Jutta hoch ins Schlafzimmer. Keine zwanzig Minuten später stand sie in einem eng anliegenden roten Kleid abreisefertig vor der Haustür.

Wir fuhren Richtung Süden. Ich hatte mir den Weg auf

der Karte vorher genau angesehen, um ja keinen Fehler zu machen. Doch je näher wir unserem Ziel kamen, desto unsicherer wurde ich, ob der ganze Aufwand gerechtfertigt war. Hatte ich überhaupt noch eine realistische Chance, meine Rolle als Mann mit neuem Leben zu erfüllen? Und bedeutete das, dass ich mich nun regelmäßig in Abenteuer stürzen musste, um das Feuer in unserer Beziehung am Lodern zu halten? Dabei hätte mir ein leichtes Glimmen viel besser gefallen, zumal Abenteuerreisen wie diese dafür aller Wahrscheinlichkeit nach nicht nötig gewesen wären.

Ich ärgerte mich, dass ich mich darauf eingelassen hatte. Ich ärgerte mich, dass ich als Mann Erwartungen erfüllen musste, die mir im Grunde fremd waren. Es wollte mir einfach nicht einleuchten, warum ich schlechtere Karten besaß als Gunnar, nur weil ich in meinem Leben keinen größeren Ehrgeiz hatte, als es mir nett zu machen.

Doch an ein vernünftiges Gespräch zwischen Jutta und mir war zum gegenwärtigen Zeitpunkt gar nicht zu denken. Und je länger ich darüber nachdachte, desto seltsamer wurde die Vorstellung, dass sich zwischen Mann und Frau seit der Steinzeit überhaupt etwas verändert hatte. In Wirklichkeit trug ich ein Bärenfell, das mir viel zu groß war, und am Gürtel hatte ich einen Dolch, der niemand anderem gefährlich wurde als mir selbst.

Als wir die Stadtgrenze verließen, war meine Stimmung so düster, dass ich die Schönheiten der Landschaft als störend empfand.

Wenig später tauchte vor uns ein riesiger gelber Heißluftballon auf. Einen Augenblick überlegte ich, einfach vorbeizufahren und stattdessen in einem Landgasthof etwas zu essen. Doch als Jutta den Ballon bemerkte, schlug sie die Hände vors Gesicht und stieß einen beeindruckenden Schrei aus, den ich von ihr noch nie gehört hatte.

»Das ist die Überraschung?«, rief sie aufgeregt. Ihre Vorfreude war so echt, dass mir nichts anderes übrigblieb, als in letzter Sekunde doch auf den Feldweg abzubiegen und das Auto zu parken.

»Ist das nicht super!«, sagte ich mühsam die Fassung bewahrend. Meine Hände waren schweißnass, ich zitterte am ganzen Körper.

»Ich wollte schon immer mal mit einem Heißluftballon fahren«, erklärte Jutta und konnte es kaum abwarten auszusteigen, während ich versuchte, nicht auszusehen wie ein ängstlicher Junge, der plötzlich erkannte, dass er sich zu viel vorgenommen hatte.

Ich folgte ihr langsam zum Ballon. Mein Gang war so schleppend, als würde ich durch Schlamm waten. Beim Anblick des erstaunlich kleinen Korbs fragte ich mich, ob ich nicht viel zu schwer dafür war. Womöglich gab es eine Gewichtsobergrenze, die auf keinen Fall überschritten werden durfte. Ich tupfte mir mit einem Taschentuch den Schweiß von der Stirn und bemühte mich, den Bauch vorschiebend, noch schwerfälliger zu gehen in der Hoffnung, im letzten Moment wegen Übergewicht abgewiesen zu werden. Leider schien von mir keinerlei Gefahr für das Ballonfahrtwesen auszugehen. Der Pilot, der sich mit Höbel vorstellte, begrüßte uns überschwänglich. Er wirkte nicht mal ansatzweise besorgt.

Aus der Nähe sah der Ballon noch viel größer aus. Ein majestätisch im Wind schwankender Riesensack. Es war ernüchternd zu beobachten, welche Wirkung ein paar Tausend Kubikmeter heiße Luft auf meine Frau ausübten. Ich betrachtete Herrn Höbel etwas genauer. Er hatte ein grobes, wettergegerbtes Gesicht. Seine Augen strahlten Zuversicht aus. Immerhin schien er die Sache nicht zum ersten Mal zu machen. Allerdings wusste man vom Kapitän der *Titanic* Ähnliches zu berichten.

»Ich hoffe, ich bin nicht zu schwer«, sagte ich, einen letzten Versuch startend, als wir über eine kleine Leiter, die von einem Mitarbeiter, der offenbar nicht mitflog, gehalten wurde, in den Korb stiegen.

»Notfalls werfen wir ihn als Ballast ab«, meinte Herr Höbel augenzwinkernd an Jutta gewandt, die lachend Einverständnis signalisierte.

Während ich mich am Korb festkrallte und dabei irgendwie sorglos auszusehen versuchte, stand Jutta völlig entspannt gegen die Korbwand gelehnt und verfolgte neugierig die Arbeit von Herrn Höbel. Immer wieder feuerte er eine meterhohe Flamme in den Ballon, der davon jedes Mal schwach erzitterte. Ich hatte von den physikalischen Voraussetzungen für eine Ballonfahrt keine Ahnung, fragte mich aber, in welcher Verfassung der Erfinder dieser im Grunde vollkommen sinnlosen Freizeitbeschäftigung gewesen sein mochte. Vielleicht war er einmal ebenso ehrgeizlos gewesen wie ich, bis ihn seine Frau eines Tages bat, etwas Aufregendes zu erfinden. Obwohl er eigentlich ganz glücklich war, dachte der Mann daraufhin wochenlang über eine besonders spannende Erfindung nach, als ihm beim Flechten eines Weidenkorbs plötzlich die Erleuchtung kam. Seitdem hatte er keine Ruhe mehr.

Es war an der Zeit, sich allen Bitten seitens der Frauen zu widersetzen und keine unnötigen Erfindungen mehr zu machen, die dazu führten, in einem winzigen Weidenkorb durch die Luft zu fliegen.

Als die Leinen gekappt wurden, erhob sich der Korb derart ächzend, dass ich Sorge hatte, ich könnte doch zu schwer sein.

Fast lautlos – die Stille wurde nur gelegentlich unterbrochen vom Zischen des Brenners – schwebten wir nach oben.

Ich bemühte mich, nicht hinunterzusehen, und konzentrierte mich auf die Arbeit von Herrn Höbel. Es war immer nützlich, sich beim Anblick arbeitender Menschen von der eigenen Ratlosigkeit abzulenken.

Jutta bewunderte derweil entspannt die unter ihr vorbeiziehende Landschaft.

»Ist das nicht herrlich, die vielen Wälder?«

»Ja, toll«, sagte ich, »man glaubt es kaum.«

»Und da unten ein Reh!«, rief Jutta so aufgeregt, als wäre ein Reh etwas völlig Ungewöhnliches. Ich fand es ein wenig lächerlich, was für ein Aufhebens sie darum machte. Dasselbe konnte man am Boden schließlich auch sehen.

»Es sind gar keine Menschen zu sehen, ist das nicht komisch?«

»Warum sollen die auch in der Landschaft rumlaufen, nur weil wir gerade oben vorbeifliegen?«, sagte ich.

»Aber man müsste doch wenigstens irgendwelche Bauern sehen«, ließ Jutta nicht locker.

»Die sitzen alle in ihren Kellern über neuen Erfindungen.«

»Was?«, fragte sie, schien die Frage aber gleich wieder vergessen zu haben, weil sie viel zu sehr mit Schauen beschäftigt war. Das bestärkte mich wieder einmal darin, dass man auf Fragen seiner Frau nie sofort zu antworten brauchte.

Inzwischen waren wir so hoch gestiegen, dass die Landschaft zu einer ebenen Fläche geworden war, die sich am Horizont bereits zu neigen begann. Es war spürbar kalt geworden. Ein leichter Wind rüttelte am Korb, der bedrohlich knackte. Ich hatte mich so in die Brüstung verkrallt, dass man mich später vermutlich herausschneiden musste. Meine Beine waren weich wie Pudding. Ich spürte kaum noch den Boden unter den Füßen. Die ganze Zeit bewegte ich mich keinen Millimeter von der Stelle, da ich befürchtete, der Korb könnte in eine gefährliche Schieflage geraten. Ich sehnte mich nach unserem Garten. Bei der Vorstellung, in der Hollywoodschaukel zu liegen und den Bienen beim Nektarsaugen zuzusehen, bekam ich großes Heimweh. So mussten sich Soldaten an der Front fühlen, wenn sie in der afghanischen Wüste auf bärtige Gotteskrieger warteten. Wenn man ihre Gedanken filmen könnte, würde man überwiegend idyllische Ansichten aus heimischen Gärten zu sehen bekommen. In den Abendnachrichten würden solche Frontbilder allerdings auf Unverständnis stoßen.

»Kann man eigentlich auch abstürzen?«, fragte mich Jutta plötzlich. Wir befanden uns mindestens hundert Meter über dem Erdboden, es war der denkbar schlechteste Zeitpunkt für solch eine Frage.

»Nein, nein«, erwiderte ich, nachdem ich mir meiner

Stimme wieder sicher war, »das passiert ganz selten, also fast nie.«

Ich war überrascht, dass sie ausgerechnet mir die Frage stellte. Offenbar war ich als Organisator des Ausflugs automatisch auch für fachliche Auskünfte zuständig. Es schien leichter zu sein als gedacht, die Anerkennung seiner Frau zu gewinnen. Leider konnte ich mich in dieser Höhe nicht wirklich darüber freuen.

»Und was ist mit Vögeln? Flugzeuge sind deshalb ja auch schon abgestürzt.«

»Ausgeschlossen«, sagte ich bestimmt, ich spürte, dass mir fachliche Auskünfte lagen, »die fliegen einfach um den Ballon herum.«

»Aber es könnte doch sein, also mal angenommen, ein Storch prallt mit dem Schnabel dagegen.«

Ich war längst über jeden Zweifel erhaben. »Störche prallen im Sommer nicht auf fliegende Heißluftballons.«

Jutta sah mich erstaunt an. »Und warum nicht?«

»Weil sie nur im Herbst und im Frühjahr so hoch fliegen, jetzt stehen sie in der Wiese und warten auf Frösche. Das kann dir Herr Höbel sicher bestätigen.«

Herr Höbel hatte jedoch zum Glück nicht zugehört, was mich veranlasste, meine Ausführungen noch etwas zu konkretisieren.

»Weißt du«, erklärte ich sorglos – ich ließ versehentlich die Brüstung los, worauf ich ins Taumeln geriet und mich spontan an ein Seil über mir hängte –, »so ein Ballon ist wahrscheinlich das sicherste Fortbewegungsmittel weltweit. Sicherer als ein Flugzeug oder ein Auto.«

Während ich mich ans Seil klammerte, wagte ich zum

ersten Mal einen Blick zwischen meinen Armen hindurch nach unten. Es gab eigentlich nicht viel zu sehen, und das beruhigte mich etwas. Die Landschaft wirkte wie ein hübsch gemusterter Teppich, der gut zu unserer Wohnzimmereinrichtung gepasst hätte. Grün gepaart mit warmen Ockertönen. Einen Platz neben dem Sofa konnte ich mir sehr gut vorstellen. Vielleicht sollte man die Einrichtung überhaupt komplett überarbeiten. Ich hatte schon länger den Eindruck, dass sich irgendetwas ändern musste. Hundert Meter über der Erde an einem Seil im Heißluftballon hängend, wurde mir klar, dass mir unsere Wohnungseinrichtung nicht mehr gefiel. Es war verblüffend, zu welchen Einsichten man kam, wenn man seine vertraute Umgebung verließ.

Trotz der ein wenig ungemütlichen Haltung blieb ich vorsichtshalber so hängen, falls sich noch weitere Einsichten ergaben.

»Fliegen wir eigentlich noch lange?« Meine Frau begann sich offenbar zu langweilen. Ihre anfängliche Begeisterung schien angesichts des immer gleichen Panoramas verflogen zu sein. Ich war dagegen ganz froh, dass nichts Aufregendes passierte. Mir genügten die kaum wahrnehmbaren Abwechslungen, die mir das sichere Gefühl gaben, dass alles in Ordnung war.

Zum Glück hatte ich noch einen Trumpf im Ärmel.

»Wir werden gleich einen Zwischenstopp einlegen«, sagte ich geheimnisvoll.

»Einen Zwischenstopp?« Jutta war plötzlich wieder hellwach.

Es bedrückte mich, wie schnell sie die Lust verlor. Man

musste heutzutage dauernd irgendwelche Trümpfe aus Ärmeln zaubern, um die Beziehung am Leben zu erhalten. Vielleicht fühlte sich Jutta auch deshalb zu Gunnar hingezogen, weil er anscheinend eine unübersehbare Zahl von Trümpfen in seinen Ärmeln versteckt hatte. Doch für solche Taschenspielertricks war ich der falsche Mann. Ich hatte keine Lust mehr zu spielen.

In diesem Augenblick frischte der Wind auf. Eine Böe traf den Korb von der Seite, sodass mir das Seil aus den Händen gerissen wurde und ich reflexartig zu Boden sank. Mit beiden Händen stemmte ich mich gegen die Wand und drückte mein Gesäß nach hinten. Wie ein Pfropf steckte ich fest in meinem Abteil. Auf einmal war ich dankbar, dass ich so dick war. Ich hatte immer gewusst, dass mir mein Gewicht irgendwann nützlich sein würde. Der Korb schwankte so stark, dass mir übel wurde. Derweil war auch Jutta in die Knie gegangen und klammerte sich an die Brüstung.

»Nun mach doch endlich was!«, rief sie erschrocken. Ich brauchte einen Moment, bis mir klar wurde, dass sie mich damit meinte. Leider hatte ich keine Ahnung, was ich in dieser Situation für sie tun konnte. Erwartete sie, dass ich mich als Ballast von Bord stürzte? Aber irgendwann reichte es selbst mir.

Herr Höbel war derweil die Ruhe selbst.

»Keine Panik«, sagte er, während wir durchgerüttelt wurden, »das haben wir gleich.«

Um nicht völlig untätig zu sein, griff ich nach Juttas Arm. Das brachte zwar nichts, verschaffte mir aber das Gefühl, einen Beitrag für ihre Sicherheit zu leisten.

Tatsächlich beruhigte sich die Lage kurz darauf. Vorsichtshalber blieb ich am Boden sitzen, um kein Risiko einzugehen. Ich hatte nicht das geringste Bedürfnis, irgendetwas zu beweisen. Ja, ich lehnte es ab, vor meiner Frau weiter den Mann zu spielen, der ich nicht war. Und es war mir in dieser Sekunde egal, ob sie mich für einen Waschlappen hielt oder nicht.

Wenig später spürte ich einen dumpfen Schlag. Wir waren gelandet. Als ich zitternd über die Brüstung stieg, sah ich, dass wir uns mitten auf einem Feld befanden. In einiger Entfernung erkannte ich einen kleinen See. Mir war der Appetit vergangen. Jutta wirkte indes wieder vollkommen fit. Es war beängstigend, wie schnell sie zur Tagesordnung überging. Auch mein Verhalten hatte sie offenbar vergessen. Ob es in diesem Fall einen Sinn ergab, überhaupt noch etwas zu beweisen, konnte ich zum gegenwärtigen Zeitpunkt nicht sagen.

»Und was machen wir jetzt?«, fragte sie und zupfte ihr Kleid zurecht, als wollte sie nun endlich wissen, warum sie so angezogen war.

Die Energie meiner Frau war bewundernswert. Sie schien unerschöpfliche Reserven zu besitzen, während ich seit Jahren am Notstromaggregat hing.

»Ja, richtig«, sagte ich und ließ mir von Herrn Höbel den Picknickkorb reichen. »Du hast doch sicher Hunger nach der ganzen Aufregung.« Ich bemühte mich, fröhlich zu wirken, dabei wollte ich nichts lieber als nach Hause in meinen Garten.

»Das nenne ich eine gelungene Überraschung!«, sagte sie strahlend. Und noch ehe ich sie fragen konnte, ob sie sich auch eine gemeinsame Zukunft mit weniger Überraschungen vorstellen konnte, hatte sie ihre Schuhe ausgezogen und lief runter zum See.

Ich schleppte mich über die Wiese hinter ihr her. Nachdem ich das Essen auf der Decke dekorativ angeordnet und den Champagner entkorkt hatte, sah mich Jutta liebevoll an.

»Wie bis du nur auf so eine schöne Idee gekommen?«

Ich wusste nicht, ob ich ihr sagen sollte, dass es eigentlich nicht meine eigene Idee war. Aber wenn ich ihr mitteilte, dass in Wirklichkeit Gunnar dahintersteckte, wäre alles umsonst gewesen.

»Das hättest du mir wohl nicht zugetraut«, meinte ich ausweichend und lächelte gequält.

»Ich entdecke immer wieder neue Seiten an dir«, sagte Jutta und gab mir einen Kuss auf den Mund.

Ich schämte mich. Ich fühlte mich in meiner Haut nicht mehr wohl. Unsere Ehe war plötzlich anstrengend geworden. Und ich war mir nicht sicher, an wem es lag. Vielleicht, weil ich auf einmal eine Rolle spielen musste, die nicht zu mir passte. Weil ich Erwartungen zu erfüllen hatte, die ich niemals erfüllen konnte. Aber was hätte ich denn tun sollen? Ich wusste ja selbst nicht mehr, wer ich war. Es gab keine wirklichen Vorbilder, an denen ich mich orientieren konnte. Und Gunnar war zweifellos das falsche Vorbild, das wurde mir jetzt mit aller Deutlichkeit bewusst. In mir wuchs der Widerstand gegen eine Beziehung, deren Vorzeichen sich längst geändert hatten. Doch im Grunde steckten wir alle noch in unserer alten Haut, die wir nicht so leicht loswurden, wie sich das manche gerne wünschten. Womöglich waren wir mittendrin in der Häutung und suchten nach einem geeigneten Baumstamm, um die Haut endgültig abzustreifen. Aber von einem Baumstamm war weit und breit nichts zu sehen und so liefen wir weiter mit den alten, vertrockneten Fetzen herum.

Mitten in die Stille hinein klingelte plötzlich Juttas Handy. Ich blickte sie böse an, was sie jedoch nicht davon abhielt, das Handy aus ihrer Handtasche zu holen.

»Gunnar«, sagte sie freudig, als sie die Nummer auf dem Display sah. Gunnar schien überall wie ein Schatten mit dabei zu sein. Ihre Begeisterung gefiel mir nicht. Sie gefiel mir ganz und gar nicht.

»Rat mal, wo wir sind?«, sagte Jutta ins Handy.

Ich erstarrte. Am liebsten hätte ich das Handy in den See geworfen, bevor die Wahrheit ans Licht kam. Leider hatte ich noch nicht den Mut für drastische Handlungen.

»Ich sitze mit Bernd auf einer Wiese am See und trinke Champagner.«

Ich sah auf die Decke, wo sich bereits erste Ameisen über die belegten Brötchen hermachten. Ob es für die vorwiegend männlichen Ameisen wohl ein Problem war, dass sie ihr Leben ausschließlich der Fütterung ihrer Königin widmeten? Doch die Ameisen schienen keinen Moment darüber nachzudenken, sie taten einfach, was ihnen die Natur aufgetragen hatte. Ein wenig beneidete ich sie darum.

»Woher weißt du das?« Jutta wirkte auf einmal irritiert. Offenbar hatte er ihr alles gesagt. Ich hasste Gunnar. Wahrscheinlich amüsierte er sich, dass ich ihn schamlos kopiert hatte. Der ganze Ausflug war ein Desaster. Ich hätte mich gerne kopfüber in den See gestürzt, befürchtete aber die Konsequenzen.

Während sie noch eine Weile über andere Themen sprachen, besonders im Gedächtnis blieben mir die Worte »Zimmer buchen« und »Konferenzsaal reservieren«, kippte ich den Champagner in mich hinein. Je betrunkener ich wurde, desto fester stand mein Entschluss, es Gunnar heimzuzahlen. Ich merkte, dass ich im betrunkenen Zustand zu Taten fähig wurde, die mich erschreckten. Ja, fast hatte ich den Eindruck, als käme betrunken ein Mann in mir zum Vorschein, den ich lieber nicht kennenlernen wollte. Dennoch konnte ich nicht leugnen, dass mich dieser Mann beeindruckte. Ich sah mich gewissermaßen aus der Perspektive meiner Frau, und das fand ich nun doch etwas seltsam.

Als Jutta das Gespräch beendet hatte, leerte ich den Rest Champagner rasch auf der Wiese.

»Und«, fragte ich nach einer kurzen Pause, »findest du mich jetzt lächerlich?«

Jutta sah mich erstaunt an. »Wieso sollte ich dich lächerlich finden?«

Ich zuckte die Schultern.

»Es ist doch trotzdem eine schöne Idee.« Sie schien es wirklich ernst zu meinen.

»In das Dings da werde ich jedenfalls nicht mehr steigen«, sagte ich, verärgert auf den Ballon deutend.

»Und wie sollen wir dann nach Hause kommen?«

Anscheinend war es ihr sogar ganz recht, nicht weiterzufliegen. Ihr Einverständnis verunsicherte mich. Ich war es nicht gewohnt, mich durchzusetzen.

»Wir gehen zu Fuß zum Auto zurück.«

»Und wenn wir uns verlaufen?«

»Dann fragen wir jemanden. Wir sind ja nicht in Sibirien.«

Leider hatte ich nicht die geringste Ahnung, wo sich unser Auto überhaupt befand.

17

Wir waren zwar nicht in Sibirien, aber so musste Sibirien aussehen, da war ich mir ziemlich sicher. Von menschlichen Ansiedlungen zunächst keine Spur.

Ich war erst mal losgelaufen, um den See herum und dann immer geradeaus. Zwar wusste ich nicht, wohin ich lief, wollte meinen Entschluss aber durch kopfloses Umherirren nicht gleich wieder schwächen. Jutta durfte ruhig mitbekommen, dass ich mühelos zwei Stunden geradeaus laufen konnte.

Bald merkte ich allerdings, dass es mit sturem Geradeauslaufen nicht getan war. Ich hatte plötzlich das Gefühl, dass etwas nicht stimmte. Oder wie sonst war es zu erklären, dass wir bislang keinem einzigen Menschen begegnet waren? Ich erinnerte mich, irgendwann einmal etwas über verlassene Truppenübungsplätze der Roten Armee gelesen zu haben. Befanden wir uns womöglich mitten auf so einem Areal, umgeben von Hunderten scharfer Kampfmittel, die seit Jahren unentdeckt in der Erde schlummerten und jeden Augenblick hochgehen konnten? Ich hatte keine Lust, als letztes Opfer des Kalten Krieges in die Geschichte einzugehen, wollte meiner Frau aber auch nicht den Eindruck vermitteln, ziellos durch die Gegend zu rennen und sie dabei auch noch in Gefahr zu bringen.

Jutta hatte sich unterdessen die Schuhe ausgezogen und lief unbekümmert hinter mir her. Offensichtlich hatte sie den Ernst der Lage noch nicht erkannt. Und obwohl mir der Ernst der Lage auch erst seit wenigen Minuten bekannt war, ließ ich mir die Sorge nicht anmerken. Irgendwie war es ja auch rührend, dass meine Frau so ohne weiteres hinter mir herlief, in der festen Annahme, dass ich den Weg kannte. Schon allein deshalb lohnte sich die Anstrengung. Allerdings begannen allmählich meine Füße zu schmerzen. Ich hatte mir die besten Ausgehschuhe angezogen, die ich besaß, rahmengenähte Budapester, die für ehemalige Truppenübungsplätze jedoch denkbar ungeeignet waren. Denn es waren eben Ausgeh- und nicht Auslaufschuhe. Dieser feine Unterschied wurde mir nun immer deutlicher bewusst. Trotz meiner Schmerzen hatte ich jedoch nicht vor, die Schuhe auszuziehen. Ich wollte, ja ich musste durchhalten, weil ich barfuß nicht so überzeugend wirkte wie mit Schuhen.

Nach kurzer Zeit waren meine Schmerzen nicht mehr zu verheimlichen. Ich fing an zu humpeln. Viel schlimmer war jedoch, dass Jutta mich bald überholt hatte, sodass ich es nun war, der ihr folgte. Zunächst versuchte ich schneller zu gehen und mich wieder an die Spitze zu setzen. Ich schaffte es, zu ihr aufzuschließen, übernahm für einen Moment sogar wieder die Führung und wechselte daraufhin abrupt die Richtung. Nach wenigen Metern fiel ich jedoch erneut zurück, diesmal, wie es schien, endgültig. Meine Schmerzen waren so stark, dass ich das Gefühl hatte, auf rohem Fleisch zu laufen. Stetig langsamer werdend humpelte ich hinter meiner Frau her. Merkwürdigerweise empfand ich dabei plötzlich Erleichterung, da ich keine Verantwortung mehr trug. Mein Humpeln bescherte mir eine völlig neue Freiheit, die ich zunehmend genoss. Ich stellte mir vor, in Zukunft nur noch zu humpeln. Gemeinsam mit Rentnern, Schwerbeschädigten und Arbeitslosen würde ich zu ermäßigten Preisen in den Zoo oder ins Kino gehen können. Auch in öffentlichen Verkehrsmitteln wäre mir ein Plätzchen in vorderster Reihe gewiss. Ganz zu schweigen von den zahllosen Erleichterungen im täglichen Umgang mit meinen Mitmenschen. In Gesellschaften könnte ich sitzend neue Gäste begrüßen, und in Restaurants bekäme ich automatisch den besten Tisch am Fenster zugewiesen. Meine neu gewonnene Schwäche hatte also eine Menge Vorteile. Das einzige Problem war: Wie sollte ich Jutta erklären, dass ich meine Nachteile zukünftig voll auszuleben gedachte?

Doch das Problem löste sich vielleicht ganz von selbst. Denn als ich nach einigen Minuten versonnenen Vor-mich-hin-Starrens aufblickte, merkte ich, dass ich Jutta verloren hatte.

Ich setzte mich auf einen Baumstumpf und zog mir Schuhe und Strümpfe aus. Meine Füße sahen aus wie nach einem mehrstündigen Gewaltmarsch. An einigen Stellen war die Haut abgelöst. An den Sohlen hatte ich Blasen. Zum ersten Mal fiel mir auf, dass ich ausgesprochen kleine Füße besaß. Ich glaubte sogar die Füße meiner Mutter wiederzuerkennen. Ich hatte die Füße einer alten Frau. Neben der Vorliebe fürs Dekorieren hatte mir meine Mutter offensichtlich auch ihre Füße vererbt. Und Gerlinde Stämpel schien mir auf diese Weise mitzuteilen, dass ich für derartige Herausforderungen einfach nicht der geeignete Kandidat war. Möglicherweise wäre mir einiges erspart geblieben, wenn ich meine Füße viel früher betrachtet hätte. Aber wer kam schon auf die verrückte Idee, dass einem die eigenen Füße so wesentliche Mitteilungen machen konnten?

Nachdem ich eine Weile ausgeruht hatte, fragte ich mich, wie es jetzt weitergehen sollte. Jutta war wie vom Erdboden verschluckt. In mir regte sich der Verdacht, dass sie extra schneller gelaufen war, um noch einmal in Ruhe mit Gunnar telefonieren zu können. Die Vorstellung empörte mich, aber mir wurde schnell klar, dass sie einen großen Fehler gemacht hatte. Ohne mich war sie aufgeschmissen, denn der Autoschlüssel befand sich in meiner Hosentasche. Allerdings wusste ich auch, dass sie das nicht davon abhalten würde, per Anhalter nach Hause zu fahren, während ich weiter ratlos auf einem Baumstumpf in der Mark Brandenburg saß.

Ich ertappte mich bei dem Gedanken, dass Gunnar irgendwann in unser Haus einzog, als ich auch nach drei Wochen nicht wieder aufgetaucht war. Das durfte unter keinen Umständen passieren. Ich wollte nicht spurlos aus unserem Leben verschwinden.

Die Schuhe um den Hals gehängt, humpelte ich weiter. Langsam bekam ich es mit der Angst zu tun. Außerdem hatte ich Durst. Wenn ich nun nie wieder zurückfand!

Weiter vorne entdeckte ich plötzlich eine Landstraße. Und wo eine Landstraße war, musste es auch Orte geben.

Als ich die Straße erreichte, sah ich Jutta an einer Bushaltestelle sitzen. Mit weit von sich gestreckten Beinen saß sie an einer menschenleeren Bushaltestelle an einer ebenso leeren Landstraße. Sofort fragte ich mich, wer dort ein- oder aussteigen sollte. Ich hatte noch nie eine sinnlosere Bushaltestelle gesehen als diese. Aber meine Frau schien felsenfest davon überzeugt, dass hier irgendwann ein Bus auftauchte.

»Wo bleibst du denn bloß?«, rief sie mir schon von weitem zu. »Das war wirklich eine Scheißidee, zu Fuß zu laufen!«

So wütend hatte ich meine Frau noch nie erlebt. Unsere Beziehung hatte eine völlig neue Qualität bekommen. Noch vor wenigen Wochen wäre es undenkbar gewesen, dass sie sich dermaßen über mich aufregte.

»Wir warten einfach, bis der Bus kommt«, versuchte ich sie zu beruhigen. Dass ich plötzlich den Eindruck erweckte, als glaubte ich wirklich an das baldige Erscheinen eines Busses, ärgerte mich. Ich wusste auch nicht, wie es meiner Frau immer wieder gelang, mich innerhalb von Sekunden vollständig von der eigenen Überzeugung abzubringen.

»Hier kommt kein Bus, das ist doch Unsinn. Es gibt ja nicht mal einen Fahrplan.«

Ich lächelte betreten. »Und was schlägst du vor?«, fragte ich.

Sie sah mich böse an. »*Du* wolltest doch nicht mehr mit dem Ballon fliegen. Dann darfst du dir jetzt auch überlegen, wie wir nach Hause kommen.«

Es war bereits später Nachmittag. Mein Kopf war leer. Ich hatte nicht mal ansatzweise eine Idee.

»Ich kann nicht mehr«, sagte ich und hob meine schwer gezeichneten Füße, was Jutta jedoch überhaupt nicht beeindruckte.

»Sollen wir hier vielleicht übernachten?«

»Irgendwann muss der Bus ja mal kommen«, sagte ich.

»Und wenn er erst morgen kommt?«

»Dann warten wir eben so lange«, sagte ich unbeirrt. Ich konnte mich selbst nicht mehr ernst nehmen. Doch die Vorstellung, das Eintreffen des Busses durch reines Abwarten zu erzwingen, gefiel mich ausgesprochen gut. Hatte ich nicht schon immer gerne gewartet? Rückblickend kam es mir sogar vor, als beruhte meine eigentliche Lebensleistung im Warten auf Ereignisse, von denen ich längst wusste, dass sie nie eintreffen würden.

Jutta schlug abrupt ein Bein über und verschränkte die Arme. Immer wenn sie mit einer Situation unzufrieden war, aber nicht weiterwusste, schlug sie abrupt ein Bein über und verschränkte die Arme. Ich spürte, dass ich meine Frau allein durch meine Weigerung, nichts zu unternehmen, im Griff hatte.

Eine Weile saßen wir stumm nebeneinander und blickten in unterschiedliche Richtungen. Wer zuerst in die Richtung des anderen sah, musste eine Frage beantworten.

Da es in meiner Richtung etwa das Gleiche zu sehen gab wie in Juttas, hatte ich keinerlei Bedürfnis, in ihre Richtung zu sehen, und konnte den Ausblick in aller Ruhe genießen. Wie zu erwarten, hatte meine Frau schnell genug gesehen und wandte sich zu mir. Auf diesen Moment hatte ich nur gewartet.

»Was musstest du vorhin eigentlich so Wichtiges mit

Gunnar besprechen?«, fragte ich, während ich weiter in meine Richtung sah.

Sie schwieg, was ich als gutes Zeichen wertete. Anscheinend erkannte sie endlich selbst, dass sie den Bogen überspannt hatte.

»Es ging nur um eine Hotelbuchung für unsere Klausurtagung«, sagte sie schließlich.

Nun war ich an der Reihe und schwieg. Allerdings merkte ich schnell, dass mein Schweigen etwas verfrüht war, da ich mich ja noch nicht einmal dazu geäußert hatte.

»Ich nehme an, es ist ein besonders idyllisches Hotel.« Ich versuchte einen ironischen Unterton zu vermeiden, was mir bei der fortschreitenden Auflösung meines bisherigen Lebens jedoch immer weniger zu gelingen schien.

»Es ist ein Hotel im Umland. Ob es besonders idyllisch liegt, kann ich dir leider nicht sagen.«

»Aha«, sagte ich.

»Das geht mir jetzt langsam auf die Nerven«, sagte sie hörbar genervt, »ich weiß wirklich nicht, was das immer soll.«

»Ich bemühe mich nur, ein richtiger Mann zu sein«, erklärte ich trotzig.

»Ehrlich gesagt, warst du mir früher lieber.«

Ich schlug nun ebenfalls ein Bein über und verschränkte die Arme.

»Früher?«, fragte ich. »Wenn du mir freundlicherweise den genauen Zeitpunkt sagen könntest, wäre das für meine weiteren Planungen hilfreich.«

Jutta stöhnte auf. »Früher eben, ich kann dir da auch kein Datum nennen.«

Ihre schwammigen Antworten bei entscheidenden Fragen trieben mich regelmäßig zur Verzweiflung. Mir war nie klar, ob sie mich bewusst im Vagen halten wollte, oder ob es ihr einfach egal war.

»Länger früher oder kürzer früher?«

»Übertreib es nicht mit deinem Du-Sein«, sagte sie nur.

Doch noch ehe ich Überlegungen anstellen konnte, was dieses Du-Sein für unsere Beziehung bedeutete, hielt vor uns ein Auto.

»Kann ich Sie mitnehmen?«, fragte ein älterer Mann, nachdem er die Scheibe heruntergekurbelt hatte. »Hier fährt am Wochenende nämlich kein Bus.«

Während Jutta wie selbstverständlich auf der Rückbank Platz nahm, stieg ich aus alter Gewohnheit vorne ein. Dabei hätte ich viel lieber hinten gesessen, weil ich mich nun verpflichtet fühlte, dem Fahrer irgendwelche hanebüchenen Fragen zu stellen, nur um nicht völlig desinteressiert zu wirken.

Zum Glück war Herr Radtke – »Radtke mit dt, sonst klingt es wie Geheimrat« – kein Taxifahrer, sondern ein Mann, der selbst ungefragt alles ausplauderte, was ihm am Herzen lag.

Wie sich herausstellte, war Herr Radtke vor fast zwanzig Jahren mit seiner Frau aus Berlin aufs Land gezogen, um hier draußen ein neues Leben zu beginnen. Ursprünglich Inhaber eines kleinen Elektronikgeschäfts in Lichterfelde, hatte er plötzlich keine Lust mehr auf den Laden gehabt – »praktisch von heut auf morgen« – und beschlossen, raus in die Natur zu ziehen. »Meine Frau wollte erst gar nicht, aber jetzt fühlt sie sich pudelwohl.« Was Frau Radtke schließlich bewogen hatte, einzulenken und der überraschenden Lebensänderung ihres Mannes zu folgen, erklärte er leider nicht. Jedenfalls wirkte Herr Radtke wie ein Mann, der mit sich und der Welt vollkommen im Einklang stand.

Ich war verblüfft, dass solch eine radikale Kehrtwende zu einem derart überzeugenden Ergebnis führte. Aber offensichtlich hatte alles seine Zeit, und wenn es so weit war, dann fiel einem die Entscheidung wie ein reifer Apfel vor die Füße.

»Wenn Sie Lust haben, lade ich Sie zu uns nach Hause ein, heute fährt sowieso nichts mehr. Und morgen kommt mein Sohn, der kann Sie dann mit in die Stadt nehmen.«

Wir fuhren gerade in einen Ort namens Lindow, der lediglich aus einer Aneinanderreihung von einem Dutzend Häusern bestand.

Obwohl Jutta nichts dazu sagte, hörte ich aus ihrem Schweigen ein unmissverständliches Nein heraus.

»Das wäre sehr freundlich«, erklärte ich dankbar, »wir hatten heute sowieso nicht mehr vor, nach Hause zu fahren.«

Der Wagen hielt vor einem kleinen grauen Haus am Ortsrand. Hinter dem Grundstück schlossen unmittelbar Wiesen und Felder an.

Als wir ausstiegen, warf Jutta mir einen vernichtenden Blick zu, den ich jedoch ignorierte.

»Ich habe Besuch mitgebracht«, rief Herr Radtke, nachdem wir ins Haus getreten waren. Wenig später erschien Frau Radtke, eine strahlende rundliche Person mit Froschaugen.

»Da muss ich mir wohl was anderes anziehen«, sagte sie,

als sie unsere für diese Gegend durchaus untypische Bekleidung bemerkt hatte. Frau Radtke besaß eine Herzlichkeit, die mir sofort unheimlich war. Sie gehörte zu jenen Frauen, die einen gnadenlos zu Grunde bemutterten.

Als wir ins Wohnzimmer kamen, mussten wir tief durchatmen. Die Einrichtung sah aus, als stammte sie noch von den Vorbesitzern des Hauses. Ein gefliester Wohnzimmertisch, ein monumentaler Schrank mit goldenen Handgriffen und ein Sofa aus glänzendem Kunstleder. An den Wänden hingen Bilder, die auf den ersten Blick alle gleich aussahen. Ineinanderfließende Pastellfarben ohne erkennbare Motive, als wäre dem Künstler bis zuletzt unklar gewesen, was er darstellen wollte. Auf den zweiten Blick bemerkte ich, dass es tatsächlich die gleichen Bilder waren. Ich hatte noch nie einen Raum mit einem halben Dutzend identischer Bilder gesehen und fragte mich, ob dahinter eine Idee steckte, oder ob es einfach nur Fantasielosigkeit war. Der pflegeleichte graue Filzteppich war an einigen Stellen bereits stark abgenutzt. Man konnte den Weg, den Frau Radtke vermutlich seit Jahren täglich von der Küche zum Wohnzimmertisch und wieder zurück nahm, deutlich erkennen. Auch der Weg vom Sofa zum Fernseher, der passgenau in den Monumentalschrank eingebaut war, war auf dem Filzfußboden problemlos nachvollziehbar. Für wissenschaftliche Untersuchungen über das Verhalten von Ehepaaren zu Beginn des 21. Jahrhunderts wäre dieses Wohnzimmer das ideale Forschungsgebiet.

Ich fühlte mich unwohl, konnte aber nicht genau sagen, ob es in erster Linie an der geschmacklosen Einrichtung lag oder dem bedrückend vorhersehbaren Eheleben.

»Setzen Sie sich doch schon mal hin, ich hole Ihnen was zu trinken«, sagte Herr Radtke und verschwand auf dem abgenutzten Filzpfad seiner Frau Richtung Küche.

Wir setzten uns aufs Sofa und blickten sprachlos auf den Monumentalschrank. Ich fragte mich, wie der Schrank wohl ins Haus gelangt war. Er war so groß, dass er weder durch die Tür noch durchs Fenster gepasst hätte. Solche Fragen konnten mich tagelang beschäftigen, und ich gab nicht eher Ruhe, bis ich eine vernünftige Lösung gefunden hatte.

»Nicht mal Blumen haben sie hier«, hörte ich Jutta flüstern, während sie sich im Raum umsah.

Ich glaubte meine Ohren nicht zu trauen. »Du vermisst Blumen?«

»Aber das muss man doch sehen!«, sagte sie vorwurfsvoll.

Ich bemühte mich, ein Grinsen zu unterdrücken. Hatte sie meine jahrelangen Verschönerungsanstrengungen am Ende doch bemerkt?

»Es ist doch ganz nett hier«, sagte ich, um sie zu ärgern.

»Was?« Sie blickte mich fassungslos an.

Offenbar glaubte sie, dass ich es ernst meinte. Ich genoss ihre Verwirrung und setzte noch einen drauf.

»Ich könnte mir sogar vorstellen, hier draußen zu leben.«

Jutta musterte mich erschrocken. Zum ersten Mal schien sie unsicher, wer da eigentlich neben ihr saß. Für eine Neubewertung unserer Beziehung war das eine gute Ausgangslage.

»Ich dachte immer, du fühlst dich wohl bei uns.«

In diesem Moment kehrte Herr Radtke mit einer Flasche Apfelsaft und vier Gläsern zurück.

»Und, was hat Sie in unsere Gegend verschlagen?«, fragte er, die Gläser füllend.

»Nun lass sie doch erst mal ankommen!«, rief seine Frau aus der Küche. Kurz darauf kam sie mit einer großen Platte mit Schnittchen ins Wohnzimmer.

»Sie haben doch sicher Hunger«, sagte sie in einem Ton, der jede Widerrede von vornherein ausschloss. Sie trug ein geblümtes Kleid, dem der strenge Geruch von Mottenkugeln entströmte. Offenbar hatte sie sich fest vorgenommen, die seltenen Gäste hemmungslos zu beglücken.

»Essen Sie ruhig, nachher gibt es natürlich noch richtiges Abendessen«, klärte uns Frau Radtke vergnügt auf.

Ich nahm mir artig ein Wurstbrot, um sie nicht zu enttäuschen. Insgeheim befürchtete ich, ihre Gastfreundschaft könnte schnell umkippen, wenn man nicht für alles dankbar war.

»Machen Sie wegen uns bitte keine Umstände«, versuchte Jutta ihren Eifer ein wenig zu bremsen, stieß damit bei Frau Radtke jedoch auf völliges Unverständnis.

»Sie glauben doch nicht, dass ich Sie hier verhungern und verdursten lasse!«, erklärte sie und setzte sich schwungvoll direkt neben mich aufs Sofa, während sie mit den Armen rudernd Schweißgeruch verströmte, der sich zusammen mit den Mottenkugeln zu einem atemraubenden Gemisch verdichtete.

Einen Augenblick kam mir der Gedanke, dass sie uns mästen wollte, um uns später zu schlachten und einzufrieren. Auf dem Land gab es die ungewöhnlichsten Hobbys. Und in dieser Abgeschiedenheit würde es auch gar nicht auffallen, wenn zwei Wanderer plötzlich verschwanden.

»Du könntest ihnen ja auch mal Sekt anbieten«, wandte sich Frau Radtke empört zu ihrem Mann, »wozu haben wir die Flasche denn die ganze Zeit im Kühlschrank stehen?«

Herr Radtke erhob sich, ohne zu murren. Langsam ahnte ich, dass er die Aufgabe seines Lebens als Geschäftsinhaber mit der totalen Unterwerfung unter seine Frau bezahlt hatte.

»Ich bleibe gerne beim Apfelsaft«, meinte Jutta nun schon etwas dringlicher.

Derweil aß ich Schnittchen um Schnittchen, um Schlimmeres zu verhindern.

Als Herr Radtke mit dem Sekt zurückkehrte, war ich beinahe satt, während Jutta immer noch auf ihrem ersten Käsebrot kaute.

Wir stießen an. Mit jeder Bewegung erreichte mich eine neue Schweißfahne von Frau Radtke. Und leider sah es so aus, als würde sie der Alkohol noch beweglicher machen.

Jutta war unterdessen beim Apfelsaft geblieben und saß regungslos auf der anderen Sofaseite, während sich Frau Radtke regelrecht an mich heranschmiss und den unmittelbaren Körperkontakt suchte. Ich tat, als würde ich ihren Schenkeldruck nicht bemerken, zumal nicht klar war, ob es ihr selber tatsächlich bewusst war. Man konnte schnell in ein Fettnäpfchen treten, nur weil man die Berührung einer Frau falsch interpretierte. Manche Frauen berührten einen ohne jeglichen Hintergedanken.

Offenbar hatte Frau Radtke erheblichen Nachholbedarf. Nachdem ihr Sohn aus dem Haus war und ihr Mann bereits weichbemuttert war, hatte sie mich als Opfer entdeckt, über das sie ihre Fürsorge ausschütten konnte, bis ich mich nicht mehr rührte. Leider war ich das ideale Opfer. Ich ließ mir alles gefallen und brachte nur in den seltensten Fällen ein zaghaftes Nein zustande.

»Nun erzählen Sie uns doch mal, wie sie hierhergekommen sind«, sagte Frau Radtke, ihren Schenkel fest an mich drückend.

»Ja, erzählen Sie mal«, ergänzte Herr Radtke, um von seiner Frau nicht völlig abgedrängt zu werden, immerhin hatte er die Frage zuerst gestellt.

Ich überlegte, ob ich alles erzählen sollte oder nur den letzten Teil, angefangen vom Picknick, um nicht angeberisch zu wirken. Aber je mehr ich trank, desto weniger scherte ich mich um einen günstigen Eindruck.

»Wir sind mit dem Ballon geflogen«, hob ich an.

»Ach was!«, rief Herr Radtke. »Das ist ja …«

»Nun lass ihn doch mal ausreden«, unterbrach ihn seine Frau.

»Genauer gesagt, mit dem Heißluftballon«, fuhr ich fort, »und dann sind wir hier in der Nähe gelandet und haben …«

»Siehst du«, ging Frau Radtke erneut dazwischen und blickte streng zu ihrem Mann, »er lässt sich mal etwas einfallen. Du willst ja immer nur spazieren gehen!«

»Warum sollen wir denn mit einem Ballon fliegen?«, fragte Herr Radtke entgeistert.

»Das wäre zumindest mal was anderes«, gab Frau Radtke zu bedenken.

»Aber uns geht es doch auch so ganz gut.«

Frau Radtke schüttelte den Kopf. »Du willst mich ja gar nicht verstehen, gib's nur zu!«

»Doch«, sagte Herr Radtke, »du willst mit einem Ballon fliegen.«

»Nein«, sagte Frau Radtke, »ich will nicht mit einem Ballon fliegen. Leg mir bitte nicht immer irgendwas in den Mund!«

»Eben hast du gesagt, dass es mal was anderes wäre.« Herr Radtke blickte hilfesuchend zu mir. Ich konnte und wollte ihm dabei aber lieber nicht helfen.

»Es war nur ein Beispiel«, erklärte Frau Radtke. »Es muss ja nicht unbedingt ein Ballon sein.«

»Mit was willst du denn dann fliegen?«, fragte Herr Radtke verzweifelt.

»Ich will mit überhaupt nichts fliegen«, sagte Frau Radtke energisch, »du weißt doch, dass ich Höhenangst habe.«

Herr Radtke trank sein Glas leer und schenkte sich nach.

»Bevor du dich wieder betrinkst«, ermahnte ihn seine Frau, »solltest du unseren Gästen noch ihr Zimmer zeigen. Sie wollen sich vor dem Abendessen sicher noch frischmachen.« Damit stand sie auf und verschwand fröhlich summend in der Küche.

Ich sah vorsichtig zu Jutta. Ihr Gesicht war versteinert. Ich wusste genau, was sie dachte, war mir aber durchaus keiner Schuld bewusst.

Inzwischen hatte ich einen leichten Schwips, der die Lage spürbar erträglicher machte. Die Trinkerei erschien mir plötzlich als ernstzunehmende Möglichkeit, mir etwas Eigenes aufzubauen. Als professioneller Trinker würde ich automatisch in die Liga der harten Männer aufsteigen, ohne meine Beschäftigung mit Blumen komplett einstellen zu müssen. Mit einer durchtrainierten Leber könnte ich in Juttas Bekanntenkreis sicher einiges Aufsehen erregen. Und ich bräuchte dafür nicht mehr zu tun, als den Alkoholkonsum täglich ein wenig zu erhöhen.

Herr Radtke, der genauso beschwipst war wie ich, führte uns eine enge Treppe hoch in den ersten Stock.

»Das ist Ihr Reich«, sagte er, mit einer großen Geste in ein winziges Zimmer deutend, das früher offensichtlich von seinem Sohn bewohnt worden war. An den Wänden hingen Poster mit martialisch wirkenden Rockbands. Auch eine nackte Blondine lächelte uns frontal entgegen.

»Wir erwarten Sie dann gleich zum Abendessen«, nuschelte Herr Radtke und ließ uns allein.

Einen Augenblick standen Jutta und ich wortlos nebeneinander und betrachteten das Bett. Es war kaum groß genug für einen von uns. Und die Vorstellung, in einem Bett zu liegen, in dem sich der Sohn beim Anblick der barbusigen Blondine durch seine Pubertät onaniert hatte, behagte mir überhaupt nicht. Aber hatten wir eine Wahl?

»Das sind doch richtig nette Leute, findest du nicht auch?«, wagte ich einen vorsichtig optimistischen Ausblick.

Jutta sah mich an, als wäre ich vollkommen verrückt geworden.

»Willst du hier etwa übernachten?«

Ich zuckte die Schultern. Meine Unentschlossenheit machte sie rasend.

»Du könntest ja auch mal eine Meinung dazu haben!«

Es war mir schleierhaft, wieso ich zu allem eine Meinung haben musste. Wenn man nicht dauernd einen Standpunkt vertrat, löste man sich als Mann anscheinend auf.

»Wir machen uns jetzt frisch, und dann gehen wir wieder runter«, erklärte ich ruhig.

»Ich gehe da nicht wieder runter, auf gar keinen Fall, das kannst du gerne allein machen.«

»Aber das ist doch unhöflich, Frau Radtke kocht extra für uns«, sagte ich.

»Ist mir ganz egal«, sagte Jutta unbeirrt, »ich gehe jetzt ins Bett.« Tatsächlich machte sie Anstalten ins Bett zu steigen, benahm sich dabei jedoch so ungeschickt, als hoffte sie, dass ich ihr im letzten Moment doch noch die Flucht aus dem Fenster vorschlagen könnte. Aber ich sagte nichts. Ich sah zu, wie sie auf allen vieren ins Bett kletterte, sich mehrmals drehte und schließlich die Bettdecke falsch herum über sich warf.

Und wie sie da beleidigt unter den Rockbands und der Blondine lag und mich keines Blickes mehr würdigte, spürte ich, dass ich zum ersten Mal etwas richtig gemacht hatte.

Unten am Esszimmertisch warteten bereits die Radtkes vor dampfenden Töpfen. Ich entschuldigte meine Frau, sie fühle sich etwas erschöpft von den Anstrengungen, und setzte mich ans Kopfende des Tisches.

»Wissen Sie, dass unser Sohn an diesem Platz groß geworden ist?«, sagte Frau Radtke, während sie mir einen Teller mit Kartoffeln und Rindsrouladen vorsetzte. Natürlich hatte ich keine Ahnung. Ob es Zufall war, dass ich an seinem Platz saß? Vielleicht sah sie mich schon als seinen Nachfolger, was ich dann doch etwas beleidigend fand. Offenbar war ich bei ihr als Mann bereits durchgefallen und kam nur noch als Sohn infrage. Aber womöglich gab es ja überhaupt keinen Sohn und im Zimmer oben schlief normalerweise Herr Radtke, der sich aus lauter Verzweiflung, von seiner Frau nicht mehr ernst genommen zu werden, Poster von Hardrockbands und zum Ärger seiner Frau eine rassige Blondine an die Wand genagelt hatte. In Wahrheit hatte ich es mit einem perversen Ehepaar zu tun, das seine ungewollte Kinderlosigkeit an Tagestouristen rächte. Besonders am Wochenende, wenn kein Bus verkehrte, fuhr Herr Radtke die gesamte Gegend auf der Suche nach erschöpften Wanderern ab, die er dann zu sich nach Hause einlud. Auf einmal passte alles zusammen. Ich wurde von Frau Radtke gemästet, bis ich dick genug war, um dann zu Mettwurst verarbeitet zu werden, die später auf Schnittchen neuen Gästen angeboten wurde.

Plötzlich hatte ich keinen Hunger mehr.

»Sie sind doch nicht etwa schon fertig«, ermahnte mich Frau Radtke und schaufelte noch mehr Kartoffeln auf meinen Teller. »Sie sehen ja noch ganz hungrig aus.«

»Vielen Dank«, sagte ich und klopfte auf meinen runden Bauch, was ich besser nicht getan hätte.

»So ein schlanker Mann wie Sie darf doch richtig zulangen.«

Sie lachte und blickte dabei zu Herrn Radtke, von dem jedoch keinerlei Reaktion kam. Stattdessen trank er ein Bier nach dem anderen, als könnte er die dauernde Abschlachterei harmloser Touristen nicht mehr ertragen. Im Grunde hatte er längst aussteigen wollen, wurde von seiner Frau jedoch weiter dazu gezwungen, da sie ihn für die Kinderlosigkeit verantwortlich machte.

»Ich zeige Ihnen jetzt mal den Garten«, schlug Herr Radtke vor und fing sich damit den bösen Blick seiner Frau ein, die mit dieser Programmänderung offensichtlich gar nicht einverstanden war.

»Wenn du meinst«, sagte sie schmallippig, was Herrn Radtke jedoch keineswegs beeindruckte. Er schnappte sich zwei Wassergläser, füllte sie großzügig mit Obstbrand, und zog mich hinaus auf die Terrasse.

Die untergehende Sonne tauchte den Garten in ein milchiges Licht. Vielleicht war ich aber auch nur so betrunken, dass ich den Garten lediglich verschwommen wahrnahm. Ich sah Tomaten, Kartoffeln und Mohrrüben in mehreren Beeten gleichmäßig nebeneinander aufgereiht. Ein Garten für Selbstversorger.

»Wenn Sie mal aus dem Haus geworfen werden«, sagte ich, nur um irgendetwas zu sagen, »können Sie hier problemlos überleben.«

Herr Radtke blickte mich verschwörerisch an und packte meinen Arm.

»Soll ich Ihnen was verraten?«

Ich nickte. Mein Kopf war so schwer, dass ich eine gefühlte Minute dafür brauchte.

»Ist mir sogar schon mal passiert. Was sagen Sie jetzt?«

Ich sagte erst mal nichts, weil mir dazu im Grunde nichts einfiel.

»Und«, sagte ich schließlich, »was haben Sie da gemacht?«

Herr Radtke lächelte. Er wollte gar nicht wieder aufhören zu lächeln. Endlich fiel ihm die entsprechende Antwort ein. »Ich hab unterm Baum geschlafen und Tomaten gefressen.« Er lachte laut auf. Dann trat er dicht an mich heran. »Und wissen Sie was? Es hat mir gefallen, ist das nicht komisch?«

»Man sollte viel öfter unter Bäumen schlafen«, meinte ich, ohne mir viel dabei zu denken.

»Ja, genau! Wir Männer müssen raus in die Natur, ist doch furchtbar, diese Abhängigkeit von den Weibern.«

Ich versuchte meine letzten klaren Gedanken zu ordnen. »Haben Sie eigentlich öfter Gäste, ich meine welche wie uns?«

Herr Radtke sah mich verwundert an.

»Ich meine«, sagte ich zögernd, gab mir jedoch endlich einen Ruck, »laden Sie am Wochenende öfter Gäste zu sich nach Hause ein?«

»Ach so, nein, nein, wie kommen Sie denn darauf?«

Ich dachte kurz nach. »Es ist also kein Hobby von Ihnen?« Die Frage kam mir plötzlich absurd vor. Ich hatte einfach zu viel getrunken.

»Ein Hobby? Wo denken Sie hin. Ich bin froh, wenn ich meine Ruhe habe.«

Ich atmete auf.

»Aber vielleicht wäre das eine gute Idee für meine Frau«, meinte er nach einer kurzen Pause, »ich schaff die Leute ran, und meine Frau kann sie dann zu Tode füttern!« Er grinste, als würde ihm diese Idee eigentlich ganz gut gefallen.

»Ich heiße übrigens Gert«, sagte Herr Radtke, sein Glas hebend.

»Bernd«, sagte ich.

Wir tranken die Gläser in einem Zug leer.

»Wie hast du es eigentlich geschafft, deine Frau hierherzulocken?«, fragte ich, während wir regungslos in den Garten starrten.

Es dauerte einen Moment, bis er die Frage begriff.

»Ganz einfach«, erklärte er und hielt sich an meinem Arm fest, was angesichts meiner eigenen Gleichgewichtsstörungen nicht ganz unproblematisch war. »Ich habe sie vor die Wahl gestellt: Entweder wir trennen uns, oder du bleibst mit dem besten Mann zusammen, den es gibt.«

In Zeitlupe drehte ich meinen Kopf herum. Jede abrupte Bewegung wäre mir zum Verhängnis geworden. »Und das hat sie dir geglaubt?«

Gert sah mir fest in die Augen, und dann fingen wir gleichzeitig an, laut zu lachen.

Am nächsten Morgen wachte ich mit einem Betonkopf auf. Ich lag neben dem Bett und blickte auf die Brüste der Blondine, die auf einmal etwas Bedrohliches besaßen. Jutta war verschwunden. Ich wusste nicht, wie spät es war, befürchtete aber, sie könnte mit dem Sohn bereits auf dem Weg in die Stadt sein.

Ich brauchte Minuten, um wieder auf die Beine zu kommen. Im Spiegel sah ich ein aufgedunsenes Gesicht, das nur entfernt an mich erinnerte. Zum Glück wusste ich, dass es sich um mich handelte.

Als ich nach unten ins Esszimmer kam, sah ich Jutta und Frau Radtke in ein lebhaftes Gespräch verwickelt. Sie schienen sich prächtig zu amüsieren. Ich konnte es kaum glauben.

»Hildegard kennt Gunnar«, sagte meine Frau sofort, als sie mich sah, »seine Eltern waren gute Kunden in ihrem Geschäft. Ist das nicht witzig!« Sie biss begeistert in ein Mettwurstbrötchen.

Ich fand es allerdings überhaupt nicht witzig. Die erste

Gemeinsamkeit, die sie entdeckten, war niemand anders als Gunnar Fahrenkamp. Langsam reichte es mir.

»Essen Sie erst mal was«, forderte mich Frau Radtke auf, »Sie sehen ja furchtbar aus.«

Es war empörend, was ich mir von einer fremden Frau alles gefallen lassen musste. Ich setzte mich widerwillig an »meinen« Platz ans Kopfende, weigerte mich aber, am Frühstück teilzunehmen.

»Mein Mann schläft noch. Sie haben ja ordentlich was getrunken.« Sie deutete auf die leere Flasche Obstbrand. Mir war übel.

»Hildegard möchte uns bald mal besuchen kommen.«

»Aber nur, wenn es Ihnen recht ist«, sagte Frau Radtke. Erst nach einer Weile begriff ich, dass sie mich damit meinte.

Mittags kam der Sohn und brachte einige prall gefüllte Einkaufstüten, während er im Gegenzug einen großen Sack Kartoffeln aus der elterlichen Produktion im Kofferraum seines Autos verstaute.

Er wirkte relativ normal, was mich angesichts der wilden Rockbands in seinem Zimmer ein wenig erstaunte.

Später nahm er uns mit zurück.

Während wir uns der Stadtgrenze näherten, sprach Jutta in höchsten Tönen von ihrer neuen Freundin Hildegard. Wie sie es geschafft habe, alles aufzugeben und auf dem Land noch einmal von vorne zu beginnen.

Ich sah ungerührt aus dem Fenster. In hundert Metern Entfernung bemerkte ich auf einer Wiese plötzlich ein allein stehendes Auto. Nach einer Sekunde war klar, dass es sich um unseren Suzuki handelte. Sofort blickte ich zu

Jutta, die das Auto jedoch nicht gesehen hatte. Ich wollte etwas sagen, aber die Gute ließ mich nicht zu Wort kommen. Sie redete einfach ununterbrochen weiter, sodass ich schließlich verärgert aufgab und wieder aus dem Fenster blickte. Vom Suzuki war inzwischen nur noch das Dach zu erkennen. Auf einmal musste ich grinsen. Es gefiel mir, wie Juttas Auto langsam in der Landschaft verschwand.

18

Während ich mit meiner Situation von Tag zu Tag unzufriedener wurde, kam mir ein Gedanke: Ich musste Gunnar Fahrenkamp irgendwie herausfordern. Mann gegen Mann. So war das doch schließlich vor noch gar nicht so langer Zeit üblich. Ein Duell mit Schusswaffen kam jedoch nicht infrage, da ich Gewalt grundsätzlich ablehnte. Auch Säbel konnte ich mir nur schwer vorstellen. Hier durfte es ruhig etwas gesitteter zugehen, ohne dabei den Kampfcharakter völlig zu leugnen. Eines Nachts – ich lag seit Stunden wach und suchte verzweifelt nach einem Duell ohne physische Auseinandersetzung – hatte ich plötzlich den rettenden Einfall. Ich erinnerte mich an das Saufgelage mit Gerd Radtke. Das war es! Ich würde Gunnar Fahrenkamp einfach unter den Tisch trinken. Dies erschien mir auf einmal die letzte Möglichkeit, meiner Frau doch noch zu beweisen, dass ich ihm zumindest auf einem Gebiet überlegen war.

Sobald Jutta das Haus morgens verlassen hatte, öffnete ich eine Flasche Bier, um meine Leber in eine Art Kampfsportorgan zu verwandeln, mit dem ich Gunnar endgültig besiegen konnte.

Doch schon nach einigen Schlucken spürte ich eine bleierne Müdigkeit. Ich hatte Alkohol noch nie gut vertragen können. Darin ähnelte ich meiner Mutter, bei der ein einziger Schluck Wein schon reichte, um sie außer Gefecht zu setzen. Noch ehe ich richtig betrunken war, legte ich mich aufs Sofa und schlief ein. Vermutlich musste ich einfach schneller trinken, damit mir die Trinkerei überhaupt etwas nützte.

Ich kaufte ein Sixpack Bier und stellte die Flaschen geöffnet nebeneinander auf den Küchentisch. Wenn es mir gelang, in weniger als fünf Minuten alle Flaschen auszutrinken, hatte ich gute Chancen, betrunken zu sein, ehe ich einnickte.

Die erste Flasche löste bei mir sofort eine unbegründete Heiterkeit aus, sodass ich schon Hoffnung schöpfte und beherzt nach der zweiten griff. Doch nach der Hälfte der zweiten Flasche verschwand die gute Laune so schnell, wie sie gekommen war. Mein Kopf fühlte sich an wie eine Kugel, die ich nur unter größter Anstrengung auf dem Hals balancierte. Ich hatte sogar Mühe, die Flasche an den Mund zu führen. Dabei war ich höchstens leicht angetrunken. Aber die Müdigkeit ergriff wieder Besitz von mir, und ich beeilte mich, aufs Sofa zu kommen, ehe ich vom Küchenstuhl kippte.

Mein Plan drohte bereits in den Anfängen zu scheitern. Mit anderthalb Flaschen Bier brauchte ich bei Gunnar Fahrenkamp gar nicht erst vorzusprechen. Es musste eine andere Lösung gefunden werden. Es musste höherprozentiger Alkohol her.

Auf einschlägigen Internetseiten erfuhr ich, wie wichtig

es war, den Alkoholpegel den ganzen Tag über konstant zu halten, damit sich der Körper daran gewöhnen konnte. Außerdem wurde dringend dazu geraten, sich auf eine Sorte Alkohol zu beschränken. Als Grundlage wurde fettiges Essen empfohlen, am besten Gerichte mit viel Öl, die den Alkohol absorbierten. Es war beruhigend zu wissen, dass es da draußen noch andere mit ähnlichen Sorgen gab.

Im Supermarkt besorgte ich mir mehrere Flaschen Rot- und Weißwein sowie einige Büchsen Ölsardinen. Bei der Kassiererin ließ ich durchblicken, dass ich eine üppige Grillparty mit vielen Gästen plante, um keinen Verdacht zu erregen. Schließlich kannte sie mich als regelmäßigen Abnehmer von Obstsäften, und ich hatte nicht vor, mein Bild in der Öffentlichkeit nur wegen Gunnar zu ruinieren.

Zu Hause aß ich vorsichtshalber gleich zwei ganze Büchsen Ölsardinen. Nach einer halben Stunde öffnete ich den Rotwein und nippte zunächst am Glas, um mich an den Wein zu gewöhnen. Diesmal schien es tatsächlich besser zu laufen. Ich spürte den Alkohol in meinen Gliedern, ohne davon sofort zu ermüden. Hoffnungsvoll trank ich den Rest und schenkte mir sofort ein zweites Glas ein. Plötzlich wurde mir übel. Ich hatte keine Ahnung, ob es am Wein lag oder an den Ölsardinen. Die Übelkeit wurde mit einem Mal so übermächtig, dass ich zum Klo rannte und mich in die Schüssel übergab.

Einen Tag später versuchte ich es noch einmal. Statt Ölsardinen trank ich zuvor ein halbes Glas Olivenöl und nahm mir erneut den Wein vor. Doch schon beim Geruch des Weines wurde mir so schlecht, dass ich kurz darauf auf die Toilette rennen musste.

Schließlich gab ich den Wein auf und wechselte verärgert zu Jägermeister. Eine Flasche hatte ich immer vorrätig, obwohl weder ich noch Jutta jemals davon probiert hatten. Ich schenkte mir ein Schnapsglas voll Jägermeister ein und konzentrierte mich.

Aus Filmen wusste ich, dass man Schnaps nicht trank, sondern mit einer energischen Bewegung hinunterstürzte. Ich stellte mich ans Küchenbord, hob das Glas auf Augenhöhe, hielt die Luft an und kippte den Jägermeister wie ein altgedienter Kneipengänger in meinen Rachen. Innerhalb weniger Sekunden wurde mir heiß im Gesicht. Mein ganzer Körper schüttelte sich. Ich musste mich aufstützen und durch den Mund atmen. Gleichzeitig schien sich mein Magen umzudrehen. Und noch ehe ich mich abwenden konnte, kotzte ich bereits hemmungslos in die Spüle.

Den Rest des Tages verbrachte ich krank im Bett. Die heftige Abwehrreaktion machte mir deutlich, dass ich für derlei Trinkgelage einfach nicht der geeignete Mann war. Und noch etwas wurde mir im selben Moment klar: dass es zwecklos war, gegen seinen eigenen Körper zu rebellieren.

Weil ich befürchtete, Jutta könnte die Batterie leerer Flaschen entdecken, ging ich noch am selben Abend, mit mehreren Tüten bepackt, zu einem nahe gelegenen Altglascontainer.

Kurz bevor ich den Container erreichte, geschah das, was ich gerne vermieden hätte. Frau Wüstner bog um die Ecke und steuerte sogleich freudestrahlend auf mich zu, als könnte sie es nicht erwarten, mich endlich wieder an ihrem Leben teilhaben zu lassen.

»Na, wieder ein Termin mit Ihrem Kaninchen?«, fragte

sie belustigt. Ich spürte sofort, dass ich in ihren Augen nur der drollige Dicke mit einem seltsamen Hobby war. Der nette Herr Wollmann, dem man ohne zu zögern seinen Wohnungsschlüssel anvertraute, damit er sich im Urlaub um die Pflanzen kümmerte.

Doch der Wind hatte sich inzwischen gedreht. Nur wusste ich noch nicht, wie ich Frau Wüstner die neue Entwicklung auf möglichst schonende Weise beibringen sollte. Noch ehe ich antworten konnte – eine Antwort von mir wurde im Grunde nicht erwartet –, wechselte Frau Wüstner schon zu ihrem Lieblingsthema.

»Ist das nicht wieder ein Wetterchen? Petrus meint es diesen Sommer wirklich gut mit uns. Da kann man sagen, was man will: Ich bin mit der Erderwärmung persönlich eigentlich ganz zufrieden. So was darf man natürlich nicht offen sagen. Aber wenn Sie sich so umhören, sagen alle das Gleiche. Ich verstehe überhaupt nicht, wie man die Grünen wählen kann. Wenn es nach denen ginge, würden wir hier bei zehn Grad im Regen sitzen. Aber mal ehrlich, ist es nicht schön, wenn jeden Tag die Sonne scheint?«

Ich versuchte nicht mal, zu einer Antwort anzusetzen. Stattdessen konzentrierte ich mich darauf, die Tüten stillzuhalten, damit ihre Aufmerksamkeit nicht auf die Flaschen fiel.

»Meinem Mann ist das ja völlig egal. Seit er seine Carrera-Bahn hat, verlässt er kaum noch das Haus. Einerseits finde ich es ja gut, dass er von der Straße weg ist, aber man kann doch nicht den ganzen Tag mit Autos spielen. Er ist doch kein Kind mehr. Das kann ihm doch nicht genügen!«

Sie schüttelte ratlos den Kopf. In diesem Moment entdeckte sie die Tüten, aus denen verräterisch Flaschenhälse herausragten.

»Die haben Sie hoffentlich nicht alle selbst getrunken«, meinte sie lächelnd. »Also bei uns war schon ewig niemand mehr zu Besuch. Mein Mann will einfach keine Leute mehr sehen. Verstehen Sie das?«

Ich nickte schnell, ehe sie fortfuhr.

»Richtig asozial ist er geworden. Er gibt sich überhaupt keine Mühe mehr, nicht mal mit mir. Wir reden kaum noch miteinander. Gut, nach dreißig Ehejahren weiß ich natürlich, was er denkt, aber er könnte ja trotzdem mal irgendetwas sagen, oder? Ich verlange ja gar nicht, dass er mich jeden Tag überrascht, um Gottes willen, aber so geht es ja nun auch nicht weiter.«

Ich merkte, wie der Ärger langsam in mir hochkochte. Ihre Vorwürfe kamen mir vertraut vor. Was erwartete sie eigentlich von ihrem Mann?

»Darf ich Sie mal was Persönliches fragen?«, sagte sie und blickte mich ernst an. »Sind Sie auch so, oder ist nur mein Mann so komisch?«

Ich war mir nicht sicher, was sie mit »auch so« meinte. Da meine Schultern schmerzten, wollte ich das Gespräch rasch beenden.

»Ich trinke«, sagte ich knapp und klapperte zur Untermalung mit den Tüten.

Frau Wüstner schien mein Bekenntnis erst gar nicht begreifen zu wollen. Sie wollte nicht einsehen, dass ich nicht mehr der nette Herr Wollmann mit der Kassenbrille und dem zurückweichenden Haupthaar war. Ich war ein Mann mit einem schwerwiegenden Alkoholproblem: Ich konnte

Alkohol nicht vertragen. Das Ergebnis war dennoch frappierend: Frau Wüstner schien schwer beeindruckt zu sein.

»Ich habe aber alles unter Kontrolle«, fügte ich zu ihrer Beruhigung noch hinzu.

Doch ich hatte mir umsonst Sorgen gemacht. Frau Wüstners ganze Körperhaltung hatte sich auf einmal verändert. Sie wirkte beinahe erregt.

»Essen Sie vorher auch Ölsardinen?«, flüsterte sie mir konspirativ zu.

»Wie bitte?«, fragte ich erstaunt.

Sie sah sich kurz um. »Bevor ich das erste Glas trinke, esse ich immer Ölsardinen.«

»Was?« Ich traute meinen Ohren nicht.

»Das soll den Alkohol absorbieren.«

Ich blickte mich auch um.

»Wissen Sie, wie das ist, wenn Sie Ihr Mann jahrelang ignoriert?«

Woher sollte ich wissen, wie es sich anfühlt, wenn einen der eigene Mann ignoriert? Mein Einfühlungsvermögen war inzwischen zwar selbst Frau Wüstner bekannt, aber irgendwo hatte es mit der Einfühlung dann auch seine Grenzen.

Ich stieß Luft durch die Nase und sah beleidigt in eine andere Richtung.

»Man tut alles, um ihn irgendwie zufriedenzustellen. Man kocht, kümmert sich um den Haushalt und stellt zweimal die Woche frische Blumen ins Wohnzimmer. Aber er sieht es nicht mal. Ich meine, man will doch auch mal was zurückbekommen. Ein nettes Wort, eine Geste, egal was.«

Ich starrte sie an.

»Irgendwann habe ich das alles nicht mehr ertragen. Diese Leere in mir, es ging einfach nicht mehr.«

Frau Wüstner schien kurz vor einem Weinkrampf zu stehen. Es war unerträglich. Ich konnte es nicht mehr mit ansehen.

»Vielleicht ein anderes Mal«, sagte ich und klapperte geschäftig mit den Tüten.

»Wir könnten doch mal zusammen …« Sie blickte mich hoffnungsvoll an.

»Ich melde mich«, sagte ich zuversichtlich lächelnd und beeilte mich weiterzukommen.

»Mein Mann spielt jeden Tag ab zehn in seinem Keller!«, rief sie mir noch hinterher, aber da war ich schon um die nächste Ecke verschwunden.

19

Einige Tage später klingelte es gegen Mittag an der Tür. Für die Post war es eigentlich noch zu früh, und so öffnete ich etwas verärgert über die Störung die Tür. Mein Ärger verflog jedoch gleich, als ich Zoe vor der Tür stehen sah. Sie hielt Ratte im Arm und sah mich verunsichert an.

»Übermorgen habe ich Geburtstag, aber meine Mutter hat keine Zeit für mich«, erklärte sie traurig. Erst jetzt bemerkte ich, dass sie aussah wie ein normales achtjähriges Mädchen. Sie trug Jeans, T-Shirt und Turnschuhe, von ihrer zerrissenen Piratenkleidung keine Spur.

»Ja, bist du denn kein Pirat mehr?«, fragte ich.

Zoe blickte zu Boden und schüttelte langsam den Kopf, als wäre es ihr unangenehm.

»Aber du wolltest doch immer ein Pirat bleiben.«

Sie sah mich an. Ihre Augen verengten sich zu schmalen Schlitzen.

»Es ist doch bloß ein blödes Spiel. Man kann ja gar kein richtiger Pirat sein, die Leute verstehen mich nicht.«

»Und ich dachte, die Leute wären dir immer egal gewesen.«

Sie senkte erneut den Kopf.

»Du hättest es wenigstens versuchen können«, sagte ich.

»Du bist doch auch kein blöder Blumenverkäufer geworden«, fuhr sie mich plötzlich an, »warum hast du es denn nicht versucht?«

»Weil ich blöd war«, sagte ich, »und weil ich Angst hatte.«

Einen Moment sah sie mich prüfend an. Es war der vielleicht wichtigste Augenblick ihres Lebens. Hier, vor meiner Tür, schien sich zu entscheiden, ob sie Pirat oder Sachbearbeiterin werden würde. Ob sie sich für den größeren äußeren Widerstand entschied, oder den anderen nur hinterherlief. Doch ich konnte ihr nicht helfen, weil ich wusste, dass sie diese Entscheidung ganz allein treffen musste. Kein Mensch hätte ihr im wichtigsten Augenblick ihres Lebens helfen können. Es war die einzige Möglichkeit für sie, zu ihrem eigenen Leben zu finden. Zoe war noch viel zu jung, um das zu begreifen, und trotzdem würde sie in diesem Moment eine Entscheidung treffen, mit der sie die Weichen für den Rest ihres Lebens stellte.

Ich blickte ihr tief in die Augen und verfluchte meine Tatenlosigkeit.

»Dann bin ich eben auch blöd«, antwortete Zoe schließlich.

Ich lächelte. Es war vorbei.

»Was hast du eigentlich mit Ratte vor?«, fragte ich, tief durchatmend.

Zoe sah mich entschlossen an. »Die musst du nehmen, weil ich ab jetzt ja kein Pirat mehr bin.«

Sie drückte mir das Kaninchen in den Arm. Ich wehrte mich nicht dagegen.

»Und was wird jetzt aus meinem Geburtstag?«

Sie wirkte auf einmal erleichtert, als hätte sie mit der Entscheidung, nicht mehr Pirat sein zu wollen, ein neues Leben begonnen. Das aufregende Leben eines gewöhnlichen acht-, bald neunjährigen Mädchens, das plötzlich Lust hatte, den eigenen Geburtstag zu feiern. Und es sah ganz so aus, als hätte sie mir dabei die Rolle des Ausrichters zugedacht.

Das kam mir etwas ungelegen. Außerdem war ich nicht sicher, wie Jutta reagieren würde, wenn sie mich zwischen Achtjährigen Blinde Kuh spielen sah. Ich wollte mir ihre Anerkennung nicht wenige Meter vorm Ziel endgültig verscherzen.

Doch als ich Zoes hoffnungsvolles Gesicht sah, blieb mir keine andere Wahl.

»Dann feiern wir ihn eben zusammen«, erklärte ich. »Und wenn du eine Freundin hast, kannst du sie gerne mitbringen«, fügte ich leichtsinnigerweise hinzu.

Zoe grinste zufrieden. Dann drehte sie sich um und sprang fröhlich davon.

Meine Sorge wegen Jutta stellte sich zum Glück als unbegründet heraus. An diesem Tag war sie auf Dienstreise nach Karlsruhe und würde erst spätabends wieder zurückkehren. Bis dahin waren die Kinder längst wieder fort und lagen vermutlich schon in ihren Betten.

Um keinen Verdacht zu erregen, hatte ich Jutta nichts vom Kaninchen erzählt und es vorsorglich in mein Zimmer gesperrt. Dort schien es regelrecht aufzublühen. Schon nach kurzer Zeit waren alle Holzmöbel zerkratzt. Statt wie vorgesehen im Pappkarton, hatte es sich auf dem Bett bequem gemacht, und auch sonst verhielt es sich eher wie eine Katze denn wie ein Kaninchen.

Kurz nachdem Jutta das Haus am Morgen verlassen hatte, ging ich in den Supermarkt und kaufte Süßigkeiten und einen großen Geburtstagskuchen. Ich hatte beschlossen, Zoe einen besonders schönen Geburtstag auszurichten. Da ich nicht viel über Kindergeburtstage wusste – meine eigenen hatte ich mangels Freunden nie feiern können und auf andere Geburtstage wurde ich aus denselben Gründen nicht eingeladen –, informierte ich mich im Internet über die neuesten Entwicklungen. Statt Blinde Kuh und Topfschlagen gehörten jetzt Würstchenschnappen, Tuchfangen und Herr Fischer zu den Favoriten. Lediglich Sackhüpfen hatte es noch in die Liste geschafft.

Ich bereitete alles vor, baute auf der Terrasse den Geburtstagstisch mit Süßigkeiten auf, blies zwei Dutzend Luftballons auf, hängte sie an einer Schnur quer über den Garten und steckte neun Kerzen in den Kuchen.

Mittags döste ich zwei Stunden auf dem Sofa. Als ich irgendwann vom Türklingeln aufschreckte, brauchte ich länger als sonst, bis ich wieder zu mir kam.

Vor der Tür standen nicht weniger als zehn Kinder, Jungen und Mädchen, die mich erwartungsvoll ansahen.

»Du hast gesagt, dass ich noch jemanden mitbringen kann«, sagte Zoe, als sie meinen skeptischen Blick sah. Ich hatte allerdings nicht damit gerechnet, dass sie dieses »jemand« so großzügig ausgelegen würde. Da ich sie nicht wieder zurückschicken mochte, ließ ich sie eintreten.

Im Gänsemarsch liefen die Kinder durchs Haus. Vorbei

an den kostbaren Möbeln und Accessoires, den sorgfältig ausgesuchten Bildern und Erinnerungsstücken.

Auf der Terrasse liefen sie sofort zum Geburtstagstisch und bedienten sich bei den Süßigkeiten. Insbesondere die Jungs griffen hemmungslos zu und nahmen so viel, wie sie mit zwei Händen bekommen konnten, während die Mädchen eher abwarteten oder lediglich ein Stück Schokolade aßen. Schnell verklumpten die Mädchen zu Mädchen- und die Jungen zu Jungengruppen.

Das alles kam mir auf einmal bedrückend vertraut vor. Es war wie eine Erwachsenenparty, nur lauter, direkter und schamloser. So wie sie heute eine Handvoll Schokoladenkekse in den Hosentaschen verschwinden ließen, würden sie in fünfundzwanzig Jahren Steuern hinterziehen und, anstatt sich Marsriegel aus den Händen zu reißen, gegenseitig ihre Frauen ausspannen. Das Leben erschien mir plötzlich wie eine endlose Wiederholung des Immergleichen. Ich wusste nicht, ob es eine Frage des Alters war, dass die Wiederholungen auf einmal so deutlich erkennbar wurden. Ich wusste nicht, ob es an mir lag, dass ich schneller ermüdete als früher, wenn ich dieser Wiederholungen gewahr wurde. Was ich wusste, war, dass ich für all das nicht mehr die nötige Geduld aufbrachte.

»Ist das dein Haus?«, hörte ich plötzlich die Stimme eines Jungen, der mit einem Strauß Lutscher neben mir stand. Er wirkte ein wenig altklug. Merkwürdigerweise erinnerte er mich an Gunnar Fahrenkamp.

Ich nickte.

»Und hast du auch eine Frau?«

Ich nickte wieder.

»Dann bist du sehr reich, oder?«

»Wie kommst du denn darauf?«, fragte ich immer noch verblüfft über die Ähnlichkeit, die ich mir sicherlich nur einbildete.

»Weil wenn man ein Haus und eine Frau hat, muss man reich sein.«

»Aha«, machte ich. »Willst du später auch mal reich sein?«

»Ja klar!«, sagte er ohne zu zögern. »Fünf Häuser und zehn Frauen.«

»Für jedes Haus zwei Frauen, falls mal eine wegläuft«, erläuterte ich seine maßlosen Wünsche. Ich fragte mich, ob es ihn später unglücklich machen würde, wenn er erfuhr, dass seine Ziele für ihn unerreichbar waren.

»Ja klar«, fuhr er begeistert fort, »und zwanzig Autos, die darf ich aber nur alleine fahren.«

Je länger ich ihn reden hörte, desto mehr verwandelte er sich in eine kindliche Ausgabe von Gunnar Fahrenkamp. Belustigt stellte ich mir vor, dass ich mich in einer Zeitmaschine befand, die uns vierzig Jahre zurückversetzt hatte. Als Einziger durfte ich mein Alter behalten und war berechtigt, den Nachmittag nach meinen Ideen zu gestalten. Als ich mich unter den jungen Gästen umschaute, sah ich jetzt auch Herrn und Frau Sartorius, Lutz Reichenbach, den Staatssekretär im Innenministerium, und sogar den Zahnarzt Dr. Hendricks. Der Staatssekretär hatte einen verschmierten Schokoladenmund und lief wütend hinter Herrn Sartorius her, der ihm offenbar einen Keks geklaut hatte. Nur Jutta war nirgends zu erkennen, was mir allerdings auch ganz recht war, denn so konnte ich unbehelligt von ihren mahnenden Blicken den Kindergeburtstag feiern. Es war jetzt nämlich an der Zeit, das erste Spiel anzukündigen, ehe die Gruppe vollends auseinanderfiel.

Ich rammte zwei Bambusstöcke in den Rasen und spannte eine Schnur dazwischen. An die Schnur hängte ich bereits vorbereitete Wurststückchen. Die Kinder mussten mit zusammengebundenen Händen versuchen, die Wurststücke allein mit dem Mund von der Schnur zu beißen.

Zunächst wirkten sie nicht gerade begeistert, als ich ihnen das Spiel erklärte. Auf der Seite der Jungs spürte ich sogar eine gewisse Lustlosigkeit, als wäre es unter ihrem Niveau, Wurststücke von einer Schnur zu beißen.

Ob sie nicht lieber Fußball spielen könnten, fragte dann auch bezeichnenderweise der kleine Herr Sartorius.

»Fußballspielen könnt ihr woanders, jetzt machen wir Wurstschnappen«, wies ich Herrn Sartorius zurecht, der prompt nickte, was mich etwas überraschte. Ich band ihm die Hände auf den Rücken und gab den Ring frei.

Seine ersten Versuche waren lächerlich unbeholfen. Er stellte sich auf die Zehenspitzen, streckte den Kopf nach oben und angelte mit seiner Zunge nach der Wurst. Als er merkte, dass er auf diese Weise nicht weiterkam, begann er hochzuhüpfen, vergaß jedoch zum richtigen Zeitpunkt den Mund zu öffnen, sodass er regelmäßig ins Leere biss. Ein anderes Mal versäumte er den Kopf in den Nacken zu legen und berührte die Wurst mit der Stirn. Die Koordination unterschiedlicher Bewegungen fiel ihm offensichtlich sehr schwer, und es war daher kein Wunder, dass er später Geschäftsführer der Friedrich-Ebert-Stiftung wurde. Schließlich senkte ich die Schnur so weit ab, dass er die Wurst ohne Anstrengung abbeißen konnte.

Bei Frau Sartorius war ich allerdings weniger nachsichtig. Obwohl sie kleiner war als ihr zukünftiger Mann, der erstaunlicherweise nicht das geringste Interesse an seiner zukünftigen Frau zeigte, ließ ich die Schnur auf derselben Höhe. Zu meiner Überraschung erregte das jedoch den Unmut von Frau Hendricks, der späteren Gattin von Zahnarzt Dr. Hendricks, die gegen meine Ungleichbehandlung heftig protestierte.

»Die Schnur hängt für alle gleich hoch«, entgegnete ich unerschrocken, »daran könnt ihr euch schon mal gewöhnen, wenn ihr es mit der Emanzipation ernst meint.« Ich war verblüfft, wie leicht mir solch strenge Worte von den Lippen gingen. Frau Hendricks machte einen Schmollmund, antwortete aber nicht darauf, vermutlich weil sie von der Emanzipation noch nie etwas gehört hatte und sich vor den anderen nicht blamieren wollte.

Gänzlich unbeeindruckt von meiner Intervention gelang es Frau Sartorius, gleich mit dem ersten Sprung die Wurst von der Schnur zu beißen. Die Mädchen johlten, während die Jungs mit hängenden Schultern dastanden und maulten.

Endlich kam der kleine Gunnar an die Reihe. Ich schnürte ihm die Hände besonders fest auf den Rücken.

»Soll ich nur eine Wurst oder alle?«, fragte er und ließ durchblicken, dass dieses Spiel für ihn eigentlich keine besondere Herausforderung darstellte.

»Angeber!«, riefen die Mädchen.

»Schnauze!«, rief Gunnar, worauf die Mädchen tatsächlich verstummten.

»Wenn du meinst, du schaffst es«, sagte ich ungerührt und hielt meine Hand vorsichtshalber an der Schnur, um rechtzeitig eingreifen zu können, falls er es doch schaffen sollte.

Und wirklich hatte er das erste Wurststück schon beim ersten Sprung problemlos heruntergebissen. Es sah ganz so aus, als wäre er nicht nur ein Angeber, sondern auch noch ein erfolgreicher Angeber. Während er sich unter das nächste Wurststück stellte, hob ich die Schnur von ihm unbemerkt einige Zentimeter an. Doch anstatt zu protestieren wie die Mädchen, reagierten die Jungs nur mit höhnischem Gelächter.

Wie erwartet verfehlte Gunnar beim folgenden Sprung die Wurst um zwei Fingerbreit. Ich bemühte mich unterdessen, meine Schadenfreude nicht zu zeigen, konnte aber ein leichtes Grinsen nicht unterdrücken.

»Die hängt jetzt höher«, hielt mir Gunnar empört vor.

»Wenn du viele Frauen haben willst, musst du dich schon etwas mehr anstrengen als die anderen«, sagte ich mit einem ironischen Unterton, den er in seinem Alter noch nicht verstand und mir kurz das Gefühl vermittelte, ihm schon jetzt überlegen zu sein. »Nun zeig mal, was in dir steckt, oder willst du dich vor den anderen lächerlich machen?« Ich deutete auf die Mädchen, die Gunnars Bemühungen mit größerer Anteilnahme verfolgten, als mir lieb war.

Anscheinend reichte der Hinweis auf eine Blamage vor dem weiblichen Geschlecht, um ihn zum Verstummen zu bringen.

Er probierte es noch ein paarmal, doch immer, wenn er kurz davor war, in die Wurst zu beißen, hob ich die Schnur leicht an, sodass er die Wurst im letzten Moment verfehlte.

Schließlich gab er erschöpft auf.

»Siehst du«, sagte ich, »beim nächsten Mal bist du mit deinen Sprüchen vorsichtiger.«

Er blickte mich wütend an und ging wortlos zu den anderen Jungs.

»Das war gemein von dir«, sagte Zoe kurz darauf, als ich stillvergnügt die Bambusstöcke aus dem Boden zog. »Warum hast du das nur bei ihm gemacht, er ist doch sehr nett.«

»Das sagt meine Frau auch immer«, sagte ich, »ich weiß wirklich nicht, was ihr an so einem Typen findet.«

»Deine Frau?«, fragte Zoe verunsichert. »Und woher kennt sie ihn?«

»Sie arbeiten in derselben Abteilung«, sagte ich, »er organisiert die Termine für meine Frau.«

Zoe schüttelte ratlos den Kopf. »Verstehe ich nicht«.

»Ich auch nicht«, sagte ich.

Etwas später zündete ich die Kerzen auf ihrem Geburtstagskuchen an. Zoes Augen glänzten, als hätte sie in ihrem ganzen Leben noch nie einen Geburtstagskuchen bekommen.

»Und jetzt?«, fragte sie und sah mich unschlüssig an.

»Und jetzt versuchst du, alle Kerzen gleichzeitig auszupusten, und darfst dir dabei etwas wünschen.«

»Wenn ich alle ausgepustet habe, geht der Wunsch dann in Erfüllung?« Sie schien die Frage ernst zu meinen. Seit sie kein Pirat mehr war, fiel sie in der Entwicklung deutlich zurück.

»Ja, meistens«, erklärte ich zuversichtlich, obwohl sich meine Wünsche nach jahrelangem Kuchenkerzenauspusten nie erfüllt hatten. Kein einziger! Vielleicht hatte ich für die Größe meiner Wünsche einfach zu hektisch gepustet und wurde deshalb vom Schicksal disqualifiziert. Vielleicht gingen nur solche Wünsche in Erfüllung, für die man einen langen Atem hatte. Jedenfalls hatte ich am Ende meiner Kindheit einen solchen Wünsche-Überschuss, dass ich mindestens zweihundert Jahre leben müsste, sollte sich auch nur die Hälfte davon realisieren.

Während alle gespannt um den Geburtstagskuchen herumstanden, dachte Zoe über ihre Wünsche nach.

»Du darfst deinen Wunsch aber niemandem verraten«, sagte ich noch. Aber als ich merkte, wie ihr Blick einen Moment zu lange auf Gunnar ruhte, war mir sofort alles klar. Sie holte tief Luft, blähte ihre Wangen auf und blies einmal unkontrolliert über den Kuchen. Eine Kerze weigerte sich jedoch auszugehen, was ich als gutes Omen betrachtete, sodass Zoe noch einmal gezielt daraufpusten musste, ehe sie ganz erlosch.

Alle klatschten. Zoe blickte sich stolz lächelnd um. Dann schnitt ich den Kuchen an und gab jedem ein Stück.

»Wie lange dauert denn die Erfüllung?«, fragte sie mich, nachdem sich die Kinder wieder verlaufen hatten.

»Das hängt davon ab«, sagte ich vage.

»Und von was?«

Ich beobachtete Gunnar, wie er über den Rasen marschierte und Frau Sartorius gestenreich irgendetwas Wichtiges erklärte.

»Es hängt davon ab, ob der Wunsch auch wirklich zu dir passt.«

Zoe blickte mich daraufhin entsetzt an.

»Es kann also sein, dass er sich nicht erfüllt, auch wenn ich alle Kerzen ausgepustet habe?«

Ich nickte streng. »So ist eben das Leben.«

»Das find ich echt blöd vom Leben«, sagte sie zornig, drehte sich abrupt um und rannte runter zum Rasen.

Im Laufe des Nachmittags machte ich noch weitere Spielvorschläge, die von der Mehrheit der Kinder, insbesondere aber von den Jungs abgelehnt wurden. Erst später, als sich Langeweile auszubreiten begann, stieß ich mit meinem Vorschlag, einen Sackhüpfen-Wettbewerb zu starten, auf neuerliches Interesse. Irgendwann wirkte selbst Sackhüpfen wie eine Erlösung.

Ich selbst war noch nie mit dem Sack gehüpft, versprach mir dadurch allerdings auch keine wichtigen Erfahrungen, außer der, sich vor allen lächerlich zu machen. Seltsamerweise erschien mir diese Möglichkeit plötzlich als äußerst verlockend. Warum sollte ich mich eigentlich nicht lächerlich machen? Vielleicht konnte ich damit alle Forderungen an mich löschen. Ein für alle Mal wäre klar, dass Bernd Wollmann für Herausforderungen der falsche Mann war und deshalb keinerlei Ansprüche mehr an ihn gestellt werden durften. Bedauerlicherweise fehlte gerade jetzt der wichtigste Zuschauer: meine Frau.

Ich stopfte die Kissen vom Sofa in zwei Mülltüten und verschnürte sie gut. Als Start- und Ziellinie diente eine Bambusstange, die andere steckte ich in etwa zwanzig Metern Entfernung in den Boden. Erst wenn man sie einmal umrundet hatte, durfte man wieder zurück.

Ich bildete zwei Gruppen: Mädchen gegen Jungs. Obwohl mir klar war, dass die Jungs ihre weiblichen Gegner nicht sonderlich ernst nahmen, glaubte ich dadurch den Ehrgeiz der Mädchen zusätzlich anzustacheln.

Wie vermutet, rächte sich die vermeintliche Überlegenheit der Jungs sehr bald. Waren sie den Mädchen anfangs noch um mehrere Längen voraus, drehte sich der Spieß spätestens in dem Moment um, als sie anfingen, ihren Sieg bereits lange vor Erreichen des Ziels zu feiern. Prompt verstießen sie gegen die Regeln, bogen vor der Bambusstange rechts ab oder brachen den Wettbewerb sogar ganz ab, als sie erkannten, keine Chance mehr zu haben.

Jedes Mal, wenn ein Mädchen zuerst durchs Ziel hüpfte, war ich der Erste, der klatschte. Ja, ich genoss den Untergang meiner Geschlechtsgenossen regelrecht, fragte mich allerdings auch, ob ich auf der richtigen Seite stand. Denn mir war natürlich bewusst, dass ich durch meine einseitige Bevorzugung weder auf der einen noch auf der anderen Seite Anerkennung erwarten konnte.

Nachdem fast alle durch waren, tönte der kleine Gunnar plötzlich etwas von Spielverderber, wenn ich mich nicht auch an dem Wettbewerb beteiligte. Inzwischen war es mir egal, ob ich mich zum Gespött der Kinder machte. Vielleicht erreichte ich in ihren Erinnerungen sogar eine gewisse Unsterblichkeit. Noch Jahrzehnte später würden sie sich an meine Niederlage erinnern. Als Sieger hätte ich nicht die geringste Chance gehabt.

Ich forderte Gunnar auf, gegen mich anzutreten. Zunächst weigerte er sich, wurde von seinen Kumpels aber schließlich überzeugt.

Herr Sartorius stellte sich als Kampfrichter zur Verfügung. Als wir unsere Startpositionen eingenommen hatten, ertönte ein lautes »Paff!«

Gunnar hatte sich gleich mit einer Hüpflänge vor mich

gesetzt, da ich unter dem Paff kurz zusammengezuckt war und dabei vor Schreck den Sackzipfel aus den Händen verloren hatte.

Breitbeinig, den Sack mehr hinter mir herziehend, versuchte ich aufzuschließen. Hinter uns grölten die Kinder. Es war zweifellos der Höhepunkt des Nachmittags. Innerhalb weniger Sekunden lag Gunnar praktisch uneinholbar vor mir. Er hatte die Bambusstange schon erreicht, während ich noch nicht einmal fünf Meter zurückgelegt hatte. Der Schweiß lief mir aus sämtlichen Poren. Nur unter größten Anstrengungen brachte ich den Sack überhaupt noch hoch. Ich dachte an einen vorzeitigen Abbruch. Als ich jedoch sah, wie er mich, seines Sieges bereits sicher, höhnisch anlächelte, konnte ich das nicht auf mir sitzen lassen. Die Bambusstange noch in weiter Ferne, hüpfte ich regelwidrig nach rechts und setzte mich so vor meinen Gegner. Trotz Buhrufen ließ ich mich nicht beirren und behielt das Ziel fest im Blick. Doch ich hatte nicht mit Gunnars Kampfeswillen gerechnet. Auf einmal sah ich ihn neben mir auftauchen und locker vorbeiziehen. Die Ziellinie war nur noch drei Meter entfernt. Kurz entschlossen warf ich Ballast ab, ließ den Sack einfach fallen und hüpfte, die Form dennoch wahrend, breitbeinig weiter. Gunnar hatte das Ziel unter dem Jubel der Kinder gerade übersprungen, als mir plötzlich schwarz vor Augen wurde. Ich wankte, ging in die Knie und schlug wenige Zentimeter vor der Bambusstange mit dem Kopf auf den Boden.

Als ich wieder zu mir kam, sah ich als Erstes rot lackierte Zehennägel. In meinen Leben hatte ich noch nicht oft die Gelegenheit gehabt, Zehennägel aus nächster Nähe zu betrachten. Doch wurde mir schnell klar, dass diese Zehennägel keinesfalls zu einem der Kinder gehörten. In Gedanken ging ich rasch sämtliche Füße durch, musste jedoch feststellen, dass ich nicht mal die Füße von Jutta erkannt hätte. Nach fast zehn Ehejahren schienen wesentliche Körperteile meiner Frau immer noch im Dunkeln zu liegen, was in mir den Entschluss reifen ließ, ihre Füße bei Gelegenheit etwas genauer zu betrachten, sollte ich wieder einmal in die Verlegenheit kommen, aus dieser Entfernung Füße identifizieren zu müssen.

Weil ich Jutta erst später am Abend zurückerwartete, befürchtete ich plötzlich, dass es Zoes Mutter sein könnte. Doch was würde ihre Mutter wohl sagen, wenn ich minutenlang auf ihre Füße starrte?

Also blickte ich mit dem entspanntesten Gesichtsausdruck, der mir unter diesen Bedingungen zur Verfügung stand, hoch – und wurde sofort rot. Denn es war Jutta, und sie sah mich besorgt an.

»Ich dachte, du bist noch in Karlsruhe«, sagte ich und raffte mich langsam auf, was schon allein mehrere Sekunden dauerte. Die eigene Gebrechlichkeit hatte immerhin den Vorteil, dass man mehr Zeit zum Nachdenken hatte. »Das sind hier übrigens, äh, Kinder, also wir feiern gerade einen … Kindergeburtstag«, sagte ich stotternd und klopfte mir den Rasen von der Hose.

»Das sehe ich«, meinte Jutta. Aus ihrer Antwort war nicht klar zu entnehmen, in welcher Laune sie sich gerade befand.

»Genauer gesagt, feiern wir Zoes neunten Geburtstag, ich dachte, es wäre nett, wenn ich unseren Garten zur Verfügung stelle.«

»Und das hast du wohl erst heute entschieden«, sagte sie. Ich glaubte einen winzigen Vorwurf herauszuhören, wollte mich aber nicht festlegen.

»Nein, nein, so ein Geburtstag deutet sich ja an, also normalerweise weiß man es ja schon länger.«

»Wäre es denkbar, dass du mich in deine Pläne beim nächsten Mal einweihst?«

»Das wäre machbar«, erklärte ich. »Aber bei Kindern weiß man ja nie. Plötzlich steht da so eine kleine Geburtstagsgesellschaft vor der Tür, und die kann man ja nicht so einfach wieder wegschicken.«

»Woher kommen die vielen Kinder eigentlich?«, fragte Jutta und blickte sich um.

»Aus der Nachbarschaft«, sagte ich, »alle aus der direkten Nachbarschaft. Sie können also jederzeit …«, ich sah auf meine Uhr. »Sie werden schon bald wieder nach Hause gehen. Wir haben übrigens Wurstschnappen und Sackhüpfen gemacht«, klärte ich sie der Ordnung halber noch auf.

»Wurstschnappen und Sackhüpfen«, wiederholte Jutta. Sie musterte mich ernst. Das hätte ich besser nicht erwähnt, aber ihr Eindruck von mir war inzwischen vermutlich ohnehin so verheerend, dass es nun auch nicht mehr darauf ankam.

»Ich finde es richtig toll, Bernd, wie du dich um die Kinder kümmerst. Meinetwegen können sie auch noch länger bleiben.«

Ich war sprachlos. Ich konnte es kaum glauben. Hatte ich sie missverstanden, oder hörte ich aus ihren Worten sogar etwas wie Bewunderung heraus?

Irgendetwas hatte ich wohl je nach Standpunkt falsch

oder richtig gemacht. Nur wusste ich inzwischen längst nicht mehr, wo mein Standpunkt überhaupt war. Was meine Frau als Kompliment gemeint hatte, konnte ich deshalb nicht richtig genießen. Ja, ich ärgerte mich, dass sie mir zu einer Leistung gratulierte, mit der ich eigentlich gar nichts zu tun hatte. Es war das falsche Kompliment, und vor allen Dingen kam es zu spät.

20

Völlig unverhofft ergab sich dann doch noch die Gelegenheit, Gunnar Fahrenkamp unter den Tisch zu trinken. Die Klausurtagung sollte von Donnerstag auf Freitag in einem nördlich der Stadt gelegenen Hotel stattfinden. Jutta erwähnte in aller Unschuld, dass die Teilnehmer sich hinterher noch treffen würden, um den Abend bei einem »Gläschen« ausklingen zu lassen.

Das war das Stichwort. Da ich Alkohol jedoch kaum vertrug, hatte sich die Grundlage meines Planes allerdings erheblich verändert, sodass ich mir nicht sicher war, ob ein Zusammentreffen auf dieser Basis noch sinnvoll war.

Hinzu kam, dass mir auf einmal die ganze Lächerlichkeit dieser Aktion bewusst war. In den letzten Wochen hatte ich mich immer weiter von mir entfernt, ohne Jutta dabei einen Zentimeter nähergekommen zu sein. Langsam hatte ich sogar den Verdacht, dass Jutta alles gar nicht so gemeint haben könnte. Schon oft hatte ich auf eine nebensächliche Erwähnung von ihr alle Hebel in Bewegung gesetzt, nur um etwas später erfahren zu müssen, dass sie lediglich laut nachgedacht habe.

Mein Wunsch, ihr alles recht zu machen, hatte mich zum Spielball ihrer Launen gemacht. Und dabei konnte ich im Grunde nur verlieren. Denn anders als in der Schule gab es in der Ehe keine Noten. Man konnte auch nicht versetzt werden. Dabei hatte ich seit Jahren das Gefühl, ständig dieselbe Klasse zu wiederholen, während Jutta das Abitur längst bestanden hatte. Ihr Vorsprung schien unaufholbar, und es gab nur eine Möglichkeit, wieder zu ihr aufzuschließen: indem ich mich allen Anforderungen widersetzte und von der Schule flog.

Bevor ich losradelte, genehmigte ich mir ein ausgiebiges Mittagessen. Derart vorbereitet, schwang ich mich aufs Fahrrad und fuhr zunächst mit der S-Bahn bis nach Oranienburg, um nicht schon völlig erschöpft am Hotel anzukommen. Ich hatte mir die Route im Netz vorher genau angesehen. Von Oranienburg brauchte man eigentlich immer nur geradeaus zu fahren.

Leider hatte ich mir nicht angesehen, wie man vom Bahnhof Oranienburg durch die Stadt Richtung Norden gelangte. Großartige Pläne scheiterten oft an den Details, und ich war Meister darin, die entscheidenden Details zu übersehen. Die Stadt war nämlich größer als angenommen, und nicht jeder Weg, der in nördlicher Richtung begann, endete zwangsläufig auch im Norden.

Inzwischen hatte ich die Hauptgeschäftsstraße zum vierten Mal passiert. Einige Passanten grüßten mich schon, weil sie mich von irgendwoher zu kennen glaubten. Obwohl ich genügend Zeit eingeplant hatte, wurde ich langsam unruhig.

An einer Bushaltestelle sah ich einen Mann auf den Bus warten. Ein Einheimischer konnte mir sicher weiterhelfen.

»Wo geht es denn hier nach Norden?«, fragte ich ein wenig außer Atem. Der Mann trug Sandalen und hatte offensichtlich viel Zeit. Er musterte ausgiebig mein Fahrrad, ehe er sich zu einer Gegenfrage durchrang.

»Nach Norden?« Er wirkte erstaunt, als wäre ihm diese Himmelsrichtung völlig unbekannt. »Wo wollen Sie denn da hin?«

Ich hatte keine Lust, ihm die Umstände meiner Reise zu erläutern, und deutete knapp mein Ziel an.

»In ein Hotel?« Er betrachtete erneut mein Fahrrad. Anscheinend konnte er sich einen Mann auf einem Damenfahrrad nur schwer in einem Hotel vorstellen.

»In welches Hotel wollen Sie denn da genau?«

Ich dachte nach. Auf einmal fiel mir der Name des Hotels nicht mehr ein. Mein Unvermögen, mir Namen zu merken, mischte sich im ungünstigsten Moment mit meiner Orientierungsschwäche. Ich hatte einfach zu viele Schwächen, um im Leben weit zu kommen, das wurde mir jetzt mit aller Brutalität deutlich.

»Gibt es im Norden denn viele Hotels?«, fragte ich etwas naiv. Vielleicht nannte er ja von sich aus einige Namen.

Er zuckte die Schultern. »Seit meine Frau tot ist, komme ich kaum noch raus«, sagte er bedauernd. Ich hoffte, dass seine Frau nicht vor dem Bau meines Hotels verstorben war. »Eigentlich interessiere ich mich für gar nichts mehr.«

Ich fragte mich, ob es mir ähnlich erging, wenn Jutta vor mir starb. Womöglich interessierte ich mich dann für ganz andere Dinge.

»Wir sind ja von den Frauen abhängig, ich finde das schlimm, ganz schlimm.« Er schien bedrückt, als könnte er nichts dagegen unternehmen.

»Was meinen Sie mit abhängig?«, fragte ich.

Er sah mich scharf an. »Sind Sie verheiratet?«

Ich bejahte.

»Und, merken Sie nichts?«

»Merken?«

»Sehen Sie, man merkt es zuerst auch nicht. Es kommt schleichend.«

»Es kommt schleichend?« Ich hatte keine Ahnung, wovon er redete.

»Genau, plötzlich machen Sie Sachen, die Sie nie machen wollten.« Er sah wieder auf mein Fahrrad, als hätte er mich durchschaut.

»Zum Beispiel?«, fragte ich.

»Angeln.«

»Angeln?«

»Wir haben einen See vor der Haustür, eines Tages hat mich meine Frau gefragt, ob ich nicht mal angeln gehen wolle, das wäre doch was für mich.«

»Und?«

»Ich hasse Fische, aber ich bin angeln gegangen.«

»Sie hätten sich weigern können.«

Er lachte so laut, dass sich einige Passanten nach uns umdrehten. »Weigern? Junger Mann, Sie scheinen ja überhaupt keine Ahnung zu haben. Man kann sich einer Frau nicht verweigern.«

»Sie hätten es wenigstens versuchen können«, sagte ich beunruhigt.

»Ach, das wäre mir zu anstrengend gewesen. Ich wollte meine Ruhe haben.«

Ich überlegte, ob ich später auch in Sandalen an Bushaltestellen stehen und Lebensweisheiten hinausposaunen würde.

»Aber jetzt brauchen Sie wenigstens nicht mehr zu angeln«, sagte ich optimistisch.

Er sah mich einen Moment nachdenklich an.

»Wissen Sie, was das Verrückte ist?«

Ich schüttelte den Kopf.

»Ich angele immer noch.«

Der Bus kam. Ehe er einstieg, sagte er noch einen bemerkenswerten Satz zu mir: »Ein schönes Fahrrad haben Sie, lassen Sie sich bloß nicht beirren.«

Ich stand noch eine Weile an der leeren Bushaltestelle und bemühte mich den Satz zu verstehen, als ich vor mir ein Verkehrsschild entdeckte. »Alle Richtungen« war dort zu lesen.

Irgendwann fuhr ich einfach nur geradeaus. Ich wusste nicht, ob ich richtig war, aber es fühlte sich richtig an, und das war letztlich das Entscheidende.

Tatsächlich schien ich dieses Mal Glück zu haben. Nach einigen Kilometern Landstraße erhob sich zur Linken ein moderner Hotelkomplex. Davor ein großer Parkplatz, auf dem ausschließlich dunkle Limousinen standen. Am Eingang wehten die bundesdeutsche und die Fahne des Landes Brandenburg.

Ich parkte mein Fahrrad neben einem Mercedes. Plötzlich musste ich lachen. Es war alles ein großes Missverständnis. Aber für eine Umkehr war es jetzt zu spät.

»Kann ich Ihnen helfen?«, fragte ein junger Mann im Anzug und lächelte dabei so aufgesetzt freundlich, dass ich mich sofort unerwünscht fühlte. An seinem Revers hing ein Schild mit dem Namen »Schmücke«. Herr Schmücke sah mich an, als würde ich nackt vor ihm stehen. Seit meiner Kindheit hatte ich eine feine Antenne für abschätzige Blicke, und diese Antenne funkte mir in diesem Moment äußerst unangenehme Nachrichten zu.

»Nein, vielen Dank«, sagte ich und lächelte ebenfalls freundlich, während ich das Kettenschloss aus dem Fahrradkorb nahm und Vorder- und Hinterrad miteinander verband.

Herr Schmücke war mit dem Ergebnis seines Auftritts jedoch unzufrieden und wurde deutlicher.

»Unser Haus ist heute leider völlig ausgebucht, vielleicht besuchen Sie uns ein anderes Mal.«

Ich merkte, wie er versuchte, mich auf möglichst souveräne Art wieder loszuwerden. Seine gesamte Hotelfachausbildung schien in diesem einen Satz zu kulminieren.

»Kein Problem«, sagte ich, »ich wollte auch nur etwas trinken.«

Herr Schmücke atmete tief durch. Einen Moment vergaß er seine Ausbildung und musterte mich feindselig von oben bis unten. Ich trug eine kurze Hose und ein buntes Hawaiihemd, das half, meinen Bauch ein wenig zu kaschieren. Es gab keinen Zweifel mehr, dass ich in dieser sommerlichen Bekleidung in den Augen von Herrn Schmücke keinerlei Gnade fand.

»Auch das ist, fürchte ich, heute leider nicht möglich.« Ein Hauch eisiger Geringschätzung wehte mich an.

»Ich bin seit mehreren Stunden auf dem Fahrrad unterwegs und würde nur gerne etwas trinken, das wird in Ihrem Drei-Sterne-Laden doch wohl möglich sein, oder?«

Die Herabstufung seines Hotels von vier auf drei Sterne kam mir wie eine taktisch äußerst gelungene psychologische Kriegsführung vor. Manchmal hatte ich es einfach raus.

In seinem Blick zeichnete sich leichte Panik ab. Offenbar passte ich in keine bekannte Kategorie. Ich war nicht ungepflegt, blieb höflich, weigerte mich jedoch gleichwohl, seine Ablehnung zu akzeptieren. Ich fragte mich, ob ein Querulant in seiner Ausbildung überhaupt vorkam. Vielleicht hatte man ihn aus zeitlichen Gründen gestrichen, und nun fehlten Herrn Schmücke wesentliche Informationen.

Es gefiel mir ausnehmend gut, ihm solche Schwierigkeiten zu bereiten. Womöglich machte ich gerade eine wichtige Entdeckung, dass ich nämlich im Grunde ein schwer einzuordnender Mensch war, der in keinem der einschlägigen Profile auftauchte. Als Massenmörder hätte ich wahrscheinlich eine beachtliche Karriere gemacht. Niemand hätte mir die grausigen Taten zugetraut.

»Wir haben eine geschlossene Gesellschaft, ich darf Sie nicht reinlassen. Ich möchte Sie bitten, woanders einzukehren.« Er zog sein Jackett stramm, als wollte er klarstellen, dass seine Entscheidung keine persönlichen Gründe hatte, sondern direkt von der Hotelleitung kam.

Irgendwie begann er mir leidzutun. Vielleicht hatte er den Job nur angenommen, weil er Frau und zwei kleine Kinder ernähren musste.

»Dann tragen Sie die Verantwortung, wenn ich ohnmächtig vom Fahrrad falle«, sagte ich streng, aber beherrscht.

Herr Schmücke sah sich nervös um.

»Also gut, wenn Sie nur kurz etwas trinken, mache ich mal eine Ausnahme. Aber Sie müssen mir versprechen, dass Sie danach gleich wieder gehen.«

Ich lächelte und folgte ihm ins Hotel.

Mein Blick fiel sofort auf den Barbereich, der sich unmittelbar an die Lobby anschloss. Ich steuerte direkt auf die Theke zu und bestellte beim Barkeeper ein frisch gezapftes Pils.

Bis auf eine kleine Gruppe Männer in dunklen Anzügen, die bei Kaffee und Mineralwasser diskutierten, war von der geschlossenen Gesellschaft nichts zu sehen. Ich vermutete, dass sie in einem jener klimatisierten Räume saßen, in denen sich Jutta regelmäßig eine Erkältung holte. Wenn sie abends verschnupft nach Hause kam, wusste ich, dass sie wieder irgendwo konferiert hatte. Auf diese Weise bekam ich Einblicke in ihren Arbeitsalltag, ohne sie groß danach fragen zu müssen. Trotzdem war Jutta stets aufs Neue erstaunt, wenn ich über ihre Aktivitäten Bescheid wusste. Man brauchte eben nur etwas Feingefühl, dann ergaben sich die Rückschlüsse wie von selbst. Zu meinem Bedauern nahm Jutta mein Gespür für Zusammenhänge jedoch nie zur Kenntnis und warf mir in Abständen vor, dass ich mich für ihre Arbeit nicht interessierte.

Nachdem ich das Glas geleert hatte, bestellte ich ein zweites. Zu meiner Verwunderung wurde ich überhaupt nicht müde.

Unterdessen hatte mich Herr Schmücke keineswegs vergessen. Ich tauchte gerade meine Nase in den Schaum, als ich sah, wie er zusammen mit einem anderen, deutlich älteren Mann, auf mich zumarschierte, als wollten sie mich jeden Augenblick vom Hocker reißen und aus dem Hotel werfen.

»Thomas Herrendorf, ich bin der Hoteldirektor«, sagte der Hoteldirektor ohne Umschweife, wahrscheinlich hatte er diesen Satz tagelang vor dem Spiegel geübt, »würden Sie das Haus jetzt bitte verlassen.«

Ich mochte seine direkte Art zwar nicht, fühlte mich aber sofort ernst genommen, was allein schon wegen meiner äußeren Erscheinung bemerkenswert war.

»Ihr Kollege war so freundlich und hat mich reingebeten«, sagte ich unbeeindruckt von seinem Auftritt.

»Mein Mitarbeiter«, korrigierte er mich, »hat Ihnen aber auch mitgeteilt, dass wir eine geschlossene Gesellschaft haben.« Offenbar legte er großen Wert auf Hierarchien. Ich mochte ihn nicht.

»Er wollte eigentlich auch nur ein Wasser trinken«, beschwerte sich Herr Schmücke vorsichtshalber bei seinem Chef.

»Von Wasser war nie die Rede«, sagte ich und wischte mir den Schaum von der Nase.

»Ist ja auch egal«, sagte der Direktor. Ich merkte, dass er sich mit solchen Kleinigkeiten nur ungern beschäftigte. Sein Hauptaugenmerk lag auf dem großen Ganzen, den Konzernumsätzen, Hotelübernahmen und Zukunftsstrategien. Dass er sich mit so einem wie mir befassen musste, gab seinem Selbstverständnis als Hotellenker einen leichten Knacks.

»Bitte gehen Sie jetzt, die Getränke gehen aufs Haus.«

Der Name Herrendorf kam mir plötzlich bekannt vor. Dass ich mich nur dann an Namen erinnerte, wenn es überhaupt nicht nötig war, gehörte zu den unerklärlichen Phänomenen meines Lebens.

»Bist du damals im Fichte-Gymnasium nicht in die 9a gegangen? Dein Klassenlehrer hieß, glaube ich, Seppke.«

»Wie bitte?«

»Ja, richtig, Thomas Herrendorf! Ich hatte dir doch mal einen Porno ausgeliehen, ich weiß nicht, ob du dich noch daran erinnerst.«

Herr Schmücke blickte verunsichert zu seinem Chef.

»Mein Klassenlehrer hieß Schmitz«, beeilte sich der Direktor den peinlichen Irrtum aufzuklären, »und ich war auch nicht auf dem Fichte-Gymnasium.« Er räusperte sich und drehte sich kurz mit einem triumphierenden Lächeln zu seinem Mitarbeiter um. In diesem Lächeln präsentierte sich mit einem Mal seine ganze Unsicherheit, die er durch sein Auftreten bisher erfolgreich verdeckt hatte.

»Ich fordere Sie jetzt zum letzten Mal auf, das Hotel zu verlassen.«

»Nichts für ungut. Ist ja auch nicht so wichtig«, sagte ich. »Vielleicht hieß er Herrenberg.« Der Direktor schien zum Äußersten entschlossen, und ich war gespannt, was er als Nächstes plante. Meine Gelassenheit provozierte ihn offensichtlich. Er konnte nicht damit umgehen, und das amüsierte mich.

In diesem Augenblick ging die Flügeltür neben dem Empfangstresen auf. Ein Dutzend Männer und Frauen strömten aus dem Konferenzsaal und verteilten sich in der

Lobby. Einige strebten direkt in die Bar und ließen sich erschöpft in die Sessel fallen. Unter ihnen erkannte ich auch Gunnar Fahrenkamp, der mich jedoch noch nicht bemerkt hatte. In der Lobby sah ich jetzt auch Jutta. Das heißt, zunächst erkannte ich sie gar nicht in ihrem eleganten Hosenanzug. Für einen Moment erschien es mir ausgeschlossen, dass die attraktivste Frau am Platze ausgerechnet meine eigene Frau sein konnte. Sie trug einen Aktenordner unter dem Arm und diskutierte angeregt mit einer deutlich kleineren Frau, deren ruhige, nachdenkliche Art eine gewisse unangestrengte Bedeutung ausstrahlte. Wie ich Jutta dort stehen sah, fragte ich mich, was sie an einem Mann wie mir überhaupt fand. Mir wurde schlagartig klar, dass ich im Grunde überflüssig war. In ihrem Leben war ich nicht mehr als eine nette Dekoration, auf die man genauso gut verzichten konnte. Ich erkannte, dass ich ihr eigentlich nichts zu bieten hatte, weder einen herausragenden Intellekt noch ein ansprechendes Äußeres. Ich war lediglich der Farbtupfer im Hintergrund, ich war das warme Kissen, an das sie sich lehnen konnte, wenn sie abends müde nach Hause kam. Und noch etwas wurde mir jetzt klar: Alle meine Anstrengungen der letzten Wochen waren völlig umsonst gewesen. Ich hatte mich die ganze Zeit zum Deppen gemacht und es nicht einmal gemerkt. Plötzlich war ich so verärgert, dass ich aufstehen und das Hotel verlassen wollte, als ich einen kräftigen Schlag auf den Rücken bekam.

»Mensch, Bernd!«

Es war niemand anders als Gunnar, der mich zu meiner Überraschung freudig begrüßte.

»Sie kennen den Herrn?«, fragte der Hoteldirektor, worauf Gunnar den Arm um mich legte und fest an sich drückte, als wären wir dicke Freunde.

»Das ist der Mann von Frau Wollmann«, er deutete auf meine Frau in der Lobby, »das geht schon in Ordnung.«

Irgendwie war ich doch froh, einen Mitstreiter gefunden zu haben, obwohl ich mich nur ungern als Mann meiner Frau vorstellen ließ, als hätte ich allein keine Daseinsberechtigung.

»Darauf müssen wir einen trinken!«, erklärte Gunnar, ohne mich nach dem Grund meiner Anwesenheit zu befragen. Womöglich besaß er doch mehr Feingefühl, als ich ihm zugetraut hatte. Er zog mich vom Hocker zu den anderen, die bereits heftig am Trinken waren.

Mein ganzer Plan drohte sich unter Gunnars herzlicher Begrüßung in Luft aufzulösen. Aus lauter Verzweiflung griff ich zur Nussschale und aß hektisch eine Handvoll Erdnüsse.

»Finde ich super, dass du gekommen bist«, meinte Gunnar ehrlich begeistert. Seine Freundlichkeit wurde mir langsam unheimlich. »Wenigstens ein normaler Mensch zwischen all diesen Angebern«, flüsterte er mir zu und machte dabei ein derart angewidertes Gesicht, dass ich es ihm sofort abnahm. Dass sich ausgerechnet Gunnar an diesen Angebern störte, erstaunte mich. Und ich sollte aus dem Staunen so schnell nicht wieder rauskommen. Denn es stellte sich bald heraus, dass Gunnar keineswegs der Mittelpunkt dieser Runde war. Eigentlich saßen lauter Mittelpunkte nebeneinander, und jeder versuchte verzweifelt, noch weiter in den Mittelpunkt zu rücken. Doch je mehr und je lauter sie redeten, desto deutlicher wurde, dass sie nur heiße Luft produzierten. Jeder von ihnen war ein kleiner Heißluftballon, und sie saßen in ihren lächerlich kleinen Körben und warfen dauernd neue Sprüche ab in der Hoffnung, noch höher zu steigen als der andere.

Doch diesmal schien es ihnen nicht so richtig zu gelingen, und das lag offensichtlich an mir. Während sie von Bier zu Bier munterer wurden, saß ich breit in der Mitte und war unfähig, mich an der ausgelassenen Stimmung zu beteiligen. Das hatte ich mir alles ganz anders vorgestellt. Ich wusste nicht, ob es am Bier lag, das mich inzwischen dumpf und träge gemacht hatte, oder daran, dass mir einfach keine passenden Themen einfielen, mit denen ich von mir reden machen konnte. Jedenfalls merkte ich, wie sich die allgemeine Aufmerksamkeit plötzlich mir zuwandte.

»Was machst du eigentlich hier?«, fragte der junge Mann neben mir. Er hatte sich bereits den Schlips vom Hals gezogen und blickte mich an, als wäre ich ein exotischer Vogel, der sich in die menschliche Zivilisation verirrt hatte und nicht wusste, wie er sich hier verhalten sollte.

Ich konnte ihm die Frage nicht beantworten, weil ich es im Grunde selbst nicht wusste.

»Tolles Hemd hat er an«, meinte ein anderer gegenüber und prostete mir zu.

»Treten Sie hier später noch auf?«, fragte wieder ein anderer.

Vielleicht erwartete man einen Unterhaltungskünstler, der dem grauen Konferenzalltag eine farbige Note verlieh. Auch diese Frage konnte ich leider nicht beantworten.

»Das ist doch Bernd Wollmann«, sprang Gunnar mir bei, als wäre ich in bestimmten Kreisen eine anerkannte Größe. Ich nickte unsicher in die Runde.

Auf einmal ging dem jungen Mann neben mir ein Licht auf.

»*Der* Wollmann?«, fragte er sichtlich beeindruckt.

Einen Moment fühlte ich mich wirklich wie etwas Besonderes. Ich war *der* Wollmann, der Mann, dem man weltweit zujubelte, weil er unerschrocken seinen eigenen Weg ging. Eine Ikone der Männerbewegung, ein Vorbild aller verunsicherten Männer.

»Dann bist du doch Juttas Mann, oder?«

Sekundenlang herrschte betretenes Schweigen. Am liebsten wäre ich wortlos unter den Tisch gefallen. Doch dann brach auf einmal lautes Gelächter aus, und auch ich musste plötzlich laut lachen. Es war wirklich sehr komisch, obwohl ich keine Ahnung hatte, warum. Mit einem Mal war das Eis gebrochen. Ich war ein exotischer Vogel, und es fühlte sich irgendwie richtig an.

In diesem Augenblick bemerkte ich Jutta, die gemeinsam mit ihrer Gesprächspartnerin die Bar betreten hatte. Als sie mich erblickte, zögerte sie den Bruchteil einer Sekunde, dann kam sie auf mich zu.

»Die Frau in ihrem Schlepptau ist übrigens unsere Justizministerin«, flüsterte mir Gunnar ins Ohr.

Da ich unsere Justizministerin bislang nur aus dem Fernsehen kannte, war ich sekundenlang tief beeindruckt, diese wichtige Person des öffentlichen Lebens plötzlich leibhaftig vor mir stehen zu sehen. Ich war so tief beeindruckt, dass ich kein einziges Wort herausbrachte und sowohl meine

Frau wie auch die neben ihr stehende Justizministerin verblüfft anstarrte.

»Darf ich vorstellen, mein Mann«, beendete Jutta schließlich die peinliche Situation.

»Das ist ja schön, dass ich Sie endlich mal kennenlerne«, meinte die Justizministerin sichtlich angetan, als hätte sie sich schon immer heimlich gewünscht, mich einmal persönlich zu treffen. Davon war ich nun wieder so angetan, dass ich, mit tatkräftiger Unterstützung Gunnars, aufstand und der Frau Justizministerin begeistert die Hand schüttelte.

»Im Fernsehen sehen Sie immer viel größer aus«, sagte ich. Etwas anderes war mir einfach nicht eingefallen.

»Ja, ja, das Fernsehen«, sagte die Justizministerin, über meine Unverschämtheit hinweglächelnd, »macht einen immer größer, als man in Wirklichkeit ist.«

Ich versuchte meinen Fauxpas wieder auszubügeln und sagte schnell: »Die Hollywoodschauspieler sollen in Wirklichkeit ja auch viel dicker sein ...«

»Mein Mann ist nur auf der Durchreise«, warf Jutta in diesem Moment ein und blickte mich in einer Weise an, dass ich sofort wusste, wie es gemeint war: Halt die Klappe, Bernd, und verabschiede dich freundlich.

Ich tat meiner Frau jedoch nicht den Gefallen und blieb stehen. Blieb felsenfest stehen, wie ich noch nie irgendwo stehen geblieben war.

»Wenn er nun schon mal da ist«, sagte die Justizministerin zu meiner Frau gewandt, »kann er doch auch noch zum Essen bleiben. Sonst reden wir doch den ganzen Abend wieder nur über Politik.«

Jutta hatte Mühe, ihre Fassung zu wahren.

»Sehr gerne«, sagte ich fröhlich und zwinkerte meiner Frau zu.

»Dann sehen wir uns später«, meinte die Justizministerin, und damit wandte sie sich ab und ging fort.

»Du bleibst auf gar keinen Fall zum Essen«, erregte sich Jutta kurz darauf und strich sich nervös das Haar aus dem Gesicht.

»Aber wenn mich die Frau Ministerin so freundlich bittet, kann ich das doch nicht einfach ignorieren«, flötete ich selbstbewusst, was Jutta noch mehr in Rage brachte.

»Du gehst jetzt, und ich sage ihr, dass du dich nicht gut gefühlt hast.«

»Ich fühle mich aber hervorragend«, beharrte ich.

»Darum geht es hier jetzt aber nicht!«

»Doch«, sagte ich, »genau darum geht es!«

»Wir sind hier nicht zum Vergnügen, könntest du dich bitte wie ein erwachsener Mann benehmen.«

»Ich benehme mich die ganze Zeit wie ein erwachsener Mann, aber das scheinst du irgendwie nicht zu bemerken.«

»Ich habe jetzt ehrlich keine Lust auf Grundsatzdiskussionen, vielleicht können wir unsere Probleme zu Hause besprechen.«

»*Ich* habe überhaupt gar keine Probleme«, sagte ich verärgert, »*du* wolltest doch immer, dass ich welche habe.«

Sie sah mich irritiert an. »Ich wollte, dass *du* Probleme hast?«

Ich nickte.

Sie holte tief Luft. »Kann es sein, dass du irgendwas falsch verstanden hast?«

Ich dachte einen Augenblick nach. »Ich möchte das nicht völlig ausschließen.«

»Und wie wollen wir das jetzt lösen?«

Ich zuckte die Schultern. Ich war viel zu müde, um im Stehen Probleme zu lösen, die es im Grunde nie gegeben hatte. »Wenn es dir nichts ausmacht, gehe ich jetzt in dein Bett und stoße dann später zum Abendessen dazu.«

Jutta schloss einen Moment ihre Augen, als hoffte sie, dass ich mich inzwischen in Luft auflöste.

»Okay«, sagte sie, als ich mich doch nicht in Luft aufgelöst hatte, »ruh dich ein bisschen aus, und dann fährst du wieder nach Hause, in Ordnung?«

Ich lächelte, ließ meine weitere Abendplanung allerdings offen.

Nachdem sie mir die Schlüsselkarte überreicht hatte, ging sie schnell fort.

»Bernd, ich habe dich immer bewundert«, sagte Gunnar plötzlich von hinten und legte seinen Arm um mich.

Er nannte zwar keine Gründe für seine Bewunderung, aber langsam begann ich zu ahnen, was er damit gemeint haben könnte.

Bevor es zu freundschaftlich wurde – ich wollte nicht den Eindruck erwecken, dass man mich so ohne weiteres als Freund bekommen konnte, ich wollte umworben werden, musste spüren, dass man es wirklich ernst mit der Freundschaft meinte –, ging ich raus auf den Parkplatz und schnappte ein wenig frische Luft. Die Frischluft machte mich sofort noch müder, und ich beeilte mich, in Juttas Hotelzimmer zu kommen, wo ich mich aufs Bett legte und den Fernseher einschaltete.

Irgendwann musste ich eingenickt sein. Als ich wieder erwachte, war es draußen bereits dunkel. Ich sah auf die Uhr und erkannte zu meinem Schrecken, dass es schon weit nach Mitternacht war. Ich hatte das Abendessen versäumt, was mir sofort ein schlechtes Gewissen bereitete. Vielleicht hatte mich die Justizministerin aber schon längst wieder vergessen und mein Fehlen gar nicht bemerkt.

Ich stand auf und verließ das Zimmer. Ich wollte mir draußen ein bisschen die Beine vertreten und einen klaren Kopf bekommen, ehe ich mich auf die Suche nach Jutta machte.

Durch eine Seitentür gelangte ich in einen Park. Jedenfalls kam es mir wie ein Park vor, denn die Nacht hier draußen auf dem Land war so dunkel, dass ich kaum zehn Meter weit blicken konnte. Wenigstens der Mond schien. Irgendwo hörte ich einen Zug vorbeirauschen. Ein Hund bellte. Es war mir ein wenig unheimlich, doch die kühle Luft tat mir gut. Weiter hinten bemerkte ich eine große, glitzernde Fläche. Vermutlich ein See. Ich fragte mich, warum mir Jutta nicht auch vorgeschlagen hatte, angeln zu gehen. Als Angler wäre ich vielleicht ein ernst zu nehmender Ehemann, dem man weitere Herausforderungen dafür gerne ersparte. Als Angler bräuchte ich nicht viel mehr zu tun, als dazusitzen und aufs Wasser zu sehen. Im Grunde wäre Angeln die ideale Lösung gewesen.

Ich näherte mich langsam dem See. Eine einzelne Laterne stand am Seeufer, dahinter führte ein Steg zu einem Bootshaus. Von irgendwo hörte ich flüsternde Stimmen. Sie schienen vom Bootshaus zu kommen. Eine männliche und eine weibliche Stimme. Auf einmal hatte ich einen furchtbaren Verdacht. Hatte mich Jutta nur deshalb so gedrängt zu gehen, um später mit Gunnar allein sein zu können?

Ich versuchte irgendetwas zu erkennen, erkannte aber nur zwei schemenhafte Gestalten, die eng beieinanderstanden und sich äußerst angeregt unterhielten. Weil ich aus dieser Entfernung nicht hörte, was sie redeten, betrat ich vorsichtig den Steg und bewegte mich in Zeitlupe Richtung Bootshaus. Je näher ich kam, desto wütender wurde ich. Ich war wütend auf Gunnar, der mir seine Bewunderung offenbar nur vorgespielt hatte. Ich war wütend auf meine Frau, der ich wochenlang auf den Leim gegangen war. Wahrscheinlich amüsierten sie sich gerade über meine hilflosen Versuche, mich als Mann zu beweisen. Ich hatte einen großen Fehler gemacht. Doch ich hatte keinesfalls vor, beide ungeschoren davonkommen zu lassen.

Ich war jetzt nur noch wenige Meter von ihnen entfernt. Sie waren so mit sich beschäftigt, dass sie mich gar nicht bemerkten.

»Kannst du dir sein Gesicht vorstellen? So blöd hat noch niemand ausgesehen«, flüsterte die männliche Stimme.

»Der Arme«, flüsterte die weibliche Stimme, »irgendwie tut er mir auch leid.«

»Ach was, wenn man es nicht bringt, ist man eben schnell weg vom Fenster.«

»Ich fand ihn immer sehr nett.«

»Nett, aber blöd! Solche Kerle hast du doch gar nicht verdient.«

»Aber dich habe ich verdient, oder wie?«

»Ich bin der Beste, und das weißt du.«

»Ja, natürlich weiß ich es, aber man braucht eben auch

solche Leute, die einem den ganzen Kram vom Leibe halten. Ohne die geht es nun mal nicht. Du bist mein Kampfhund, er ist mein Schoßhund, verstehst du?«

Ich hatte genug gehört. Ich war außer mir vor Wut. Das war also der Dank für meine jahrelange Arbeit, dafür dass ich das Haus in Ordnung gehalten und ihr den ganzen »Kram« wie Waschen und Putzen abgenommen hatte. In ihren Augen war ich lediglich ein Schoßhund, nett, aber blöd. Kein Kampfhund wie Gunnar, sondern jemand, den man eben auch brauchte.

Mein ganzer Körper pumpte sich auf. Ich kam mir jetzt ein bisschen vor wie ein Kissen, ein Kampfkissen, und noch ehe mir ganz bewusst war, was ich tat, marschierte ich auf den Mann zu und stieß ihn mit ungewohnter Wucht in den See. In diesem Moment drehte sich die Frau zu mir um. Es war die Bundesjustizministerin. Sie sah mich ängstlich an, als befürchtete sie, dass sie als Nächste an der Reihe war. Einen Moment lag ihr Schicksal in meinen Händen. Ich merkte, dass selbst ich in der Lage war, andere in Schrecken zu versetzen. Es tat mir gut zu sehen, dass meine Wirkung mitunter durchaus etwas Furchteinflößendes hatte. Dass mir so etwas allerdings nur bei reifen Damen mit untersetzter Figur zu gelingen schien, machte mich nachdenklich. Ich drehte mich rasch um und eilte über den Steg zurück ins Hotel, ehe meine furchteinflößende Wirkung wieder verpuffte.

21

»Was hast du dir bloß dabei gedacht, Staatssekretär Piepenbrock in den See zu werfen?«, fragte mich Jutta, als wir wieder zu Hause waren.

Ich saß auf dem Sofa, während Jutta vor mir angespannt hin und her lief. Es kam mir vor wie im Theater. Ich war der Zuschauer bei einem Stück, bei dem meine Frau sowohl die Regisseurin als auch die Hauptdarstellerin war.

»Weißt du eigentlich, was das für mich bedeutet?«

Ich bemühte mich, ihre Fragen nacheinander abzuarbeiten.

»Nichts«, antwortete ich so ehrlich, wie es mir eben möglich war.

»Nichts?« Meine Frau blieb stehen und blickte mich böse an. »Natürlich wird das etwas für mich bedeuten!« Wie sie so dastand, ihren Oberkörper nach vorne gebeugt, erinnerte sie mich an einen Adler auf Beuteflug.

»Ich meinte, dass ich mir nichts dabei gedacht habe«, stellte ich klar.

»Du hast den Staatssekretär also nur mal so in den See geworfen, oder wie darf ich das verstehen?«

»Es war dunkel«, sagte ich, »ich habe sie ja gar nicht richtig gesehen.«

»Du hast ihn also nur auf Verdacht in den See geworfen?«

»Ich wollte ihn überhaupt nicht in den See stoßen, es war ein Versehen.«

»Ach so, ein Versehen.« Jutta stutzte. Die veränderte Sachlage brachte sie allerdings nur kurz aus dem Konzept. »Und wen wolltest du eigentlich in den See werfen?«

Ich starrte hinaus auf den Garten. Mir war nicht mehr klar, wie es überhaupt dazu hatte kommen können. Bis vor wenigen Wochen war ich ein glücklicher Mensch gewesen, der Blumen liebte und gerne den Haushalt führte. Und auf einmal sah ich mich mit dem Vorwurf konfrontiert, Menschen nach Mitternacht in kalte brandenburgische Seen zu stoßen. Es war vollkommen verrückt. Ich verstand mich selbst nicht mehr. War die Ehe trotz aller Errungenschaften am Ende vielleicht doch immer noch ein Kampfplatz, auf dem es einen Sieger und einen Verlierer gab? Und es schien jetzt keinen Zweifel mehr zu geben, wer in unserer Ehe der Verlierer war.

»Ich habe gedacht, dass du und Gunnar …«

Jutta blickte mich fassungslos an. »Du wolltest *Gunnar* in den See werfen?« Dabei hielt sie ihren Mund so weit geöffnet, dass mir ihr Gesicht einen Moment lang merkwürdig fremd vorkam. Es war erstaunlich, wie schnell einem ein vertrauter Mensch fremd werden konnte.

»Ich hatte es nicht geplant.«

»Er hätte ertrinken können!«

Ich schluckte. Daran hatte ich gar nicht gedacht. Ich fing

an zu schwitzen. Totschlag aus niederen Motiven. Ich hätte im Gefängnis landen können.

»Es war nur so …«

»So geht es wirklich nicht weiter«, unterbrach mich Jutta und verschränkte ihre Arme.

»Nein«, sagte ich, »auf gar keinen Fall.«

»Und was schlägst du vor?«

Wir schwiegen.

Über die Zeit nach unserer Ehe hatte ich mir noch gar keine Gedanken gemacht. Im Grunde wollte ich mir darüber auch gar keine Gedanken machen. Denn was sollte ich danach tun? Ich hatte mich seit Jahren aus dem Berufsleben verabschiedet, und in meinem Alter würde ich lediglich Hilfsjobs angeboten bekommen. Die Vorstellung, im Supermarkt hinter der Kasse zu sitzen, flößte mir Angst ein. Und wenn ich ehrlich war, hatte ich auch keine Ahnung, was ich sonst mit meinem Leben anfangen sollte. Es war erschütternd festzustellen, dass ich eigentlich zu nichts zu gebrauchen war. Und ohne eine sinnvolle Aufgabe würde ich aus dem Blickfeld meiner Umwelt bald völlig verschwinden. Ich wäre praktisch nicht mehr vorhanden. Ein Mann, der nichts tat, der keinerlei Arbeit nachging, nicht einmal im Haushalt arbeitete oder den Garten pflegte, wäre quasi unsichtbar.

Langsam wurde mir klar, dass ich keine andere Wahl hatte. Ich wollte meine Ehe zwar retten, aber nicht nach den Spielregeln meiner Frau.

»Ich ziehe aus.«

Er war einfach so aus mir herausgekommen. Ich war selbst überrascht.

»Du ziehst aus?« Jutta sah mich verwundert an. Anscheinend hatte sie mit allem gerechnet, nur nicht mit einer so radikalen Entscheidung. Glaubte sie etwa, dass ich zu einem eigenständigen Leben ohne sie nicht in der Lage war?

»Ja«, erklärte ich unbeirrt, ich durfte ihr meine Unsicherheit auf keinen Fall zeigen, »mein Entschluss steht fest, ich ziehe noch heute aus.«

Jutta grinste. »Und wohin willst du bitte schön gehen?«

Es ärgerte mich, dass sie meine Entscheidung offenbar nicht wirklich ernst nahm.

»Ich nehme eine Auszeit und ziehe ins Hotel.«

»Und dann?«

»Dann sehen wir weiter.«

»Wenn du meinst, dass das der richtige Weg ist.«

Ich hätte sie gerne gefragt, was aus ihrer Sicht der richtige Weg gewesen wäre, wollte meine Entschlossenheit dadurch aber nicht wieder gefährden.

Ich stand auf. Ich stand derart entschlossen auf, dass mir angst und bange wurde. Ich wusste nicht mal, welches Hotel für mich überhaupt infrage kam.

Oben in meinem Zimmer packte ich meine Sachen zusammen. Ich war erstaunt, wie wenig ich benötigte. Die Tasche war am Ende nicht mal ganz gefüllt. Eigentlich braucht der Mensch nicht viel mehr als eine Hose, ein Hemd und eine Zahnbürste. Der Gedanke erschütterte mich.

Ohne mich zu verabschieden verließ ich das Haus und ging Richtung Bahnhof. Ich hatte eigentlich keine Lust, ins Hotel zu ziehen. Allein die Vorstellung, dass ich von einem Hotelmitarbeiter gefragt werden könnte, ob ich eine schöne Reise gehabt hätte, bescherte mir Schweißausbrüche. Ich wäre nicht in der Lage gewesen zu lügen.

Am S-Bahnhof Grunewald sah ich den schmalen Pfad an den Gleisen, der zu Zoes Piratenhütte führte. Auf einmal hatte ich eine großartige Idee. Ich würde mich einfach so lange dort einquartieren, bis ich wusste, wie ich weiter vorgehen wollte.

Die Hüttentür war nicht verriegelt. Vorsichtig trat ich ein und blickte mich um. Das Chaos im Innern hatte etwas unerwartet Befreiendes. Ich fühlte mich nicht verpflichtet, Ordnung zu schaffen, und konnte mich ausschließlich auf mich selbst konzentrieren. Einen Moment stellte ich mir sogar vor, wie es wäre, hier ganz einzuziehen. Den Rest meines Lebens ohne Verpflichtungen in dieser Hütte zu leben. Ich würde einen Gemüsegarten anlegen, Holz hacken und dabei immer wunderlicher werden. Friedliche Selbstgespräche führen anstelle der nicht enden wollende Diskussionen mit meiner Frau. Es kam mir auf einmal so vor, als hätte ich jahrzehntelang unter nicht artgerechten Bedingungen gelebt. Ein Mann gehörte nun mal nicht in die unmittelbare Umgebung einer Frau. Das Konzept der Ehe war ein gewaltiger Irrtum. Bislang hatte sich jedoch niemand getraut, diesen Irrtum aufzuklären, weil es viel bequemer war, in einem Irrtum zu leben, als sich die raue Luft der Wahrheit ins Gesicht wehen zu lassen.

Ich setzte mich aufs Sofa und legte die Füße auf den Tisch. Dabei stieß ich gegen die Schatulle, aus der mir Zoe einst den Piratenring überreicht hatte. Ich trug ihn noch immer. Er war jetzt ein Zeichen meiner Unabhängigkeit. Allerdings musste ich zugeben, dass meine Unabhängigkeit ohne Jutta nicht mehr viel wert war. Es war einfach, unabhängig zu sein, wenn man von niemandem gebraucht wurde.

Irgendwann musste ich eingenickt sein, denn als ich die Augen wieder öffnete, bemerkte ich vor mir eine dunkle Gestalt. Vor Schreck zog ich die Beine vom Tisch, riss dabei die Schatulle mit, wobei sich der Inhalt über den Boden verteilte. Erst jetzt sah ich, dass es Zoe war.

»Ich habe noch was vergessen«, sagte sie, ohne mich nach dem Grund meines Aufenthaltes zu fragen. Es schien ihr unangenehm zu sein, mir zu begegnen, als hätte sie diesen Teil ihres Lebens ein für alle Mal abgeschlossen.

Sie suchte nach irgendetwas, das ihr offenbar sehr wichtig war.

»Wenn ich dir suchen helfen soll, sagst du Bescheid, ja?«, sagte ich, nur um etwas zu sagen.

Zoe nickte, sah mich aber nicht an.

In diesem Moment fiel mir ein, dass sie mir noch einen Piratentaler fürs erfolgreiche Erschrecken schuldete.

»Wann bekomme ich eigentlich meinen Taler? Du erinnerst dich doch, oder?«

Sie hörte kurz auf zu suchen und blickte zu Boden.

»Hier«, sagte sie und wies auf den verstreuten Inhalt der Schatulle, »du kannst so viele Taler haben, wie du willst.«

Ich bemerkte ein gutes Dutzend Schokoladentaler, ein Teil davon stammte vermutlich noch von mir. Ich hob einen auf und steckte ihn in meine Brusttasche.

Eine Weile beobachtete ich sie, schließlich konnte ich nicht mehr an mich halten.

»Wir bleiben doch Freunde, oder?«

Zoe blickte mich erstaunt an. Und dann sagte sie etwas, das mich sprachlos machte.

»Ich finde, du bist ein bisschen zu alt, um Pirat zu sein.«

Sie lächelte bedauernd. In diesem Augenblick wusste ich, dass ich sie endgültig verloren hatte.

Schon einen Tag später kehrte ich nach Hause zurück. Ich war jetzt bereit, den Irrtum zu beenden und mir die raue Luft der Wahrheit ins Gesicht wehen zu lassen. Mir fiel nämlich das Zelt im Keller wieder ein. Mein Entschluss, bis auf Weiteres im Vorgarten zu zelten, stand sofort fest.

Es war Mittag, und bis Jutta von der Arbeit kam, hatte ich genügend Zeit, mich im Vorgarten häuslich einzurichten. Allein für das Aufstellen des Zeltes brauchte ich zwei Stunden. Einen Teil der Gartenmöbel stellte ich neben das Zelt. Im Keller entdeckte ich außerdem eine Hängematte, die ich zwischen zwei Bäume spannte. Ich holte das Kaninchen und den Pappkarton aus meinem Zimmer und platzierte zunächst alles unter dem Baum.

Jutta kam an diesem Tag viel früher als üblich von der Arbeit zurück. Mich beschlich der Verdacht, dass Jutta meine vermeintliche Abwesenheit ausnutzte, um endlich weniger zu arbeiten. Womöglich wäre sie auch sonst früher nach Hause gekommen, hatte sich vor mir aber keine Blöße geben wollen, weil es mit ihrem Selbstverständnis als hart arbeitende Karrierefrau nicht vereinbar war.

Als Jutta den Wagen geparkt hatte und durch den Vorgarten zur Haustür ging, würdigte sie mich keines Blickes. Das heißt, um ehrlich zu sein, sie bemerkte mich einfach nicht. Dabei waren das Zelt und die Gartenmöbel eigentlich kaum zu übersehen. Es hätte mich nicht gewundert, wenn sie nicht mitbekommen hätte, wie ich seit Wochen im Vorgarten zeltete. Dafür hatte ich die Unannehmlichkeiten allerdings nicht auf mich genommen. Ehe sie im Haus verschwand, hustete ich so laut, dass sie sich umdrehte und mich neben dem Zelt sitzen sah.

»Ich dachte, du wolltest eine Auszeit nehmen«, sagte sie, weniger verblüfft als vielmehr verärgert über meinen plötzlichen Sinneswandel.

»Das tue ich gerade«, sagte ich.

»Im Garten?«, fragte sie, als wäre es völlig abwegig, sich in seinem eigenen Garten eine Auszeit zu nehmen.

»Und ich werde hier so lange bleiben, bis klar ist, wie wir weiter miteinander leben wollen.«

Jutta sah mich lange an.

»Ich dachte immer, du zeltest nicht gerne«, sagte sie schließlich kopfschüttelnd.

»So kann man sich täuschen«, sagte ich übertrieben locker. Dabei hatte sie natürlich recht. Aber das brauchte ich ihr ja nicht ausgerechnet jetzt zu bestätigen.

Tatsächlich hatte ich in der ersten Nacht Mühe, überhaupt in den Schlaf zu finden. Immer wieder schreckte ich hoch, weil ich unbekannte Geräusche hörte. Und es gab eine Menge unbekannter Geräusche im Vorgarten. Vom Knacken eines Astes bis zum leisen Fiepen eines Vogels. Das heißt, mir war lange nicht klar, um welches Tier es sich dabei handelte. Auch Ratten oder Mäuse, womöglich sogar Marder oder Wildschweine kamen dafür infrage. In der Zeitung hatte ich oft von ganzen Wildschweingruppen gehört, die auf der Suche nach Nahrung marodierend durch die Gärten zogen. Die Vorstellung, von einem hungrigen Keiler im Zelt besucht zu werden, ließ mich nächtelang nicht zur Ruhe kommen. Auch Ameisen und Ohrenkäfer waren in meinem Zelt zu Gast. Aus diesem Grund stopfte ich mir vorm

Einschlafen Watte ins Ohr, die am nächsten Morgen allerdings regelmäßig verschwunden war. Vermutlich diente sie den Ameisen als Nestbaumaterial. Bis ich herausgefunden hatte, dass das Fiepen von Ratte, dem Kaninchen, kam, vergingen mehrere Nächte. Erst da wurde mir bewusst, dass auch Kaninchen schlechte Träume haben konnten.

Während vor dem Zaun das Leben geschäftig weiterging, saß ich auf meinem Stuhl und tat, als hätte ich einige Tage Urlaub. Ich legte die Beine hoch und las Zeitung oder ein Buch. Manchmal legte ich mich in die Hängematte und döste vor mich hin. Es durfte nicht so aussehen, als würde ich ohne Grund einfach nur nichts tun. Nur im Urlaub war es normalerweise erlaubt, sinnlos vor sich hin zu leben.

Wenige Tage später tauchte plötzlich ein Mann auf. Hager, blass und schwermütig stand er eine Weile vor dem Zaun und blickte mich ratlos an. Zunächst wusste ich nicht, ob und wie ich auf ihn reagieren sollte. Ich war noch nie so lange Mittelpunkt intensiver Betrachtung gewesen, so dass ich mich besorgt fragte, ob ich möglicherweise etwas falsch gemacht hatte. War es verboten, auf seinem eigenen Grundstück zu zelten? Hätte ich mir die Auszeit im Vorgarten vorher amtlich genehmigen lassen müssen? Inzwischen gab es so viele Vorschriften, dass ich auch mit einer offiziellen Auszeitgenehmigung rechnete.

Doch der Mann wirkte keineswegs verärgert. Im Gegenteil. Je länger er mein Nichtstun beobachtete, desto mehr hellten sich seine Gesichtszüge auf. Schließlich sprach er mich freundlich an.

»Ich möchte ja nicht indiskret sein, aber leben Sie hier draußen?«

Ich hatte keine Ahnung, wie er das meinte, verneinte jedoch vorsichtshalber, um mich nicht gleich festzulegen. Meine Antwort schien den Mann allerdings überhaupt nicht zu beeindrucken.

»Ich wünschte, ich hätte auch Ihren Mut.«

»Wie bitte?«, sagte ich fast empört.

Der Mann lächelte und nickte wissend, als wäre ihm alles klar.

»Ich heiße übrigens Wündisch, Volker Wündisch. Wenn es Ihnen recht ist, würde ich gerne einmal am Tag bei Ihnen vorbeikommen. Ich finde es wirklich bewundernswert, was Sie da machen. Wirklich ausgezeichnet!«

Noch ehe ich darauf antworten konnte, verabschiedete er sich und überquerte die Straße. Und dann begann ich probeweise, mein neues Leben einfach zu genießen.

Nachrede im Vorgarten

Der Abschied von meinem Leben im Haus fiel mir leichter als gedacht. In relativ kurzer Zeit hatte ich mich im Vorgarten eingewöhnt. Im Zelt lebte ich wie in einer Höhle und war nur umgeben von Dingen, die ich wirklich benötigte. Ich vermisste nichts, nicht einmal meine Frau.

Seltsamerweise schien mich auch Jutta zunächst nicht zu vermissen. Ich bin immer davon ausgegangen, dass meine Frau keine zwei Tage ohne meine liebende Fürsorge auskommen würde. Offenbar ist das eine schwere Fehleinschätzung.

Die Frage, die ich mir beim Kauen meiner Mohrrübe manchmal stelle, ist: Brauchen uns die Frauen überhaupt noch? Längst bin ich mir nicht mehr hundertprozentig sicher, ob die Beziehung zwischen Mann und Frau angesichts der neuesten Entwicklungen überlebensfähig ist. Und bei diesen Entwicklungen, so scheint es mir, gerät der Mann eindeutig ins Hintertreffen.

Neulich sah ich auf einem Baugerüst zwei junge Frauen, die ihre biertrinkenden männlichen Kollegen lautstark ermahnten, wieder an die Arbeit zu gehen. Von Gerüsten hinter Frauen herpfeifende Männer werden vermutlich bald der Vergangenheit angehören. Ich habe nichts gegen Frauen auf Baugerüsten, aber dennoch überkommt mich leise Wehmut, wenn ich an die grobe, wiewohl herzliche Brüllerei männlicher Arbeiter zurückdenke. Später wird man sich daran erinnern, wie die Großmutter sich an den längst verschwundenen Gesang der Nachtigall vor ihrem Fenster erinnert. »Erinnerst du dich noch an die grobe, wiewohl herzliche Brüllerei der männlichen Bauarbeiter auf den Gerüsten?«, werde ich da meinen vermutlich männlichen Partner fragen.

So wie Europa zunehmend von China abgehängt wird, wird der Mann immer mehr von der Frau abgehängt.

Ich persönlich sehe diese Entwicklung inzwischen jedoch mit Erleichterung. Besser hätte es für mich eigentlich gar nicht kommen können. Ich habe keine Verpflichtungen, außer das Kaninchen zu füttern und das Gemüsebeet zu wässern und vom Unkraut zu befreien. Ich muss nicht mehr Karriere machen und brauche keine Familie zu ernähren. Ich muss niemandem zeigen, was ich alles kann, zumal ich festgestellt habe, dass ich nichts wirklich beherrsche. Ich sehe den Salat und die Tomaten wachsen und erfreue mich am Spiel des Kaninchens. Ich liege im Gras und betrachte die vorbeiziehenden Wolkengebilde, in die ich Tiere oder Gesichter hineindeute. Seitdem ich nichts mehr erwarte, erlebe ich alles viel intensiver. Wenn der Regen aufs Zeltdach prasselt, fühle ich mich als Teil des Universums. Es kann mir nichts passieren, seit ich den Tod nicht mehr fürchte. Oft liege ich stundenlang wach im Zelt und stelle mir vor, tot zu sein. Es ist kein großer Unterschied, denke ich, ob der

Regen nun aufs Zeltdach oder auf die Erde über mir prasselt. Ich genieße einfach die Teilnahme am Kreislauf des Lebens und freue mich auf meine Wiedergeburt als Blume.

Mein entspanntes, vollkommen ehrgeizloses Leben zwischen dem Gemüsebeet und dem Kaninchengehege ist für Jutta ein durchaus ernst zu nehmendes Problem. Sie kann nicht verstehen, wie man sich mit gerade sechsundvierzig Jahren derart konsequent von der eigenen Zukunft verabschiedet. Ich meine dagegen: wann, wenn nicht jetzt? Es ist doch ein Trugschluss anzunehmen, dass das Leben abläuft wie ein Film: Anfang – Höhepunkt – Auflösung – Schluss. Bei jedem fängt es irgendwann an und hört irgendwann auf. Was dazwischenliegt, bezeichnet man gemeinhin als Leben. Doch dass es überhaupt mit einem angefangen hat, *ist* bereits der nicht mehr zu steigernde Höhepunkt. Denn die Wahrscheinlichkeit, dass aus Trilliarden von Molekülen ein Mensch entsteht, der in der Lage ist, Schnitzel zu essen und Weihnachtslieder zu singen, darf als äußerst gering eingestuft werden. Leider genügt es den meisten Menschen nicht, Schnitzel zu essen und Weihnachtslieder zu singen. Es muss doch noch etwas anderes geben, sagen sie sich empört, und setzen sich künstlich Ziele, die sie erreichen wollen.

Ich aber habe begriffen, dass das Warten sich nicht lohnt. Dass es nicht darauf ankommt, aus seinem Leben etwas zu machen, sondern das Leben einfach machen zu lassen, weil niemand besser über mich Bescheid weiß als das Leben selbst.

Jeden Morgen höre ich deshalb als Erstes in mich hinein, ob ich mir irgendetwas zu sagen habe. Wenn ich nichts höre, ist alles gut, und ich beginne aus meinem Zelt zu robben. Meist mit den Füßen zuerst. Inzwischen robbe ich mit der Gewandtheit eines Walrosses. Ellenbogen anwinkeln, Füße mit den Spitzen senkrecht auf den Boden stellen und dann wie eine Raupe langsam rückwärtsbewegen. Bei schönem Wetter oder wenn mich die Lust überkommt robbe ich noch ein wenig durch den Vorgarten und verteile Autogramme an meine Fans. Herr Wündisch, der Vorsitzende des Fanclubs, erkundigt sich mitunter höflich nach dem Sinn der Robberei. Ob ich damit irgendetwas ausdrücken wolle, eine heimliche Kritik an der Ausbeutung der Natur oder an der Integrationspolitik der Regierung. Herr Wündisch hat manchmal seltsame Ideen. Ich bin zwar gegen die Ausbeutung der Natur und hege auch keine großen Sympathien für die Integrationspolitik der Regierung, lehne es aber scharf ab, unter einem bestimmten Motto zu robben. Ich robbe einfach, weil es mir Spaß macht. Doch Herr Wündisch will nicht begreifen, dass ich ohne jeden Hintergedanken durch den Vorgarten robbe. »Mir können Sie es doch sagen«, flüstert er mir verschwörerisch zu, während ich mit dem Mund das Unkraut aus dem Gemüsebeet ziehe. Anscheinend denkt er, dass ich zu bescheiden bin, um die wahren Hintergründe meiner ebenso zahlreichen wie sinnfreien Aktionen zu offenbaren. Wenn ich dann später auf der Internetseite lese, dass »Bernd für den Erhalt des Regenwaldes robbt«, werde ich sehr ärgerlich, unternehme aber nichts dagegen, weil es vergeudete Zeit ist, Herrn Wündisch von der absoluten Nutzlosigkeit meines Tuns zu überzeugen. Der Deutsche sieht überall ein Geheimnis, wo etwas auf den ersten Blick nicht vernünftig erscheint.

Solch überflüssige Einträge von Herrn Wündisch haben leider immer wieder Nachahmer zur Folge. Vor kurzem las ich auf der Besucherseite, dass ein Fan aus Protest gegen die Leitung seiner Firma beschlossen hat, ganztägig durchs Büro zu robben. Bedauerlicherweise hat man ihn daraufhin fristlos entlassen. Die Angestellte einer Bäckerei protestiert gegen ihre Überstunden, indem sie die Kundschaft im Liegen bedient. Ich begreife nicht, wie man mich derart missverstehen kann. Immer öfter tauchen diverse Gruppierungen und Interessenvertreter vor dem Zaun auf und bitten mich, etwas für ihre Belange zu tun. »Ihre Wirkung geht weit über den lokalen Rahmen hinaus«, behaupten sie und schieben mir Zettel durch den Zaun, die ich unterschreiben soll. Natürlich unterschreibe ich nichts. Ich unterschreibe schon lange überhaupt nichts mehr, da ich keinerlei Verpflichtungen eingehen will. »Mit Ihrer Unterschrift stimmen Sie unseren Geschäftsbedingungen zu.« Zuvor hätte ich fünf eng bedruckte Seiten Geschäftsbedingungen lesen müssen. Ich weigere mich aber, etwas zu lesen, was mich nicht im Geringsten interessiert. Mein Leben ist zu kurz für Geschäftsbedingungen. Lange habe ich den Worten meiner Eltern geglaubt, dass man auch Dinge tun muss, die einem keine Freude bereiten. Mein Vater hat dreiundvierzig Jahre gearbeitet, ohne dabei Freude zu empfinden. Danach bedankte sich der Personalchef auf der Herrentoilette für seine langjährige Firmentreue. Mein Vater hat sich von dieser schnöden Verabschiedung nie wieder richtig erholt.

Oft sitze ich auf meinem Klappstuhl in der Sonne und denke nach. Eigentlich gibt es kaum etwas Schöneres, als nachzudenken. Ich kann stundenlang auf dem Klappstuhl sitzen und einfach nur still vor mich hin denken. Manchmal lehne ich aber auch an der warmen Hauswand und lasse meine Gedanken schweifen. Es ist für mich immer wieder ein Wunder, wo einen schweifende Gedanken überall hinführen. Gestern war ich zum Beispiel Präsident der Vereinigten Staaten von Amerika. Ich schritt aufgeregt durchs Oval Office, weil ich gerade die endgültige Lösung des Nahost-Konflikts gefunden hatte. Kurz darauf empfing ich den Friedensnobelpreis aus der Hand des norwegischen Königs, mit dem ich mich hinterher in Gegenwart der Weltpresse betrank. Ich habe nie den Wunsch verspürt, Präsident der Vereinigten Staaten zu werden, schon weil ich zur Lösung des Nahost-Konflikts nichts Sinnvolles beitragen kann. Aber allein der Gedanke, aufgeregt durchs Oval Office zu schreiten und wenig später den Friedensnobelpreis zu erhalten, machte mich glücklich.

Mitunter verwandle ich mich auch gerne in ein Tier. Nicht selten bin ich ein Spatz, der tschilpend von Ast zu Ast flattert und nur darauf wartet, die Reste meines Streuselkuchens vom Teller zu picken.

Die Möglichkeiten, sich ein schönes Leben zu *denken*, sind so zahlreich, dass ich mich frage, warum nicht mehr Menschen davon Gebrauch machen. Stattdessen grämen sie sich, ihre Ziele nicht erreicht zu haben. Aber wer fragt einen später eigentlich, ob und wie viele Ziele man in seinem Leben erreicht hat? In schwachen Stunden, wenn ich darüber nachdenke, ob es richtig ist, hier nur herumzusitzen und nichts zu tun, stelle ich mir vor, im Vorgarten gefangen gehalten zu werden. Danach geht es mir wieder blendend.

Jutta beobachtet mich manchmal von den Steinplatten

aus, die von der Haustür zum Gartentor führen. Ich habe ihr untersagt, mich im Vorgarten zu besuchen, solange sie sich nicht zu einer klaren Aussage über unser zukünftiges Eheverhältnis durchringt. Ein rot-weißes Band, das ich von einer Baustelle geklaut habe, trennt meinen privaten vom offiziellen Teil ab. Zu meinem Erstaunen hält sie sich an das Verbot. Wahrscheinlich hat sie den Ernst der Lage erkannt und will mich nicht provozieren, um den letzten Funken Hoffnung auf den Weiterbestand unserer Ehe nicht zu zerstören. Eine Weile steht sie nur da und sieht zu, wie ich im Klappstuhl sitze und in die Gegend schaue. Bald schaut sie ebenfalls in die Gegend, merkt aber schnell, dass es da im Grunde nicht viel zu sehen gibt. Was sie natürlich nicht wissen kann: Ich schaue nicht nur, ich mache mir dabei auch noch die absonderlichsten Gedanken. Die Straße wird zum reißenden Strom, in dem die gegenüberliegenden Häuser zu versinken drohen. Die Autos mutieren zu hastig vorbeirasenden Rettungsbooten, die mit der Evakuierung der Einwohner kaum nachkommen. Während ich scheinbar gelangweilt umherschaue, ereignen sich vor meinem inneren Auge schreckliche Naturkatastrophen. In milder Stimmung verwandeln sich die Bäume ringsum aber mitunter auch nur in Palmen und die Krähen in Papageien. Seit ich nicht mehr fernsehe, drehe ich mir die Abenteuerfilme selbst. Aber Jutta begreift nicht, was ich an den Häusern, Autos und Bäumen so unglaublich interessant finde. Schließlich stellt sie mir eine Frage (Fragen stellen ist erlaubt), die sie so oder ähnlich schon dutzendfach und immer mit derselben Empörung gestellt hat: »Was tust du da eigentlich die ganze Zeit?«

Ich antworte nicht gleich, um ihr zu zeigen, dass ich beschäftigt bin. Ich lasse nicht mehr alles sofort fallen oder ändere meine Pläne, nur weil meine Frau mich um etwas bittet. Nach einer Weile drehe ich meinen Kopf ein wenig nach rechts, ohne Jutta jedoch direkt anzusehen.

»Ich arbeite«, sage ich, so beiläufig es eben geht.

»Davon merke ich aber nichts«, sagt sie aufgebracht.

»Ich denke«, sage ich.

»Du kippelst mit dem Stuhl!«, ruft sie.

»Ich kipple *nachdenklich* mit dem Stuhl, das ist etwas völlig anderes.«

Daraufhin stöhnt sie laut, ein sicheres Zeichen, dass sie kurz vor einem Wutausbruch steht. Sie beherrscht sich aber, weil sie genau weiß, dass ich Wutausbrüche in meiner Gegenwart nicht dulde.

»Ich verstehe nicht, wie man so leben kann«, sagt sie halbwegs gefasst.

»Ich lebe«, sage ich, »das ist schon eine ganze Menge.«

»Aber das kann dir doch nicht reichen, du bist doch ein intelligenter Mann!«

»Eben«, sage ich ruhig, »deshalb reicht es mir.«

Aus ihrer Sicht muss ein Mann immer etwas zu tun haben. Die Welt erobern oder wenigstens ab und an einen Baum ausreißen.

»Außerdem«, füge ich still vergnügt hinzu, »finde ich es beruhigend, dass du noch intelligenter bist als ich.«

Ich frage mich, weshalb so viele große Denker frauenlos geblieben sind. Kant, Schopenhauer, Buddha. Vielleicht, weil Nachdenken unmännlich ist. Weil man dabei mehr Sitzfleisch denn Muskeln benötigt. Und ein Mann mit einem großen Hintern ist für die Frauenwelt offenbar unattraktiv.

»Ich habe ständig neue Ideen«, werfe ich noch ein.

»Wenn du sie nicht verwirklichst«, erklärt sie, »bringt das überhaupt nichts!«

»Große Ideen brauchen nun mal ihre Zeit, bis sie umgesetzt werden«, sage ich, bevor ich das fruchtlose Gespräch beende, aufstehe und meinen Kopf ins Kaninchengehege stecke.

»Es ist echt nicht nett, wie du mich immer behandelst«, sagt sie. Aber da angele ich mit der Zunge bereits geschickt nach der Mohrrübe und lasse die Sonne auf meinen großen Hintern scheinen.

Seit ich im Zelt lebe, komme ich langsam wieder zu Kräften. Ich zögere nicht mehr, Klartext zu reden. Meine Sorge, nicht von allen gemocht zu werden, ist einem neuen Selbstverständnis gewichen: Ich zerbreche mir nicht mehr anderer Leute Köpfe. Tief in meinem Inneren bin ich inzwischen wohl doch ein Pirat, der sich um sein Ansehen da draußen in der Welt nicht mehr groß schert. Ich sage einfach, was ich denke. Dass einige Menschen damit Probleme haben, stört mich nicht im Geringsten.

Herr Wündisch hat das zu spüren bekommen, als ich ihn vor einigen Tagen vom Grundstück geworfen habe. Ich lag in der Hängematte und beobachtete das zarte Spiel der Blätter im Baum, als Herr Wündisch plötzlich mit gezücktem Notizblock neben mir stand. Ich sagte: »Raus! Sehen Sie nicht, dass ich meine Ruhe haben will? Kommen Sie morgen wieder.« Herr Wündisch sah mich einen Moment sprachlos an. Dann entschuldigte er sich und verließ den Vorgarten. Beim nächsten Mal wartete er geduldig am Zaun, bis ich ihn bat hereinzukommen.

Vor noch nicht allzu langer Zeit hätte ich ihn an der Hängematte gewähren lassen und seine Fragen höflich beantwortet.

Zu meiner Verblüffung nimmt Herr Wündisch meine klaren Worte jedoch nie übel. Im Gegenteil. Sein Respekt vor mir wird ständig größer.

Auch gegenüber meiner inzwischen mehrere Tausend Menschen umfassenden Fangemeinde – vor wenigen Tagen konnte das neuntausendste Mitglied auf meiner Homepage begrüßt werden – müssen manchmal harte Worte fallen, damit ihre Zuneigung nicht überhandnimmt. Neulich robbte ich morgens aus dem Zelt und sah, wie ein halbnackter Mann mit seinem Kopf im Kaninchengehege steckte und an einer Mohrrübe nagte.

Solche Übergriffe kann ich auf gar keinen Fall tolerieren.

»Sie verlassen jetzt sofort das Grundstück, sonst hole ich die Polizei«, forderte ich ihn unmissverständlich auf.

Der Mann wirkte sichtlich verzweifelt, was mich jedoch überhaupt nicht beeindruckte. Schließlich bin ich kein Auffanglager für misshandelte Männer.

»Ich bin ein Jünger der ersten Stunde!«, rief er. »Sie müssen mir helfen.«

»Ich werde Sie wegen Hausfriedensbruch anzeigen«, sagte ich, »verschwinden Sie auf der Stelle.«

»Meine Frau macht mich fertig, ich weiß nicht mehr, was ich tun soll.«

»Das ist Ihr Problem«, antwortete ich kühl.

»Sie sind meine letzte Rettung. Ich werde mich umbringen.«

»Tun Sie das«, sagte ich, »aber nicht hier!« Ein Selbstmord in meinem Vorgarten war nicht akzeptabel.

»Aber Sie treten doch für die Rechte der Männer ein!«

»Nicht dass ich wüsste«, sagte ich.

»Aber Sie fordern doch die räumliche Trennung von Männern und Frauen!«

»Das ist ein Missverständnis«, sagte ich, »ich fordere nur getrennte Schlafzimmer.«

»Was?« Er sah mich schockiert durchs Drahtgitter an. »Auf Ihrer Homepage steht aber, dass Sie für die Abschaffung der Ehe plädieren.«

»Ich werde das sofort löschen lassen«, erwiderte ich.

»Sie haben das also nicht gesagt?«

»Ich habe nur gesagt, dass man die Institution Ehe überdenken sollte.«

Auf einmal fing er an zu weinen.

»Unterlassen Sie das«, sagte ich, »mit Weinen ist keinem gedient.«

»Ich habe mich in Ihnen getäuscht«, schluchzte er und zog seinen Kopf aus dem Gehege.

»Damit müssen Sie leben, nicht ich!«

Er klaubte seine Sachen vom Boden und verließ, geschüttelt von neuerlichen Weinkrämpfen, den Vorgarten.

Am nächsten Tag stand er mit einem Strauß Margeriten vorm Zaun und entschuldigte sich bei mir. Ich warf den Strauß auf den Kompost, da ich keine Vase hatte.

Mitunter fällt es mir allerdings nicht leicht, hart zu bleiben.

Am Wochenende, wenn meine Frau vom Einkaufen zurückkommt, muss ich mich stark zusammenreißen, um ihr nicht zu helfen, die schweren Tüten vom Auto ins Haus zu tragen. In der ersten Zeit meiner Eingewöhnung war es so schlimm, dass ich schnell ins Zelt gekrochen bin, wenn ich den Suzuki um die Ecke biegen sah. Inzwischen gelingt es mir, halbwegs entspannt auf dem Stuhl sitzen zu bleiben, wenn Jutta keine zehn Meter von mir entfernt die Tüten ins Haus schleppt. In diesen Momenten kommt es mir so vor, als wäre die Zeit um sechzig Jahre zurückgedreht. Der Ehemann genießt den Feierabend bei einem kühlen Glas Pils, während die Ehefrau für ihre Lieben in der Küche schuftet. Aus dem Küchenfenster dringt jedoch längst nicht mehr Topfgeklapper und Bratenduft, sondern nur noch das Quietschen des Dosenöffners.

Das alles ist ein bisschen wie Urlaub vom andauernden Geschlechterkampf, und ich frage mich besorgt, wie lange Jutta meine hartnäckige Verweigerung noch bereit ist hinzunehmen. Immer öfter kommt mir der Gedanke, dass mich meine Frau doch mehr liebt, als sie zugeben will. Aber ich brauche Beweise. Ich brauche eine klare Stellungnahme. Ich brauche ihren Freispruch, so sein zu dürfen, wie ich nun einmal bin.

Mein Nichtstun löst indes die unterschiedlichsten Reaktionen aus. Während die Männer meiner Haltung offene Bewunderung zollen, reagieren die weiblichen Passanten oft erschreckend aggressiv. »Glauben Sie eigentlich, dass Sie ein Vorbild sind, wenn Sie hier nur rumsitzen und nichts tun?«, rufen sie mir wütend über den Gartenzaun zu. Ich lasse mich auf solche Diskussionen aber gar nicht mehr ein.

Wenn man erst anfängt, mit Frauen zu diskutieren, zieht man meistens den Kürzeren. Es herrscht bei ihnen ein seltsames Durcheinander aus Vernunft und Gefühl, dass man nie sicher sein kann, was gerade mehr im Vordergrund steht. Alle meine Versuche, dieses Chaos zu durchdringen und ein wenig Ordnung zu schaffen, endeten für mich stets mit einer klaren Niederlage. In den ersten Wochen nach meinem Einzug ins Zelt hatte ich mich noch bemüht, ihnen meinen Entschluss irgendwie verständlich zu machen. Dass ich einfach mal eine Auszeit benötigte und in Ruhe über alles Mögliche nachdenken wollte. Eine Ehe sei schließlich kein Gefängnis, und ich hätte ein Anrecht darauf, mein Leben auch mal ohne Zwänge frei gestalten zu können, ohne mich dauernd bei meiner Frau rückversichern zu müssen. Doch die Frauen zeigten sich uneinsichtig und warfen mir vor, meine »Prominenz« zu missbrauchen. Dabei konnte ich gar nichts dafür. Ich habe mich nicht um die Presse bemüht. Dass ich innerhalb weniger Wochen in allen maßgeblichen Medien als »Beispiel für den emanzipierten Mann« dargestellt worden bin, ist nicht auf meinem Mist gewachsen. Ich wohne im Zelt, weil es mir guttut. Und es ist mir egal, ob ich Thema in Talkrunden bin, wo überwiegend von Frauen diskutiert wird, ob die Zukunft des Mannes im Vorgarten liegt. »Seit Sie hier zelten«, erklärte mir eine verbitterte Frau, »ist mein Mann nicht mehr derselbe.« Andere behaupteten, ihre Männer würden sich plötzlich kindisch verhalten und keinerlei Verantwortung mehr übernehmen. Wieder andere berichteten mir, dass ihre Männer in selbstgezimmerten Baumhütten lebten und jeden Geschlechtsverkehr verweigerten. »Na und«, sagte ich, »wenn es ihnen gefällt.« Es muss doch einmal klargestellt werden, dass auch der Mann seit Jahrhunderten in eine Rolle gedrängt wird, auf die er vielleicht gar keine Lust mehr hat. Womöglich ist der Rollentausch gegenwärtig die beste Lösung, um die Situation ein wenig zu entkrampfen. Man sollte uns Zeit und Raum geben, damit wir uns endlich nach unseren eigenen Vorstellungen frei entfalten können. In fernerer Zukunft halte ich die biologische Verschmelzung beider Geschlechter allerdings für die einzige Möglichkeit, die Angelegenheit dauerhaft zu befrieden. Erst wenn alle Unterschiede aufgehoben sind, kann man sich gegenseitig nichts mehr vorwerfen. Zum Glück werde ich dann nicht mehr auf der Welt sein.

Vor kurzem habe ich im Spiegel unseres Badezimmers festgestellt, dass meine Haare zu verfilzen beginnen. Inzwischen reichen sie mir bis zu den Schultern. Einen Moment habe ich schon daran gedacht, sie zu einem Zopf zu binden. Aber es würde vielleicht etwas lächerlich aussehen: ein vollbärtiger Mann mit einem Zopf. Ich habe mir nämlich einen Bart wachsen lassen und dabei bemerkt, dass ich Gefallen an meiner zunehmenden Verwilderung finde. Seitdem dusche ich auch nicht mehr und wasche mich höchstens einmal in der Woche mit einem Lappen. Die Bermudas und das T-Shirt trage ich wenigstens zwei Wochen, selbst wenn sie durch meine Robberei im Beet und auf dem Rasen stark verschmutzt sind. Mein Wirken im Vorgarten bekommt dadurch einen Schlag ins Verbotene. Ein Hauch von Hausbesetzertum weht durch den Vorgarten, was mir gleich eine Menge Sympathien von der linken Szene eingebracht hat. Die Fotos, die Herr Wündisch von mir auf die Homepage gestellt hat, haben offenbar auch eine beträchtliche Wirkung auf diverse Chaoten. Im Gästebuch bekomme ich nun fast täglich Sympathiebekundungen von jungen Leuten, die in ihrer Freizeit gerne teure Autos abfackeln oder Schaufenster von Luxusgeschäften einschlagen. »Halt durch!«, heißt es da, oder: »Wir sind auf deiner Seite.« Man kann sich seine Sympathisanten eben nicht aussuchen. In Kreuzberg hat sich vor kurzem ein »Aktionsbündnis Bernd Wollmann« gegründet, das unter diesem Namen luxussanierte Altbauten mit Farbe bewirft. Ich kann nicht sagen, dass ich das gutheiße. Deshalb bekam ich neulich wohl auch Besuch von der Polizei. Zwei Wagen mit insgesamt vier Polizisten, darunter zwei Polizistinnen, hielten vor unserem Haus und wollten wissen, ob ich irgendetwas mit diesem Aktionsbündnis zu tun habe.

»Sehe ich aus, als würde ich Schaufenster einschlagen?«, fragte ich munter von meinem Campingstuhl aus.

Die Polizisten sahen sich skeptisch an, was ich dann doch etwas beleidigend fand.

»Wir müssen eben jedem Verdacht nachgehen«, sagte einer von ihnen.

»Haben Sie denn irgendeinen Beweis für Ihre abenteuerlichen Unterstellungen?«, fragte ich furchtlos.

»Wir haben einen Hinweis bekommen«, meinte der älteste der vier.

Ich war schockiert. Wer auf die Idee gekommen ist, mir kriminelle Machenschaften zu unterstellen, gehört vor Gericht. Ich dachte zunächst an Frau Wüstner, verwarf den Gedanken aber schnell wieder. Dann fiel mir Helga ein, die sich vielleicht an mir rächen wollte.

»Von einer Frau?«, fragte ich.

»Wir dürfen Ihnen keine Auskünfte geben«, erklärte die junge Frau mit dem blonden Zopf.

»Sie wohnt nicht zufällig hier gleich nebenan?«, hakte ich dennoch nach.

»Es tut mir wirklich leid, aber der Hinweis ist vertraulich.«

»Aha«, sagte ich, ohne zu wissen, was daraus zu folgern war.

»Könnten Sie sich bitte ausweisen«, forderte mich die andere Polizistin auf. Anscheinend waren es die beiden Frauen, die mich auf dem Kieker hatten, was mich eigentlich nicht verwunderte.

»Ich könnte«, sagte ich, »aber mein Pass befindet sich im Haus.«

»Dann holen Sie ihn bitte raus.«

»Dazu müsste ich allerdings das Haus betreten«, meinte ich, immer noch gemütlich auf meinem Stuhl sitzend, »was ich normalerweise nur einmal die Woche tue.«

Die Polizisten, insbesondere jedoch die Polizistinnen, schienen langsam die Geduld mit mir zu verlieren. Ich wunderte mich selber, dass ich der Staatsmacht so offen Paroli bot. Zoes Einfluss war doch größer, als ich anfangs vermutet hatte.

»Wir können Sie auch ins Präsidium bestellen, wenn es Ihnen lieber ist«, bemerkte nun wieder die andere Polizistin. Die Männer hielten sich nach wie vor zurück. Der jüngere von beiden, ein Typ mit Brille, schien sich besonders für das Kaninchengehege zu interessieren.

»Ist das Tier den ganzen Tag hier draußen?«, fragte er.

»Den ganzen Tag und die ganze Nacht«, antwortete ich.

»Ich habe früher mal einen Hasen gehabt«, meinte sein älterer Kollege, »aber weil meine Frau etwas gegen die Kötel hatte, musste ich ihn leider weggeben.«

»Ich dachte, deine Frau hat dich deswegen verlassen?«, sagte der mit der Brille.

»Sie hat mich erst hinterher verlassen, als ich den Hasen schon abgeben hatte«, erwiderte sein Kollege leicht empört.

»Unmöglich!«, sagte die Brille.

»Könnten wir uns jetzt vielleicht auf Herrn Wollmann konzentrieren«, sagte die Polizistin mit dem blonden Zopf streng.

Die Männer blickten mich an, als würden sie im Grunde auf meiner Seite stehen. Ich war immer noch verblüfft, was mein neues Selbstbewusstsein bei meinen Mitmenschen alles bewirkte. Selbst die Polizei, zumindest der männliche Teil, betrachtete mein Leben im Vorgarten offensichtlich mit großer Sympathie.

»Ich finde, das ist alles Quatsch«, meinte die Brille plötzlich zu seinen weiblichen Kollegen. »Er sitzt doch hier nur in seinem Garten. Oder glaubt ihr im Ernst, er hat irgendwas mit der Sache zu tun?«

Die Frauen waren für einen Moment sprachlos. »Da sitzt ein ganz offensichtlich verwahrloster Mann am Dienstagvormittag im Garten«, sagte die Beamtin mit dem blonden Zopf – sie war anscheinend die Wortführerin des kleinen Kommandos. »Also, ich finde das schon etwas komisch, wenn ihr mich fragt.«

Es gefiel mir, dass mich die Frau offenbar für ein völlig

nutzloses Subjekt hielt. Mehr konnte ich eigentlich nicht erreichen.

»Es steht aber nirgends geschrieben«, schaltete sich nun der jüngere Polizist ein, »wie und wann man in seinem Garten sitzen darf. Wenn ich könnte«, er wandte sich jetzt zu mir, »würde ich das genauso machen.«

»So, so«, entgegnete sie, »und woher wollt ihr wissen, dass es sich hier wirklich um Herrn Wollmann handelt?«

Die Brille sah mich ernst an. »Sind Sie Bernd Wollmann, und wohnen Sie in diesem Haus?«

Ich überlegte, ob ich darauf antworten sollte. Aber ich wollte mir ihre Sympathie auch nicht wieder verscherzen.

»Korrekt«, sagte ich, »allerdings wohne ich derzeit in diesem Zelt.«

»Da hast du's«, sagte die Brille zu seiner Kollegin.

Die beiden Polizistinnen wandten sich kopfschüttelnd ab und gingen zu ihren Autos zurück.

»Darf ich Sie noch was Persönliches fragen?«, sagte der jüngere Polizist.

Ich bejahte.

»Wollte sich Ihre Frau schon mal wegen Ihres, na ja, merkwürdigen Verhaltens von Ihnen trennen?«

Ich dachte kurz nach. Dann zuckte ich die Schultern. »Keine Ahnung.«

Die Männer nickten mir anerkennend zu, entschuldigten sich wegen der Störung und wünschten mir noch einen erfolgreichen Tag.

Vor drei Tagen hat es seit Wochen zum ersten Mal wieder geregnet. Ich lag im Zelt und habe ein Buch über die Geschichte des Islam gelesen. Mich interessiert der Islam nicht besonders, aber seit vor wenigen Tagen orthodoxe Moslems vor meinem Zaun kniend gebetet haben, befürchte ich, nun auch in diesen Kreisen eine Vorbildfunktion zu besitzen.

Es ist mir schleierhaft, warum man allein durch Nichtstun in weiten Teilen der Bevölkerung erhebliche Beachtung erfährt. Ich mache nichts anderes, als im Stuhl zu sitzen oder in der Hängematte zu liegen, wässere das Beet und füttere das Kaninchen. Und trotzdem wächst die Zahl meiner Fans beinahe stündlich. Ich bekomme wäschekörbeweise Fanpost, die ich jedoch nie lese und Herrn Wündisch sofort zur Archivierung übergebe. Womöglich bewundern mich die Leute gerade dafür, dass ich ohne schlechtes Gewissen keiner vernünftigen Arbeit nachgehe und einfach faul in der Sonne liege. Nicht zu arbeiten ist trotz der hohen Arbeitslosigkeit immer noch ein Makel, und man möchte nicht offen zugeben, dass es im Grunde dem Wesen des Menschen widerspricht, jeden Tag von morgens bis abends auf einem Bürostuhl zu sitzen. Die meisten ahnen vielleicht, dass die Arbeit sie nur vom richtigen Leben abhält. Meine größten Feinde sind merkwürdigerweise die, die ähnlich denken wie ich, sich aber nicht trauen, es genauso zu machen. Dabei gibt es keine sinnlosere Schlacht, als ein Leben lang gegen sich selbst zu kämpfen. Wäre es möglich, diese täglichen Kämpfe gegen sich selbst sichtbar zu machen, würde der überwiegende Teil der Menschheit mit blutverschmierten Händen herumlaufen. Diesen Kriegszustand gegen mich selbst habe ich, seit ich hier im Vorgarten lebe, eingestellt. Ich erfülle keine Erwartungen mehr, und ich habe erkannt, dass ich auch von meiner Frau nichts erwarten darf. Es war ein Fehler, darauf zu hoffen, dass sie sagt, was sie von mir erwartet. Kein Bild ist so mächtig wie das, was man sich vom anderen macht. Deshalb bin ich meiner Frau auch dankbar, dass sie mich aus dem Haus getrieben hat. Nur so war es überhaupt möglich, wieder zu mir kommen.

Den Tag meines Auszugs feiere ich jede Woche als meinen persönlichen Unabhängigkeitstag. Obwohl bei mir jeder Tag inzwischen ein Feiertag ist, begehe ich die Montage stets mit einer gewissen Würde. Statt wie üblich bis zehn Uhr im Zelt zu liegen und das Spiel meiner Zehen zu beobachten, stehe ich Punkt acht Uhr auf und schreite zur Regenwassertonne, um mir die Füße zu waschen. Dabei sitze ich auf einem Holzschemel und kippe mit einer Schöpfkelle Wasser über die Füße. Seitdem ich im Fernsehen gesehen habe, wie der Papst zu Ostern die alten Gichtfüße seiner Kardinäle wäscht, verbinde ich die Fußwaschung mit meiner Wiederauferstehung als Mensch. Ich weiß nicht, wieso die Füße in der Religion eine wichtigere Rolle spielen als die Hände, aber danach kommt es mir regelmäßig so vor, als wäre ich auch innerlich gereinigt. Je mehr ich verwahrlose, desto religiöser werde ich.

Nach der Fußwaschung begebe ich mich zum Beet und ernte drei Tomaten und etwas Basilikum. Meist hat sich zu diesem Zeitpunkt bereits der harte Kern meiner Fans vor dem Zaun versammelt und verfolgt jeden meiner Schritte mit andächtigem Staunen. Und je huldvoller ich mich bewege, desto erstaunter sind sie. Ich habe festgestellt, dass man sich nur etwas langsamer durch den Garten zu bewegen braucht, und schon gilt man in bestimmten Kreisen als weise. Wie leicht es wäre, eine Religion zu begründen, merke ich jedes Mal an den leicht irren Blicken meiner männlichen Fans. Mitunter glaube ich sogar ein leises Murmeln zu hören, es könnte aber ebenso gut von der defekten Heizungsanlage aus dem Keller stammen. Mancher Glaube entsteht nur, weil man sich einmal verhört hat.

Ich lege die Tomaten auf den Tisch, zerteile sie mit einem Messer in sechs gleich große Stücke und dekoriere je ein Blatt Basilikum darauf. Die drei und die sechs gelten bei meinen Fans seither als heilige Zahlen. Dies ist der Augenblick, wo Herr Wündisch einige Fotos macht, um sie wie jeden Montag ins Netz zu stellen. Sobald ich esse, verbitte ich mir allerdings jegliches Fotografieren. Auch die Queen wurde schließlich noch nie beim Essen fotografiert. Ich will verhindern, dass ich mich mit Tomatenfruchtfleisch im Bart weltweit lächerlich mache. Tatsächlich fallen zu allen Tageszeiten vertrocknete Essensreste aus meinem Bart, die ich dann an die wartenden Vögel verfüttere. Manchmal merke ich erst, dass mir Müsli unter dem Kinn hängt, wenn ein Pulk aufgeregt tschilpender Spatzen vor mir sitzt. Da sich meine Fans nicht trauen, mich auf das Vogelfutter im Barthaar hinzuweisen, habe ich Herrn Wündisch gestattet, kritische, wiewohl immer die Form wahrende Anmerkungen zu machen.

Nach dem Tomatenfrühstück, das sich rituell bis in den späten Vormittag hinzieht und meinen Fans eine erhebliche Geduldsprobe abverlangt, spaziere ich nachdenklich im Vorgarten umher. Dabei denke ich meist jedoch an gar nichts und konzentriere mich auf meine Füße. Es gibt kaum etwas Erhabeneres, als mit nackten Füßen auf der nackten

Erde zu wandeln und an überhaupt nichts zu denken. Den Boden unter den Füßen zu spüren, kommt für mich einer spirituellen Erleuchtung gleich. Bis zum Nachmittag spaziere ich so erleuchtet durch den Garten, bis ich keine Lust mehr habe und mich erschöpft in die Hängematte lege.

Doch seit dem gestrigen Montag ist alles anders. Jutta hat Urlaub und bleibt zu meinem Schrecken zu Hause. Meine Frau hat ihren Urlaub noch nie zu Hause verbracht. Allein die Vorstellung ihren Urlaub in den vertrauten vier Wänden verbringen zu müssen, scheint sie in Panik zu versetzen. *Schien* sie in Panik zu versetzen, wie es seit gestern richtigerweise heißen muss. Denn meine Frau hat mich am Sonntag kurz darüber informiert, dass sie zwecks »Aufräumarbeiten« – was immer das bei ihr heißen mag – ihren einwöchigen Urlaub zu Hause verbringen wird. Ich habe lediglich stumm die Schultern gezuckt und mich zunächst nicht weiter darum gekümmert.

Es passierte an meinem Unabhängigkeitstag. Gegen zwölf – ich drehte gerade nachdenklich, beziehungsweise auf meine Füße konzentriert, im Vorgarten meine Runden – fragte sie mich unvermittelt aus dem geöffneten Küchenfenster heraus, ob sie mir ein Steak mit Kartoffeln zu Mittag machen solle. Ich erschrak so sehr, dass ich mich automatisch zu Boden warf. Ein solches Angebot hatte sie mir in all den Ehejahren noch nie gemacht. Ich musste jetzt damit rechnen, dass sie einen perfiden Plan verfolgte, der meine Ruhe empfindlich stören würde.

Anstatt ihr zu antworten, robbte ich unter dem Küchenfenster vorbei und verschwand den Rest des Tages in meinem Zelt. Ich hatte nur wenig Neigung, an meiner Situation etwas zu ändern, wusste allerdings auch, dass ich nicht ewig so weiterleben konnte. Irgendwann kommt der Moment, wo eine Veränderung unausweichlich wird.

Tatsächlich ahnte ich Schlimmes, als Jutta heute Morgen zur selben Zeit aufstand wie ich. Während ich aus dem Zelt robbte, schüttelte sie bei geöffnetem Schlafzimmerfenster demonstrativ ihr Bettzeug aus und ging unter die Dusche. Als ich es mir mit einem Knäckebrot am Tisch gemütlich machte, roch ich frisch aufgebrühten Kaffee. Jutta wusste nur zu gut, dass ich für eine gute Tasse Kaffee auf den Großteil der abendländischen Kultur verzichten würde. Was sie nicht wusste, war, dass ich inzwischen die Dickköpfigkeit eines Esels besaß. Was ich noch nicht wusste, war, dass meine Frau mit Eseln beruflich seit Jahren vertraut war.

Während ich ungerührt ins Knäckebrot biss und Jutta in der Küche frühstückte, sagte sie plötzlich einen Satz, der mich für mehrere Stunden in eine tiefe Krise stürzte. Sie sagte: »Wenn du Kaffee haben willst, meldest du dich einfach, ja?« Einfach so, als wäre nie etwas passiert. Als wären fünfzig Jahre Emanzipation spurlos an ihr vorübergegangen.

Ich war schockiert. Warum sagte sie mir so etwas ausgerechnet jetzt, da ich mich an meine Lage gewöhnt hatte? Kaum hatte sie Urlaub, verwandelte sie sich in eine sorgende Hausfrau. Auf so eine Entwicklung war ich nicht vorbereitet gewesen.

Gegen Mittag wurde es dramatisch. Ich hatte schon damit gerechnet, dass sie nicht aufgeben würde, und mich entgegen meiner Gewohnheit an den Zaun begeben, um ein wenig mit meinen Fans zu plaudern. Ich hatte jedoch nicht erwartet, dass sie mein Lieblingsgericht zubereitete.

»Möchtest du auch ein bisschen Nudelauflauf haben?«, fragte sie durchs Küchenfenster, als handelte es sich um eine Gericht, das mehrmals im Monat auf dem Speiseplan stand. Dabei hatte ich Nudelauflauf seit unserer Eheschließung kein einziges Mal gegessen. Aber woher wusste meine Frau überhaupt von meinem Lieblingsgericht? Ich fing an zu zittern. Meine Worte versagten. Ich begann Unsinn zu erzählen.

»Lassen Sie sich nicht von Ihrem Weg abbringen«, flehte mich ein Mann an, als er merkte, dass ich langsam die Fassung verlor. »Sie dürfen Ihren Widerstand wegen einem Nudelauflauf jetzt nicht so einfach aufgeben. Wir haben schließlich auch für Sie gekämpft!«

Ich war mir natürlich im Klaren, dass ich als Vorbild ausgedient hatte, wenn ich jetzt schwach wurde und den Nudelauflauf annahm. Ein Dutzend Blicke, darunter auch der des Vorsitzenden der Bernd-Wollmann-Kampfgemeinschaft, Herr Wündisch, der rasch herbeigeeilt war, als er von dem seltsamen Verhalten meiner Frau erfahren hatte, starrten mich verzweifelt an. In mir rumorte es. Es war mein Magen. Ich hatte Hunger. Ich hatte Hunger auf Nudelauflauf mit Speckwürfeln. Noch nie war ich vor eine abscheulichere Wahl gestellt worden. Widerstand oder Nudelauflauf?

Und dann geschah es. Ein knappes, eigentlich kaum hörbares, beinahe nur hingehauchtes, für Jutta aber gleichwohl gut vernehmbares »Ja« entfloh meinen Lippen.

Meine Fans stöhnten enttäuscht auf. Einer sank sogar bewusstlos zu Boden. Ich sah nicht mehr hin, drehte mich weg und trat wie ein Büßer mit hängenden Schultern ans Küchenfenster.

Meine Frau reichte mir einen Teller mit Nudelauflauf. »Lass es dir schmecken«, sagte sie aufreizend lächelnd. Und in diesem Augenblick wusste ich, dass ich verloren hatte.

Während ich den Nudelauflauf erleichtert herunterschlang, bemerkte ich auf der anderen Straßenseite Zoe. Sie lief gemeinsam mit dem kleinen Herrn Sartorius vom Kindergeburtstag spazieren, und es sah ganz so aus, als hätte sie einen neuen Kumpel gefunden. Insgeheim freute ich mich, dass sie nicht Gunnar, sondern den erfolglosen Wurstschnapper Sartorius zum Freund genommen hatte. Und es stimmte mich irgendwie hoffnungsvoll, dass sie das Spiel durchschaut hatte und ihren Piratencharakter trotzdem bewahrte. Als sie mich sah, winkten wir uns zu, und ich wünschte ihr leise viel Glück.

Am Abend – ich hatte den ganzen Tag im Zelt gelegen und überlegt, wie es nun weitergehen sollte – kommt Jutta auf einmal mit einer Rose, die sie offensichtlich aus unserem Garten hat, ans Zelt.

»Ich glaube, wir sollten uns wieder versöhnen«, sagt sie und überreicht mir kniend die Rose und gleich anschließend ein großes Stofftaschentuch, da ich bei solchen Ereignissen stets zu Tränen gerührt bin.

Ich schnäuze mehrmals laut ins Tuch und schnappe nach Luft.

»Darf ich zu dir reinkommen?«, fragt sie schüchtern. Weil ich vor Rührung nicht antworten kann, kriecht sie auf allen vieren ins Zelt und legt sich direkt neben mich.

Eine Weile liegen wir still nebeneinander. Ich merke, wie mich die Müdigkeit überkommt. Wenn nicht gleich jemand etwas sagt, schlafe ich ein. Wie so oft fällt mir in solchen Momenten jedoch nichts ein.

»Wenn es dich nicht stört, würde ich meinen Urlaub gerne bei dir verbringen«, sagt Jutta gerade noch rechtzeitig, ehe ich wegdämmere.

»Im Zelt?«, frage ich verwundert.

»Warum denn nicht? Wir machen eben einen Campingurlaub in unserem Vorgarten. Das hat bestimmt noch keiner gemacht.«

Ich denke nach. Auf einmal fällt mir doch noch etwas ein.

»Vielleicht sollte ich dir vorher noch was sagen«, sage ich leise.

Jutta dreht sich zu mir und legt die Hand auf meine Brust.

»Du kannst mir alles sagen«, sagt sie und blickt mich liebevoll an, sodass ich einige Sekunden brauche, um mich zu überwinden.

»Eigentlich bin ich eine ältere Dame«, sage ich so locker, wie es mir möglich ist.

Jutta schweigt und sieht mich intensiv an. Ich befürchte, dass ich ihr zu viel zugemutet habe. Am liebsten würde ich mein Geständnis wieder rückgängig machen. Es ist zwar dumm von mir. Ich ärgere mich über mein Plappermaul.

»Ich glaube, ich mag ältere Damen«, sagt Jutta ernst, ohne ihren Blick von mir abzuwenden.

Plötzlich bin ich überhaupt nicht mehr müde. Ich weiß nicht, ob das irgendwas zu bedeuten hat, aber man muss im Leben ja auch nicht immer alles erklären können.